お茶と探偵⑰

ロシアン・ティーと皇帝の至宝

ローラ・チャイルズ　東野さやか 訳

Devonshire Scream

by Laura Childs

コージーブックス

DEVONSHIRE SCREAM
by
Laura Childs

This edition published by arrangement with
The Berkley Publishing Group,
an imprint of Penguin Publishing Group,
a division of Penguin Random House LLC.
through Tuttle-Mori Agency,Inc.,Tokyo

挿画／後藤貴志

ロシアン・ティーと皇帝の至宝

謝辞

サム、トム、アマンダ、ボブ、ジェニー、ダニエルのみんな、バークレー・プライム・クライムおよびペンギン・ランダムハウスでデザイン、編集、広報、コピーライティング、書店およびギフトの営業を担当してくれたすばらしい面々に心からありがとうを。また、〈お茶と探偵〉シリーズの愛読者で口コミでの宣伝につとめてくれたお茶好きのみなさん、ティーショップの経営者、書店関係者、図書館、書評家、雑誌のライター、ウェブサイトの管理者、ラジオ局の関係者、そしてブロガーのみなさんにも心の底から感謝します。本当にみなさんのおかげです！

大切な読者のみなさんには、もうなんとお礼を言ったらいいかわかりません。セオドシア、ドレイトン、ヘイリー、アール・グレイなどなど、ティーショップの仲間を家族のように思ってくださり本当にありがたく思います。これからも感謝の気持ちを忘れず、たくさんの本をお届けすると誓います。

主要登場人物

セオドシア・ブラウニング……………インディゴ・ティーショップのオーナー
ドレイトン・コナリー………………………同店のティー・ブレンダー
ヘイリー・パーカー…………………………同店のシェフ兼パティシエ
アール・グレイ………………………………セオドシアの愛犬
マックス・スコフィールド…………………セオドシアの元恋人
ライオネル・リニカー………………………ヘリテッジ協会の理事
グレイス・ドーソン…………………………ライオネルの恋人
ルーク・アンドロス…………………………高級ヨット店の経営者
サブリナ・アンドロス………………………ルークの妻
ビリー・グレインジャー……………………ヘイリーの恋人
ウォレン・シェプリー………………………ロシア文学の教授
マーカス・クレメント………………………ロック・クライマー
ボイド・ジマー………………………………ＦＢＩ特別捜査官
デイヴィッド・ハーリー……………………ＦＢＩ特別捜査官
バート・ティドウェル………………………刑事

1

エメラルド、ダイヤモンド、ルビー、アメジストをあしらった蝶々の形のブローチが、セオドシア・ブラウニングの目の前で魅惑するように輝いている。専用のガラスケースにおさまった蝶々は、おいしい蜜をたっぷり含んだ花に舞いおりたように見える。しなやかな翅《はね》は高価な宝石でできたオーロラそのものだ。

変わったデザインだけど華やかだわ、とセオドシアは思う。いまよりもっと若くて、もっと気が強かった頃のウィンザー公爵夫人がシックなディオールのスーツの襟《えり》にとめていてもおかしくない。というか、この宝石をちりばめた逸品は、本当にあの悪名高き公爵夫人のものであったのかもしれない。だって、ブラックタイ着用のフォーマルなパーティとともに始まったこのジュエリー・ショーは、アンティークとコレクター好みの宝石と前世紀のジュエリーを大々的に展示するイベントなのだから。

ティファニー、カルティエ、ヴァンクリーフ&アーペル。ジュエリー職人のアトリエで何度となく聞かされたその名前がセオドシアの頭のなかをよぎっていく。ダイヤモンドを始めとする宝石のデザイナーとしても、そしてブランドとしても世界じゅうで高い評価を得ている名前ばかり。こんなにもすばらしいイベントに招待されるのは、本当に名誉なことだ。

もちろん、招待されたのは、親友であり、ここサウス・カロライナ州チャールストンのハーツ・ディザイア宝石店のオーナーでもあるブルック・カーター・クロケットの好意によるものだった。ブルックはおもだった宝石店や個人コレクターと交渉を重ね、ふたつの博物館と談判するなど、四方八方手をつくしてこのすばらしい展示会の開催に漕ぎ着けたのだ。

上等なジュエリーをうっとりとながめながらも（女性なら誰だってそうするわよね?）、セオドシアの当面の目標と夢はもっと現実的だった。スコーン百万個とダージリン・ティー百万杯を売ったところで、ここに展示されている高価なアクセサリーのひとつも買えないことはわかっている。そもそも、上等なジュエリーという装飾品があってもなくても、人生の目標には充分満足している。要するに、経営するインディゴ・ティーショップをほっと息のつける夢にあふれた場所にし、ドレイトンとヘイリーと楽しみながらお客をもてなし、そのうえでそこそこの生活が維持できればいい。

だけど、やっぱり女性だから少しくらいは夢を見たい。

蝶々のブローチから視線をはずし、ガラスのカウンターに置かれた鏡を見た。自分の姿がちらりと見えたとたん、無理にほほえもうとして唇を震わせ、すぐに目をそむけた。彼女にとっていちばんの遺産といえば、その外見だ。遠いイングランド人の祖先から受け継いだ高い頬骨と磁器のような肌、鋭いブルーの瞳、ふっくらした唇、形のいい卵形の顔。ただし、女性なら誰でも喉から手が出るほどほしがる鳶《とび》色のたっぷりしたこの巻き毛だけは、扱いにくて本当に困る。

シャンパンのコルクが抜かれ、骨灰磁器《ボーン・チャイナ》が軽やかな音をたてるなか、セオドシアは混雑する店内をさらに観察した。上等な装いの大物実業家と腕を組んだ上等な装いのご婦人方が夕ヒチ産の真珠やダイヤの指輪、ルビーのイヤリングにエメラルドのネックレスをうっとりした目でながめている。そう、すがすがしい十一月の夜、チャールストンの上流階級の人々が、クリスマス前のささやかなショッピングをしようと、一堂に会しているのだ。それも当然。クリスマスの朝に小さいながらも華やかなアクセサリーをプレゼントされてうれしくない人なんている?

「気に入ったものはあった?」元気のいい声が尋ねた。

振り返ると、彼女の店の若きパティシエ兼すご腕シェフのヘイリーがほほえんでいた。

「全部よ」セオドシアは笑った。「どれもみんなきれい」

ヘイリーはケイトリン・クロケットと一緒だった。セオドシアの親友ブルックの二十一歳になる姪だ。ブルックもケイトリンもケンタッキー州のクロケット一族を祖先に持っている。アラモ砦《とりで》の戦いの英雄、デイヴィー・クロケットの血を引く一族だ。

「スコーンはあとどれくらいもちそう?」セオドシアは訊いた。きょうはこのために、ふたりで百個近くのスコーンを焼いたのだった。しかもヘイリーは〝宝石のスコーン〟とみずから命名した特別レシピまで考案していた。赤、緑、金色に輝く砂糖漬けフルーツを細かく刻んで埋めこんだクリーム・スコーンだ。

「まだ予備のスコーンがたっぷりあるわ」ヘイリーは言った。「ドレイトン特製、絶品もののクロテッド・クリームもね」

「いまのところ、多くのお客さまはシャンパンを飲んでいらっしゃるみたい」ケイトリンはほほえんだ。「でも、それがなくなったら次は軽食に……」

セオドシアはケイトリンの頬に手をやり、黒髪をそっとうしろに流した。

「耳に着けているのはなにかしら？　ダイヤのイヤリング？」

ケイトリンは待ってましたとばかりにうなずいた。

「ブルックおばさんから着けていいとお許しが出たので。スカーレット・オハラが着けていたのとそっくりなんですよ。ほら、『風とともに去りぬ』という映画で、お母さんのダイヤのイヤリングを着けてたでしょう？」

「とてもすてきよ」セオドシアは言った。

ヘイリーはまっすぐなブロンドの髪をひと束ねじりながら、にやりとした。

「当たり前じゃない。五万ドルもするダイヤのイヤリングを着けたら、誰だってすてきに見えるわ」

「五万というのは卸値じゃなく、小売り価格なんです」ケイトリンは言った。

「あら」セオドシアは言った。「ずいぶんと仕事を覚えてきたようね」

ケイトリンはつんと顎をあげた。「学校を卒業したら、ブルックおばさんのところで働きたいと本気で考えているんです。一日じゅう、こんなきれいなものに囲まれていたら楽しいでしょうから」

「ジュエリーのデザインにも興味があるの？」セオドシアは訊いた。ブルックは腕のいいデザイナーだ。得意とするのはスターリングシルバーで作る、形にとらわれないブレスレットやイヤリングだ。ときには、宝石に細い金線を巻きつけたものをあしらった、大ぶりのナックルダスター・リングを制作することもある。

「実はいま、デザインの講座をいくつか受けてるんです」ケイトリンは店内に目をさまよわせ、満員の会場、大にぎわいのビュッフェテーブル、そしておばのブルックと見ていく。ブルックが顔をほころばせ、ケイトリンに手を振った。「いけない、仕事に戻らなくちゃ」

「ブルック」セオドシアは片手をあげた。

ブルックは手を振り返した。歳は五十代半ば、いまも引き締まった体形で、雪のように真っ白な髪はつやつやと美しい。今夜は山のようにやることがあるはずなのに、とても落ち着いているし、なにもかもきちんと掌握しているように見える。

ケイトリンは人混みをかき分けながら進んでいったが、女性三人組がカナリーイエロー・ダイヤモンドのブレスレットのところで跳んだり跳ねたり大騒ぎを始めたせいで前に進めなくなった。しかたなく進路を変えて店の正面側に向かい、いちばん大きなガラスのジュエリーケースを迂回《うかい》した。

セオドシアは店内を横切っていくケイトリンを見送ったのち、ヘイリーとの会話に戻ろうと視線を戻した。ここの小さなオフィスに引っこんでお茶をもう少し淹れたほうがいいか訊こうとしたとき、突然、ガシャーンというすさまじい音が響きわたった。

「なんの音？」ヘイリーの色白の眉間にしわが寄った。「嵐でも来てるのかな」

セオドシアはぎくりとし、誰かが不運にも頭からガラスケースのどれかに倒れこんだのかもと思い、店内をすばやく見まわした。そして、目にした光景に茫然となった。

正面側の厚板ガラスの窓が、最大級のF5クラスのトルネードに直撃されたかのように内側にひしゃげていた。次の瞬間、ひびが蜘蛛《くも》の巣状に広がった。つづいて、ナイフでバターを切るように、黒いSUV車のクロームのフロントグリルがするすると入ってきた。

四方八方に散らばったガラス片で、店内の客が怪我をした。驚きの叫びは恐怖の絶叫に変わり、誰もが逃げ出そうとあたふたしはじめた。しかも恐ろしいことに、巨大な黒い大型車はまだ前進をつづけていた。すべてのシリンダーでピストンが激しく上下し、エンジンは制御不能の機関車のようなうなりをあげている。

セオドシアはすぐさまヘイリーの頭のてっぺんを手探りし、床に伏せさせた。SUV車がなおもスピードをあげて奥へと進み、さらなる悲鳴があがった。

アクション映画の特殊効果よろしく、あらたに二枚のガラスが内側に砕け、弾丸の雨のように降り注いだ。またも全員が恐ろしさのあまり絶叫し、針のように尖ったガラスとしっくいがセオドシアのうなじに降り注いだ。

セオドシアはヘイリーの手を握ると、身をかがめ、奥のカウンターに急いで身を隠そうとした。前面だけがガラスであとは木と金属でできているカウンターなら、すべてがガラスのものよりわずかなりとも身を守れると考えたからだ。

「ねえ、なにが……？」ヘイリーはのびあがって、様子を見たくてうずうずしていた。

「顔をあげちゃだめ」セオドシアはたしなめた。「とにかく進んで」たどり着いてみると、奥のカウンターはふたりが隠れるのに充分だった。「体を小さく丸めて、両手で頭を覆うのよ」

「でも、なんで……？」

「いいから言われたとおりにして」セオドシアは言った。いま、自分たちは危険な状況に置かれている。まわりでは人々が怪我をし、助けを求めて叫んでいる。そこに大きな怒鳴り声もくわわり、ガラスが割れる音もあいかわらずすさまじい。セオドシアはゆっくりと慎重に、なにを目にすることになるのか怯えながらカウンターのへりからのぞき見た。

店のなかは惨憺《さんたん》たるありさまで、まるで交戦地帯さながらだった。黒のSUV車はすでに強行突破を終えたものの、あいかわらず大地を揺るがすようなエンジン音をとどろかせている。あたり一面にガラスの破片が散乱し、人々は傷口から血を流しながらも小さく縮こまっている。車が正面の窓を突破したせいで、前のほうのショーケースは文字どおり粉々で、ひんやりした空気が吹きこんでいた。

セオドシアの頭にまず浮かんだのは〝誰が怪我をしたの？〟と〝わたしになにかできることはあるかしら〟のふたつだった。そこであたりに目を走らせるうち、いつの間にか、赤い悪魔のぎらぎら光る目をまともに見つめていた。

そうじゃないでしょ。恐ろしい悪魔のお面をかぶっているだけよ、と頭の冷静な部分が告げる。まさか、テロリスト？　ここ、チャールストンで？

　カミツキガメのようなすばやさで、さらにふたりの悪魔が黒いSUV車からいきおいよく飛び出した。全員が頭のてっぺんから足のつま先まで黒で固めたその姿は、おどろおどろしいサーカスの演《だ》し物に登場する地獄のピエロさながらだ。

「伏せろ！　全員、床に伏せろ！」悪魔のひとりが大声で命じた。

　声の主が右手に持っているのは、銃身を切り詰めた拳銃にちがいない。

　セオドシアはふたたび陳列ケースの奥に頭を引っこめた。混乱した頭はまだ〝テロリスト！〟と叫びつづけている。けれども、そんなはずがないのはわかっていた。次の瞬間、アドレナリンが一気に放出され、自分が大胆不敵で入念に練りあげられた強盗事件の真っ只中にいるのだと気がついた。

　話には聞いたことがある。ロンドン、パリ、あるいはモナコで発生したこの手の強盗事件の犯人は、大胆にも盗難車で店を正面突破し、総額何百万ドルにもなるジュエリー、またはシャネルやディオールのバッグを盗んで逃げたという。

　もう一度、こっそり様子をうかがうと、悪魔の面をかぶった犯人のひとりが上着のポケットから銀色の缶を出すのが見えた。

「行くぞ！」男は仲間に大声で呼びかけた。

　すると強盗三人は悪魔の面の上からガスマスクを装着した。リーダーが缶のふたをねじると、ポンという大きな音とともに黒煙が立ちのぼった。発煙筒だ。

恐怖に怯え、泣き叫んでいた客たちが蜂の巣をつついたようになった。みんな、つまずいたり転んだりしながら、とにかく必死で逃げようとした。げほげほと咳きこみながら、正面のドアに突進する人もいれば、手探りで店の奥に向かう人もいる。セオドシアはヘイリーのエプロンをめくって顔を覆ってやり、自分はスカーフを鼻と口のところまで引きあげた。

ゴムのガスマスクを着けてハイテク版エレファントマンと化した三人の賊は、熟練したプロのようにさっそく仕事に取りかかった。バールやぴかぴかのハンマーを振りあげ、ショーケースを順序よく、ひとつ残らず叩き壊し、黒いビロードの台から真珠、ダイヤ、ゴールドのジュエリーをわしづかみにした。

強盗たちはガラスの破片を踏みしめ、セオドシアとヘイリーが隠れている奥のカウンターに近づいてきた。前面のガラスが割れ、ショーケースを引っかきまわし、アクセサリーやゴールドのチェーンを片っ端からつかむ音がセオドシアの耳に届いた。犯人との距離はほんのわずかで、マスクから洩れるヒュー、ヒューという息づかいまで聞こえてくる。

激烈な怒りがセオドシアの体内を駆けめぐった。彼女はそろそろと、用心しながらショーケースのうしろの引き戸のくぼみに手をかけた。犯人をちらりとでも見られれば、身元につながる手がかりをなにか見つけられれば……。

激しく噴き出す煙で片目は涙がにじんでいたけれど、それでも細くあいた隙間に強く押しつけた。黒い手袋をはめた手がのびてきて、豪華な青緑色のアレキサンドライトのネックレスをつかむ。しっかり見るのよ、と自分に厳しく言い聞かせる。ちゃんと頭を使いなさい。なにかしら手に入れなくちゃ。警察の役にたつような手がかりを。

重要な意味のあるものは見つかりそうにないと希望を捨てかけたとき、ショーケースのなかの手がさっと横に動き、その拍子に肌の一部が一瞬だけのぞいた。女の人の手みたいだけど。うん、まちがいない。少なくとも、小さめなのはたしかだ。伸縮素材の黒い手袋の指の部分が少しふくらんでいるのは、指輪をはめているせいかもしれない。

その手がネックレスを乱暴につかんだときには、真っ白な肌に薄青色の筋がうっすらついているのが見えた。

ガラスが割れる音も悲鳴も略奪も永遠につづいているような気がしたが、あとになって考えてみれば、せいぜい二分程度のことだった。

始まったときと同じく唐突に、強盗のひとり――発煙筒をたいた人物――が大声を出した。

「時間だ！」

それを合図に全員が黒いSUV車にふたたび乗りこんだ。

アクセルを目いっぱい踏みこむと、車はバックで走るインディカーレースさながら、猛烈ないきおいで通りに出ていった。バイクの甲高い排気音にも似た騒々しいエンジン音があがり、つづいてタイヤがキュルルと鳴った。

その間ずっとセオドシアは息を殺し、片手でヘイリーをしっかり抱き寄せていた。SUV車がいなくなったのが音でわかると、中腰になってカウンターごしに周囲を見まわした。

どの人も泣き叫ぶか、咳きこむか、苦しそうにうめくかしている。ぎざぎざのガラス片があたり一面に散乱しているさまは、まるで巨大な万華鏡が爆発したかのようだ。いくらか大きい破片に交差点の信号の赤と緑の光と、通りの向かいにある〈レッド・ペッパーコーン・グリル〉のネオンサインが反射していた。

「終わった？」ヘイリーの声はかすれて、震えていた。

「ええ。でも、まだそこから動いちゃだめよ」数ブロック先からサイレンの音がかすかに聞こえる。警報器が作動したか、あるいは誰かが思い切って自分の携帯電話から緊急通報したのだろう。よかった、もうすぐ警察が来る。

店の反対側でブルックがよろよろと立ちあがった。目は血走り、全身が激しく震えている。

「お怪我をされた方はいらっしゃいますか？」

それに応えるように、大きなうめき声と泣き声が一斉にあがった。

「ガラスで切ったわ」

「てのひらに破片がいくつも刺さってる」

「お願い、なんとかして」

サイレンの音がずいぶん近くなった、とセオドシアは思った。あと二、三ブロック程度だろう。

「警察がこっちに向かってます」セオドシアはあちこちからあがる叫びを圧するように、実際よりも気丈に聞こえる声を出した。「救急車が到着すれば、手当てをしてもらえるわ。いまいる場所から動かずに、じっとしていてください」救急隊員はプロだ。誰を優先的に治療すべきか、ちゃんと判断してくれる。それ以外のこと、すなわち盗まれた宝石はあとまわしにするしかない。いまは怪我をしたお客が最優先だ。

「ケイトリン?」ブルックが呼んだ。姪はどこにいるのかと、必死に探しまわっている。

「ハニー、どこなの?」

「彼女ならこっちにいる」男性が大声で言った。「大怪我をしているみたいだ」

ブルックは怪我をしたお客を踏んだり、ガラスの縁がぎざぎざになったショーケースに頭から突っこんだりしないよう気をつけながら、ガラスの破片を踏みしめ、店の正面側を歩いていった。

「ケイトリン?」

床にうつぶせに倒れている姪のもとにようやくたどり着くと、もう一度声をかけた。それから腰をかがめ、ケイトリンをのぞきこんだ。

「ハニー、わたしよ」その声は恐怖でうわずり、こわばっていた。手をのばし、ケイトリンの顔にそっと触れる。とたんに、首を絞められたような濁った悲鳴をあげた。「ケイトリン?」

セオドシアは大変なことが起こったと察し、ブルックとケイトリンがいるほうに進みはじめた。

「さわっちゃだめ」と注意する。「救急車が到着したわ」赤と青の光が通りで点滅している。

「救急隊員の人にまかせ……」

ブルックはすでにケイトリンに覆いかぶさり、その体を抱きしめ、激しく泣きじゃくっていた。

「ブルック」セオドシアは友人の耳に届くよう、きつい声を出した。「動かしちゃだめよ。救急隊員にまかせましょう」

しかし、ブルックはまったく聞いていなかった。彼女がケイトリンの頭を持ちあげ、髪の毛をそっと払いのけると、短剣のような形のガラス片が喉に食いこんでいるのが見えた。

ブルックがあげた高いドの音の悲鳴が、ようやく現場に到着したパトカーと救急車のけたたましいサイレンと交じり合った。

2

桁《けた》外れの大惨事となった。ケイトリンが亡くなり、数え切れないほど多くの人が負傷し、ジュエリーはすべて奪われ、ブルックの店は派手に荒らされた。

どうしてこんなことに？　五人ほどの救急隊員と、同じく五人ほどの制服警官が店になだれこんでくるのを見ながら、セオドシアは思った。ついさっきまでお茶を口に運びながら、貴重なアクセサリーや宝石をなごやかにながめていたのに、それがいまや……なにもかもが粉みじんになってしまった。

「どうしたらいいの？」ヘイリーがセオドシアの手をぎゅっと握って尋ねた。木の葉のようにぶるぶる震えている。「血が出てる人があんなにいっぱい……大怪我をした人がたくさんいるみたい。しかもケイトリンが……」

ふたりして目を向けると、ひとりの救急隊員がケイトリンのかたわらにひざまずき、息があるかどうか確認しているところだった。ブルックが涙を流し、大声で否定しているが、救急隊員はひたすら首を横に振っている。ケイトリンはやはり亡くなったのだ。もうどうすることもできない。

「ひどい！」ヘイリーが思わず大きな声を出す。「あたしたち、いったいどうすれば……？」

セオドシアはヘイリーにぱっと向きなおると、その肩を強く握った。

「ヘイリー、とにかくしっかりすることよ。大きく息を吸って、できるかぎり手伝いましょう。怪我をした人の手を握るなり、必要ならばストレッチャーを押すなり、急いで救急キットを持ってくるなり、とにかく救急隊員の人たちがしてほしいことを片っ端からしてあげるの。わかった？」

ヘイリーはうなずいた。「うん」

「さあ、がんばるのよ、ヘイリー」

「わかった」

つづく五分間、ふたりはいわゆる災害激甚地と化した場所で働いた。五分が過ぎ、さらに十五分間、救急医療に従事した。怪我をした人をなぐさめ、救急車やパトカーまで不自由な足で歩いていく人に手を貸し、制服警官や救急隊員に指示されたことをひとつ残らずやってのけた。重労働だったが、なによりもつらいのは、ケイトリンの遺体が黒と黄色の現場保存テープを周囲にめぐらせただけで、倒れたときのまま放置されていることだった。

騒ぎが少しずつおさまる気配を見せはじめた頃、ようやく捜査の主役が到着した。

「ティドウェル刑事」

無愛想な刑事が現場に現われたのを見て、セオドシアは小声でつぶやいた。チャールストン警察の殺人課を率いるバート・ティドウェル刑事は、有能であなどれない存在だ。寡黙でしぶとく、妥協というものを知らない粘り強い捜査官で、部下に対しては人使いがやたらと荒い。部下の刑事も巡査も、この上司を恐れながらも頼りにし、全幅の信頼を置いている。いざとなれば、熱く焼けた石炭の上を裸足で歩くことだっていとわないだろう。

今夜のティドウェル刑事はくしゃくしゃのスポーツコートをはおっていたが、ひたすら膨張をつづける体をろくに隠せていなかった。いくらか出っ張った目を休むことなく動かしながら、負傷した客、いまも手当てに余念がない救急隊員、破壊されたショーケースとつぶさに見ていく。ショーケースのなかではビロードがわずかにへこんでいて、そこにジュエリーがあったのだとかろうじてわかる。

刑事はセオドシアがいるのに気づいているはずだが、あいさつひとつ寄こさなかった。彼女の店でしょっちゅうスコーンをぱくつき、お茶をがぶ飲みしているくせに。〈ハーツ・ディザイア〉のなかを大股で歩きまわりながら、ひとつひとつ確認している。どっしりした警察支給の靴がガラスの破片を踏む音がしているのに、それにはまったく気づいていないらしい。

「あの……あの、手を切っちゃったんですけど」女性が小さな声で訴えた。

振り返ると、サブリナ・アンドロスがいくらか青い顔で立っていた。「サブリナ」セオドシアは言った。サブリナがこの二カ月で二、三度、インディゴ・ティーショップに来店したのはなんとなく覚えている。「どうしたの？」

サブリナは震える手を差し出した。「手を切っちゃって」

セオドシアは差し出された手に目をこらした。甲の部分が少しすりむけているだけだ。

「ひどい怪我じゃなさそうよ」と元気づけるように言った。

サブリナの顔がゆがみ、涙に濡れた目が光る。「やっぱり、今夜は来るんじゃなかった。来ちゃいけなかったのよ」

それでセオドシアは、傷を負ったのは手だけではないのだと気がついた。サブリナが負った心の傷は、手の傷に匹敵するほどの痛みと動揺をともなっているようだ。

「いらっしゃい」セオドシアは両腕を大きくひろげ、サブリナが近づくのを待った。その体をそっと抱きしめる。「もう心配しなくていいのよ。最悪の時は終わって、いまは警察がいるんだもの。不安に思うことなんかなんにもないわ」

「でも、あなたもあれを見たでしょう？」サブリナは洟《はな》をすすった。「恐ろしげな男たちがガラスのショーケースをめちゃくちゃにするのを見たでしょう？」そこで大きく息を吐き出した。「しかも、若い娘さんが死んじゃったのよ」

セオドシアはサブリナの背中を小さく円を描くようにそっとさすった。「一部始終を見ていたわ。本当に恐ろしかった」

「恐ろしかったわ」サブリナも同じ言葉を繰り返した。それからセオドシアの手を払った。「うちに帰らなきゃ。いますぐここを出なきゃ」もう涙は乾いたらしい。淡々とした口調になっていた。

「警察は全員から話を聞きたいんじゃないかしら」セオドシアは言った。「どんな情報でも捜査の役にたつもの」

サブリナは首を横に振った。「いやよ、わたしには無理」今度は、いかにも不安そうな表情になった。

セオドシアはサブリナの肘をつかんだ。

「とにかく、やさしそうなおまわりさんを見つけて話を聞いてもらいましょう」そう言いながらサブリナを引っ張っていった。「すみません、おまわりさん」

ブロンドの髪を角刈りにし、細いメタルフレームの眼鏡をかけたまじめそうな制服警官が、セオドシアをちらりと見やった。

「こちらの方の話を聞いてあげてください」セオドシアは言った。

「わかりました」警官はサブリナに目を向けた。「いくつか質問をさせて……」

セオドシアはその場を離れ、もう一度現場を見まわした。ブルックはティドウェル刑事と話していた。ふたりは、ケイトリンの遺体の周囲にめぐらされた犯罪現場テープから数インチのところに立っていた。肩をがっくりと落とし、悄然とした表情から察するに、彼女から見た強盗事件の一部始終を語っているにちがいない。しかし、その話は、たまたま事件に巻きこまれ、ショックのあまり茫然としている第三者のものとはちがう。マスクをかぶって銃を持った犯人に自分の店を荒らされ、その際に姪の命まで奪われた者の視点だ。

セオドシアはぞくっと身を震わせた。ブルックは憔悴《しょうすい》しきっているはずなのに、気丈にふるまっている。えらいわ、と思う。ブルックは本当に気持ちが強い。

ティドウェル刑事がブルックをべつの捜査担当者に引き渡し、セオドシアがいるほうに歩き出した。セオドシアは肩を怒らせ、ぶっきらぼうで単刀直入な質問の数々にそなえた。

「さてと」ティドウェル刑事はぼさぼさの眉根を寄せると、目を大きく見ひらき、顎を引いてセオドシアの顔をのぞきこんだ。両脚を大きくひらいて、いかめしく立っている。「話を聞かせてもらいましょうか」

「刑事さんがすでに聞きこんだ以上のことはわからないと思うけど」セオドシアは言った。

ティドウェル刑事はぶっきらぼうにうなずいた。「ええ、そうでしょうとも。黒いSUV車、悪魔の仮面、ガラスのショーケースを破壊したこと。それにもちろん……」彼はそこでぷつりと言葉を切り、ケイトリンの遺体の近くで待機している救急隊員ふたりのほうに顎をしゃくった。

「ケイトリンが」セオドシアは言った。「死んだこと」

「降り注ぐガラスの破片にやられたようですな」刑事はかぶりを振った。「なんとも痛ましい事故です」

「ケイトリンが死んだんだから、殺人事件になるんでしょう?」

「少なくとも過失致死にはなりますな」

「でも、故意だったら?　その場合は殺人なんでしょ?」

「そういう細かいことは地区検事にまかせればよろしい」刑事はぼそぼそと言った。「わたしがここにいるのは誰かを罪に問うためではない。犯罪を解決するためです」

「つまり、犯人を逮捕するということね」セオドシアは言った。

「やるべきことはちゃんと心得ていますよ、ミス・ブラウニング。これまで何度もやってきたことですからな」

「それはわかってる」

「ではあらためてお尋ねします。話をお聞かせ願えますかな」刑事は片手をあげた。「その前にひとこと。SUV車が突っこんできたくだりは繰り返していただかなくてけっこう。もう二十人から同じ話を聞かされましたので」

「じゃあ、新しい情報ならいいのね」

「新しい情報をお持ちなのですかな？」

「ちょっとした手がかりを見つけた気がするの」

ティドウェル刑事は先をうながすようにうなずいた。「聞かせてください」

「犯人のうちひとりは女性だったみたい」

「そう考える根拠は？」

「その犯人だけ手が小さかったの。それに指輪をはめていた」

ティドウェル刑事は背中をそらした。「なるほど」セオドシアの観察眼にさほど感心した様子は見せなかった。

「もうひとつ気づいたことがあるわ」

「頼みますから、ミス・ブラウニング、気を揉ませないでください」

「わたしが思うに、その人物は……」

「手が小さい人物のことですな」

「ええ。その人物はタトゥーを入れているみたいだった」

刑事は顔をしかめた。「たしか犯人は全員が手袋をはめていたと聞きましたが」

「手袋とシャツの袖とのあいだからちらりとのぞいたの。見た感じ……青い線が何本か集まってるみたいだった。あるいは、なにか文字が描いてあったのかも。はっきり見えたわけじゃないわ。ほんの一瞬のことだったから」

「なるほど」刑事は言った。ふいに、制服警官のひとりから大声で名前を呼ばれ、彼は首をめぐらした。「なんだ？　どうした？」

「鑑識が到着しました」警官は報告した。

「そうか」刑事は言うと、なにやらひとりごとをつぶやくように口をしきりに動かしながら、セオドシアにはお礼の言葉ひとつかけずにすたすたといなくなった。

セオドシアとしてもそれでまったくかまわなかった。どうせそんなものだろうと最初から思っていたし、刑事と入れ替わるようにブルックが息せき切ってやってきたからだ。

「いまの話は本当？」ブルックは期待の表情を浮かべて訊いた。「犯人の手になにか特徴があったとティドウェル刑事に言ってたでしょう？」

「タトゥーがあるのを見た気がすると言っただけよ」

「手がかりになりそうね」ブルックはセオドシアの答えに飛びついた。「大事なことかもしれないわ」

「でも、そうじゃない可能性だってあるのよ。最近じゃ、どれだけの人がタトゥーを入れてるか知ってる？」

ブルックの昂奮《こうふん》は失望に変わった。「そうね。たしかに、あなたの言うとおりだわ」目に涙がこみあげる。「だいいち、手がかりがあったところで、ケイトリンが戻ってくるわけじゃないし」

セオドシアはブルックのそばに寄って、その体を抱きしめた。

「本当に残念だったわね。ケイトリンのことはお気の毒としか言いようがないわ」見ると、鑑識がケイトリンの遺体を一心不乱に撮影していて、フラッシュが何度もまぶしく光っている。

ブルックは頭を上下に振るしかできなかった。

「さぞかしショックでしょうね」

「あなたには想像もつかないと思うわ」ブルックは低くしゃがれた声で言った。それからセオドシアから一歩さがった。「セオドシア、助けてほしいことがあるの」

「ええ」セオドシアは言った。「なんでもお手伝いするわ」

ブルックはティドウェル刑事のほうをちらりと見やり、すぐにセオドシアに視線を戻した。

「そうじゃないの。ケイトリンのことよ」

セオドシアは顔をくもらせた。お葬式を手配するのを手伝ってほしいということ？　それとも……？

「あの子を殺した犯人を見つけて」ブルックは切羽詰まった声で訴えた。

思ったとおりだ。〝それとも〟のほうだった。

「今夜ここにいた人のなかで、冷静なのはあなただけだった」ブルックは言った。「あなただけが、手がかりを見つけることができた」

セオドシアとしても助けてあげたい気持ちはある。それもおおいに。けれども、警察が精力的におこなう捜査に強引に割りこむ気にはなれなかった。「どこから手をつければいいのかわからないわ」そう言って、困ったように肩をすくめた。

「わたしが持ってる情報をすべて提供するならどう？」

「どういうこと、ブルック？」セオドシアは顔をしかめた。鑑識はケイトリンの遺体を黒いビニールの袋におさめ終えた。

「ジュエリーのリスト、お客さまのリスト……わかるでしょ」ブルックの口もとがかすかに引きつった。「セオドシア、この手のことを解明するとなったら、わたしの知るかぎり、あなたほど頭の切れる人はいないわ」

「いやだわ。そんなわけないじゃない。ティドウェル刑事は経験豊富な人よ。だってこの道のプロなんだもの」

「でも、あなただってこれまでにいくつもの事件を刑事さんと解決してきたじゃない」ブルックの口調がすがるような、思いつめたものに変わった。

セオドシアはしばらく黙っていた。やがて口をひらいた。

「そうね、そういうこともあったわ。少なくともいくつかの事件では」

セオドシアとブルックは、救急隊員ふたりがケイトリンの亡骸《なきがら》をおさめた黒いビニールの袋をストレッチャーに乗せるのを無言で見守った。ストレッチャーは割れたガラスやぎざぎざした金属片の上を運ばれていき、出口の段差を越えて外に出ると、待機中の救急車に向かった。

うつむいたブルックの頬を涙が伝い落ちた。

セオドシアはそんな彼女に同情をおぼえた。力になってあげたい。心の底からそう思う。けれども、自分は刑事でも私立探偵でもないし、テレビドラマの『CSI：科学捜査班』の熱心なファンというわけでもない。ただのティーショップのオーナーだ。三十代なかばの事業主で、笑顔でお茶とスコーンを提供し、お客と愛想よくおしゃべりをし、副業としてたまにケータリングの仕事もこなし、ほかのすべての小規模事業主と同じく、不安定な経済を心配している。

もちろん、それにくわえて頭がとびきり切れるし、好奇心旺盛だし、正義感も強い。このような性格はおそらく、司書だった母と弁護士だった父から受け継いだものだろう。ふたりともいまはこの世にいないけれど。あるいは、長い時間をかけて彼女のなかで熟成されていき、それがある日突然、この世界には不公平なものが多すぎると気づいたせいかもしれない。

セオドシアは心を決めると、ブルックの手を取り、強く握った。「わかった」感情が高ぶり、声がうわずる。

「できるだけやってみる。最善をつくすわ」

3

いつもなら月曜の朝は、あらたな一週間への昂奮と期待に充ち満ちている。けれどもけさは、昨夜のおぞましい光景の焼き直しだった。

セオドシア、ドレイトン、そしてヘイリーの三人は、インディゴ・ティーショップの一角にある小さな木のテーブルを囲んでいた。冷えこんできたので板石造りの暖炉に火を入れはじめた。けれども炎が軽やかな音をたてながら燃えさかっても、三人の心の冷えは取りのぞけなかった。

セオドシアは悲しみをこらえながら、昨夜の悲劇の一部始終をぽつりぽつりとドレイトンに説明し、ヘイリーが随時、横から補足した。セオドシアのお茶の師であるドレイトンは背筋をぴんとのばし、神妙な顔で聞き入っていたが、灰色の目には不安な気持ちがありありと表われていた。

セオドシアが強盗事件の一部始終を語り終えると、ドレイトンは特別に濃く淹れたアッサム・ティーをひとくち含み、小さな音をたててカップをソーサーに置いた。「では、その手の犯罪は普通、そう呼ばれているのだね。〝ショーウィンドウ破り〟と」

「警察ではそう呼んでる」セオドシアは言った。「ショーウィンドウ破りおよび殺人、と」

ドレイトンはかぶりを振った。「悲劇だ。悲劇としか言いようがない。愚かな強盗事件のさなかに、人ひとりが命を落とすとは」

「ブルックはそうとうショックを受けてるわ」セオドシアは言った。「ゆうべ、おいとましたときなんか、めちゃくちゃになった店内を茫然と歩きまわっていたもの。葬儀場に電話もかけていたみたい」

ドレイトンはイチゴのスコーンに手をのばした。ヘイリーが一時間ほど前に焼きあげたスコーンが手つかずのままそこに置いてあった。三人ともあまりお腹がすいていなかった。

「ブルックのつらい気持ちが手に取るようにわかるよ」

セオドシア、ドレイトン、ヘイリーは毎朝、開店前にこうしてひとつのテーブルを囲んでお茶を飲み、静けさに身をゆだね、たわいもないおしゃべりに興じる。けさは、ただひたすら、追悼の思いにひたっていた。ブルックの店のイベントが痛ましい形で終わったせいで三人ともぴりぴりし、どこか上の空で、ひどく動揺していた。

「それにね」ヘイリーが言った。「きょう、朝いちばんにインターネットで検索したんだ。そしたら、ショーウィンドウ破りの強盗はいま、すごくはやってるんだって。ベントレーの販売店の記事を読んだんだけどさ。たしかマイアミじゃなかったっけ？　ジュエリーショップを併設してるお店。大金持ちならロレックスの時計とベントレー、両方いっぺんに買えるってことなのかな。とにかく、そのお店が強盗集団に襲撃されたんだって。ゆうべ、ブルックの店を襲ったみたいな連中に」

「その店も一切合切を奪われたのかね？」ドレイトンが訊いた。六十代なかばの彼は白いものの交じった髪をうしろになでつけ、トレードマークのツイードのジャケットに蝶ネクタイで決めている。いつも少し堅苦しくてとっつきにくい印象だが、まっとうな南部紳士らしく、柔和な側面も見せてくれる。と言っても、硬くて厚い殻の下にもぐりこむのを許された相手にかぎるけれど。

ヘイリーはまじめくさった顔で、何度もうなずいた。「そのマイアミの販売店にあったロレックスの腕時計をひとつ残らず奪ったんだって。そのあと、販売員の財布も奪って新品のベントレーに乗って逃げたってわけ。すごく豪華な逃走車よね。三十万ドルはするはずだし、まだ六マイルくらいしか走ってないだろうし」

「大胆な強盗事件が増えてるっていうヘイリーの話は本当よ」セオドシアは慎重な顔つきで、自分のスコーンにクロテッド・クリームをたっぷりすくった。「ニューヨークの宝石店でもまったく同じ手口の強盗があったと聞いたわ。たしかマディソン・アヴェニューにあるお店じゃなかったかしら。犯人一味は盗んだトラックで正面の窓に突っこみ、ひとつ残らず持ち去ったそうよ」

ドレイトンは眉間にしわを寄せた。「そんな話を聞かされると不安になるね。ほら、土曜の夜から、ヘリテッジ協会主催のアンティーク展が始まるだろう？　防犯対策を強化するため、貴重な品々の警備にあたる人員をもっと増やすべきかもしれんな。ゆうべの強盗、というか人殺し連中が、ふたたび襲ってくる可能性だってないわけじゃない」

「まさか、そんなこと……」セオドシアがドレイトンに言いかけたそのとき、正面ドアを強く叩く音がした。

「お客さまだろうか？」ドレイトンは顔をくもらせた。「ずいぶん早いな」

ヘイリーがいきおいよく立ちあがり、更紗《さらさ》のカーテンを払いのけて、鉛枠の窓ごしに外をのぞいた。「ううん、ちがう。ブルックよ」

ドレイトンは驚いた。「ブルックが来ているのかね？　ここに？」

「入ってもらって」セオドシアは言った。

ヘイリーは正面ドアに駆け寄って、引きあけた。目を真っ赤にし、げっそりした顔のブルックがふらつく足で店内に入ってきた。

「気分はどう？」ヘイリーはセオドシアたちがいるテーブルへと案内しながら訊いた。

ブルックはドレイトンの真向かいのキャプテンズチェアに腰をおろした。

「もう最悪」

セオドシアが身を乗り出してブルックを抱きしめると、ドレイトンとヘイリーも同じようにハグをして、心からのなぐさめの言葉を何度も何度も口にした。

「ありがとう。本当にありがとう」ブルックは言った。

ブルックは頭のなかが真っ白になっているようだった。地震やハリケーンなど、想定外の大災害に見舞われた被災者と同じだ。体はここにあっても、心は……どこかよそに行ってしまったように見える。

ドレイトンがブルックにお茶を注いで渡した。「さあ、飲みたまえ」

ブルックはお茶を受け取った。「ありがとう」

ドレイトンは、大げさに顔をしかめた。「本当は出かけたりしてはいけないんじゃないのかね？」

ブルックはお茶をすばやくひとくち飲んだ。「そうね」そこでもうひとくち含む。「おいしい」

「これでも食べて元気を出して」ヘイリーはそう言うと、ブルックの前にスコーンをのせた皿を置いた。

ここで中身のある会話のきっかけを作らなくては、とセオドシアは判断した。するべき会話をしなくては。「お店のほうはどんな状態？」

ブルックはため息をついた。「警察がひと晩じゅう、瓦礫《がれき》を調べてたわ」

「手がかりを探していたわけか」ドレイトンが言った。

「なにも見つからなかったようだけど」ブルックは言った。「現時点で明るい材料といったら、犯行の一部始終がCCTVにとらえられていたことくらいだわ」

「CCTVとはいったいなんだね？」ドレイトンは訊いた。

「防犯カメラよ」ヘイリーが言った。「彼女の店のセキュリティシステム」

「それは朗報ね」セオドシアは言った。「防犯カメラに犯人の鮮明な画像が映ってるかもしれないんでしょ？　警察が身元を特定できるくらいの画像が」

「どうかしら」ブルックは懸命に涙をこらえた。「ゆうべのあれはまさに悪夢だった。いまもケイトリンが死んだなんて信じられなくて。と言うのもね……けさ、朝いちばんに監察医のところに行かなくてはいけなかったんだけど、そこで……」声が震えて先がつづけられず、言葉を切った。

「わかるわ」セオドシアは声をかけた。「つらかったわね。ううん……」彼女はこう言い直した。「恐ろしかったでしょう？」

「ケイトリンはデザイナーになるのが夢だった」ブルックはか細い声で言った。「わたしのところで働きたがっていたの」

「その話なら、あたしたちも聞いた」ヘイリーが言った。「あなたのようなジュエリーデザイナーになりたいって」

「監察医と話をして、ケイトリンの遺体を両親のもとに搬送する手配をしたら、きょうは一日、保険会社、美術館、個人の貸し主、それに大手の宝石商が半狂乱になってかけてくる電話の応対で終わりそう」

「聞いているだけで大変そうだわ」セオドシアは言った。「やらなきゃいけないことがたくさんあって」

ブルックはうなずいた。「そうなの。おまけに鑑識の人がいまだに店内を調べまわってるし、捜査員がふたり来てるし、わたしが雇った警備の人も何人かいるし」

「わたしでよければなんでも手伝うよ」ドレイトンが申し出た。

「ありがとう」ブルックは首をちょっとかしげ、セオドシアをひたと見すえた。「でも、ここに来たのはあなたに頼みがあるからなの。もちろん、あなたにいまもその気があればだけど」

「あるに決まってるじゃない」セオドシアは言った。「全力をつくす気持ちに変わりはないわ」

ドレイトンが眉根を寄せた。「いったいなんの話を……？」

「セオドシアに無理を言ってお願いしたの」ブルックは説明した。「力になってねって。ドレイトンも知ってるでしょ。不可解な事件を解明することにかけては、彼女ほど頭が切れる人はいないもの」

「そんなことないわ」セオドシアは言った。「どれも運に恵まれただけのことよ」

「それにセオは粘り強いし、慎重だもんね」ヘイリーが横から口を出した。「こないだは美術館で起こった奇妙な事件を解決して、大口の寄付をしてくれた人を殺した犯人を突きとめたし」

ブルックの顔にうっすらと笑みが浮かんだ。「そうそう。セオドシアがあの事件を解決したんだったわね。ええ、覚えてるわ」彼女はそう言うと、トートバッグに手を入れ、紙束を取り出した。「だから、わたしの手もとにある情報をこうして全部持ってきたの。とにかく、集められるだけかき集めてきたわ。招待客のリスト、契約書、宝石やアクセサリーを借りるための同意書、ゆうべのイベントに関係あるものは全部揃ってる」

「それを全部調べるのかね？」ドレイトンの目がセオドシアに注がれた。

「やってみると言ったの」セオドシアは大きな紙束を軽く叩いた。「調べてみるって」

「そういうことなら……がんばってくれたまえ」ドレイトンは納得したようだった。

セオドシアはかすかにほほえんだ。ドレイトンが背中を押してくれるのを待っていた。そうしてもらいたかったのだ。ドレイトンのことをお茶に関する知識が豊富な骨董品のコレクターと思っている人が多いが、セオドシアにとっては大事な擁護者でもある。セオドシアが自分に自信が持てないときでも、ドレイトンはちゃんと彼女を信じてくれる。

ドレイトンはブルックのほうに頭を傾けた。

「それで、警察はどう言っているのだね？　初期報告書にはなんと？」

「どれもたいしたことは書いてないわ」ブルックは言った。「全体としては、まだ話を聞いている段階という感じ。そうそう、それと、ＦＢＩが捜査にくわわると知らされたわ」

「なんだって？」ドレイトンは言った。「どうして、また？」

「連邦捜査官が関わってきたら、ティドウェル刑事は絶対にいい顔をしないと思うな」ヘイリーが言った。

「思いっきり不機嫌になるはずよ」セオドシアは言った。「もちろん、捜査官の誰かを撃つ機会があればべつでしょうけど」

ブルックが熱々のお茶が入ったテイクアウト用のカップとスコーンでぱんぱんの袋を手に帰っていくと、三人はインディゴ・ティーショップの開店準備に取りかかった。ヘイリーはお菓子づくりとランチの準備に専念するため、急ぎ足で厨房に向かった。セオドシアとドレイトンは店内を整える仕事にかかった。

「きょうはスポードの食器を使おうと思う」ドレイトンが言った。「柄がきれいで、気持ちが浮き立つからね」

「すてきなアイデアだわ」セオドシアは言った。店にはたくさんの磁器が揃っているし、彼女自身のカップとソーサーのコレクションも数が増えつづけている。チャールストンとサヴァナのあいだにあるすべてのガレージセール、オークション、骨董店を訪れるのをやめれば、きれいなコレクションの数々をすべて、戸棚という限られたスペースに納めることはもちろん可能だ。でも、それでは楽しくもなんともないじゃない？

「ブルックから預かったあの書類からなにか手がかりが見つかると、本気で思っているのかね？」

「さあ。とにかく、やってみるしかないわ」

「幸運を祈るよ」

ドレイトンは各テーブルにガラスの卓上ティーウォーマーを置き終え、いまはなかにセットした小さなキャンドルに火をつけているところだった。炎がちらちらと揺らめき、なごやかな雰囲気を醸《かも》し出す。悲しいけれど、それこそがいま、必要なものだった。

ティールームが半分ほど埋まった頃、バート・ティドウェル刑事がふいに現われた。普通の人のように入ってきたのではなく、もったいぶった足取りで入ってきたにちがいない。頭をめぐらし、きょろきょろと店内を見まわしながらも、動きを極力抑えたその様子は、冷酷に獲物を追いつめるハンターを思わせる。体が大きいわりにはとても敏捷《びんしょう》で、セオドシアはそのたびに驚かされる。けれども、彼が入り口近くのカウンターに歩み寄り、そこに前腕をのせてぐっと身を乗り出し、セオドシアとドレイトンがお茶を淹れる様子を食い入るように見つめてきたときには、驚かなかった。

ティドウェル刑事はようやく人差し指をセオドシアに向けた。

「ミス・ブラウニング」と威厳たっぷりの声を出した。「話があります」

「そうじゃないかと思ってた」セオドシアは腕時計に目を落とした。いまいるお客のためにポット三個分のお茶を淹れなくてはならないし、あとわずか四十分でランチタイムだ。店内で食べるお客のほか、テイクアウトのお客が何十人と押し寄せてくる。「ひとつ問題があって、いまは手を休めるわけにはいかないの。ランチタイムの準備をしなきゃいけないから。質問に答えるのは仕事をしながらでもかまわない？」

ティドウェル刑事はたくましい肩をすくめた。

「どうしてもとおっしゃるなら」

ドレイトンが振り返り、刑事をじっと見つめた。「おわかりだと思いますが、わたしもここを離れるわけにはいきませんので」

刑事はため息をついた。「そうでしょうとも」

セオドシアは上の棚から中国製の白地に青い柄の入ったティーポットをひとつおろした。

「なんの話にしても、ドレイトンの前で話してもらうしかないわね」

「なんの話にしても？」刑事は片方のぼさぼさの眉毛をあげた。

「あくまで妥当な範囲でだけど」

「当然です」

セオドシアはティーポットをおろし、ダージリン・ティーの缶を手に取った。

「わたしからもいくつか訊きたいことがあるわ」

「わかっています」

セオドシアはダージリンを二杯量り取ってティーポットに入れた。

「容疑者はあがっているの？」

ティドウェル刑事は首を横に振った。

「いまのところ、これといった人物は誰もおりません」

「手がかりは？」

「若干ですが。ゆうべ、あなたから聞かされたささやかな情報以外に、ということです。あなたと同じで、わたしも、小さな手をした人物は女性ではないかと考えています」

「女性の強盗なんているの？」セオドシアは訊いた。

「最近、数が増えているようです」

「興味深いわね」

「問題の小さな手の手首についていた青い線がタトゥーだとすると、なおさら興味深いですな」

「最近は誰もがタトゥーを入れてるわ」

「わたしはちがうぞ」ドレイトンの少しむっとした声が飛んだ。

「ほかにはなにかないの？」セオドシアは刑事が話してくれる情報の少なさに不満をおぼえた。なにしろ警察は夜を徹してハーツ・ディザイア宝石店を捜索したのだ。なにか見つけたに決まっている。「三人組の強盗のことで、決定的ななにかを目撃した人もいたんでしょ？」

「それがそうではないようです」刑事は言った。「全員から入念に話を聞いたのですがね。圧倒的多数の人は小さくなって、切り傷や打ち身の痛みに耐えていたと証言しています。毒ガスにやられまいとしていたと」

「実際には毒ガスじゃなかったのにね」セオドシアは苦笑した。「わたしはこのとおり、ぴんぴんしてる。ほかのお客さんもみんな無事だわ」

ティドウェル刑事はヘイリーが置いたスコーンのトレイに肉づきのいい手をのばし、イチゴのスコーンをひとつつまんだ。「ガスの正体は、ありふれた発煙筒でした」

セオドシアは皿とバターナイフを刑事のほうに滑らせた。

「軍事用にも使えるタイプ？」

「とんでもない」

「だったら、どういうときに使うものなの？」

「不良連中が悪ふざけに使うのでしょうな、おそらく」ティドウェル刑事はスコーンをひとくち食べ、ゆっくりと嚙んだ。「しかしながら、犯行に使われたＳＵＶ車は発見しました」

セオドシアの顔がぱっと輝いた。これこそ有力な手がかりだ。「どこで見つかったの？」クロテッド・クリームを少し、小さな器に盛って刑事に差し出した。

「ハンプトン・パーク近くの路地に乗り捨てられていました」

「そのことからなにがわかるの？」セオドシアは訊いた。「強盗一味がその周辺に住んでいるとか？」

「それはないと思います」

「じゃあ、犯人はどこに消えちゃったの？　大気圏外とか？」

「笑えますな。いまそれを調べているところです」

「車から指紋は見つかった？」

「きれいに拭き取られていました。犯人はプロですな」

「実はね……」セオドシアは言葉を切り、昨夜の光景を思い返した。一連の襲撃は、出来の悪い実験映画を観ているようだった。けれどもひとつだけ、頭にしっかり刻みこまれていることがあった。「現場にはオートバイもいた気がするの。犯人が引きあげたときに、大型バイクのエンジン音が聞こえたのをはっきり覚えてる」

ティドウェル刑事はセオドシアのほうに首をのばした。「ほかの目撃者からも同じ証言を得ています」

「じゃあ、バイクを目撃した人がいるの？　だって、店のなかまでは入ってこなかったから、外で待ってたはずだもの」

「おそらく外で待機していたのでしょう」刑事は言った。「見張り役として」

「わたしも同じように思った。つまり、犯人は全部で四人ね。でも、バイクはいまのところ発見されてないんでしょう？　盗まれたとか、どこかの裏通りに隠してあるのが見つかったという報告はあった？」

「いまのところはまったく」

それまで話をずっと聞いていたドレイトンが振り返り、刑事の前にティーカップを置いてお茶を注いだ。「実は少々、問題がありまして」

刑事はティーカップを手にし、香りを嗅いだ。「烏龍茶《ウーロン》ですかな？」

ドレイトンはうなずいた。「上質の台湾産烏龍茶です」

「なるほど。たしかに、かすかな発酵臭が感じられます」刑事はいくらか出っ張った目でカップごしにじっと見つめた。「ところで、あなたの問題とはなんですかな、ミスタ・コナリー？」

「実を言いますと」ドレイトンは言った。「ヘリテッジ協会主催のアンティーク展が今度の土曜の夜から始まるのです」

「ご懸念はよくわかりますが、その件でしたらどうかご安心ください。警備態勢を強化するため、警官の数を増やしますから」

「それはありがたい」ドレイトンは言った。「なにしろ、今回のショーではひじょうに貴重な品も展示されますので」

刑事はさして心配そうではなかった。「その貴重な品というのは……？」

「それが、その……」ドレイトンは急に思案顔になり、眉根を寄せた。「ファベルジェの卵なんですよ」

トロピカルなお茶会

夏のお茶会はトロピカルな演出で楽しみましょう。テーブルには花のブーケを飾れるだけ飾り、手芸用品店で買ってきたかわいい鳥の人形をいくつか添えます。花柄のテーブルクロス、ナプキン、お皿があれば、なおいいでしょう。メニューは半分に切ったパイナップルに盛りつけたカレー風味のチキンサラダ、バナナとナッツのスコーン、小さめに切り分けたマッシュルームとチーズのキッシュ。合わせるお茶は烏龍茶のほか、暑い日ならばラズベリーとハイビスカスのアイスティーもうってつけですよ。

4

そのときセオドシアは日本の緑茶の缶を取ろうとしていた。その手を途中でとめ、つま先立ちのまま言った。

「なんですって？」

まさか、聞き間違い？　ヘリテッジ協会が値段のつけようがないほど高価なお宝を展示するって言ったわよね？

「ファベルジェの卵を展示するの？」

驚きのあまり声が大きくなった。宝石で装飾された卵の市場価格がどのくらいか知らないけれど、まとめ買いすれば安くなるようなものでもないだろうし、そうとうな額になるはずだ。笏《しゃく》のひと振りで制作を依頼できるような、強大な権力を持つ皇帝などいないにひとしい現代ではなおさらだ。

「本物のファベルジェの卵ですかな？」ティドウェル刑事が訊いた。彼もドレイトンの発言に驚いているようだ。

ドレイトンはヘリテッジ協会の手腕に鼻高々となった。「ええ。ロマノフ朝のアレクサンドル三世が作らせた、正真正銘のファベルジェの卵をヴァージニア州のチューリンガー美術館から借りることができましてね」

「いつ、こっちに届く予定なの?」セオドシアは訊いた。

「そろそろだと思うのだが」とドレイトン。

「で、その卵の価値はいかほどなのでしょう?」とティドウェル刑事。

ドレイトンは蝶ネクタイをいじった。「いや、正確なところは存じません」

「見当くらいはつくでしょ」セオドシアは言った。「ねえ、だいたいの金額でいいから言ってみて」

ドレイトンは立ち聞きしている人がいるかもしれないというように、あたりをすばやく見まわした。

「このところのオークションでの落札価格を勘案するに、今回展示するファベルジェの卵は二千万ないし三千万ドルといったところだろう」

セオドシアは目を丸くした。「何千万ドルもするの? 驚いた。そうとうにたしかな品なのね」

「由来もそうとうたしかということですな」ティドウェル刑事が言った。

「ええ、まあ」ドレイトンは言った。「問題のファベルジェの卵は値段のつけようがないというのが実際のところなんですよ。だから、わたしが不安に思う気持ちもおわかりいただけるかと」

セオドシアは少し考えてから、警備はもう充分足りていることに気がついた。「ねえ、そこまで気にしなくてもいいんじゃない？」

ティドウェル刑事が激しく首を横に振った。「いやいや、ミスタ・コナリーの言うとおりです」

「ええっ？　本気で言ってる？」すかさずティドウェル刑事とまっすぐ向き合った。「だって、〈ハーツ・ディザイア〉の一件ではあなたたち警察が懸命の捜査をしてるわけだし、FBIの協力も要請したんでしょ。数日もすれば事件は解決すると思うわ。盗まれた宝石はちゃんと持ち主のもとに戻り、犯人は逮捕されて、じめっとした監房にじっとすわらされることになるはず」

「そううまく行くとは思えませんな」刑事は言った。

セオドシアは意見を曲げなかった。「ううん、絶対にそうなる」

「刑事さんはどういう展開になるとお考えで？」ドレイトンが尋ねた。

ティドウェル刑事は表情をくもらせた。「遺憾ながら、解決にいたらなかった重大宝石強盗事件は何百件とあるのです」

「何百件も？」セオドシアは甲高い声をあげた。まずいわ。

「宝石類およびアクセサリー、なかでもダイヤモンドはひじょうに濃縮された富と言えましてね」ティドウェル刑事は言った。「小さくて持ち運びが楽なうえ、換金も容易です。世界じゅうどこでも通用する通貨の一形態なのです。ザイールからザグレブ。モスクワからモナコ」

「世紀の大強盗を描いた映画にでも出ている気分になってきましたよ」ドレイトンが言った。「ケーリー・グラント主演の『泥棒成金』のような。リヴィエラでみんながのんびりカプチーノを飲んでいるあいだに宝石が盗まれる、あの映画です」

「映画のなかの話であれば、どんなにいいか」刑事は言った。「残念ながら、宝石業界における窃盗被害は、アメリカだけでも年間一億ドルをくだらないのです」

セオドシアは刑事のカップにお茶を少し注ぎ足した。「〈ハーツ・ディザイア〉の事件ではFBIの協力が要請されたそうだけど。彼らはどういう形で協力するの？　具体的になにをすることになってるの？」

「おそらくは、めちゃくちゃに引っかきまわすだけでしょうな」ティドウェル刑事はお茶をひとくち飲んでカップを置き、ナプキンで口もとをぬぐった。「捜査の現場で役立つほどの能力も鋭い洞察力も持ち合わせていない連中ですから」

「そうは言うけど、あなたもかつては仲間だったじゃない」セオドシアは指摘した。「FBIの優秀な捜査官だったんでしょ」何年も前、ティドウェル刑事はFBI捜査官の職を辞してチャールストンへやってくると、この地で殺人課を率いることになったのだ。

刑事は二個めのスコーンに手をのばし、半分にスライスすると、シルバーのナイフをくるりとまわした。

「たしかに、たくさんの事件を捜査してきました。しかし、役立たずの官僚どもとしょっちゆう角突き合わせていましてね。わたしとしては証人から話を聞いて現場捜査をおこなうことで手がかりを得たい状況でも、連中は盗聴によって情報を集め、使えない資料をためこむばかりというわけです」彼は軽蔑するようにせせら笑った。「連中は報告書を書きたいだけなんですよ」彼はラクダの糞の話でもするように〝報告書〟という言葉を発した。「まったく、役にたつことこのうえありません」

「それで、このあとは？」ドレイトンが少しいらいらした声で訊いた。「わたしたちはなにをすればいいんです？」

ティドウェル刑事の表情がこわばった。

「さきほどの宝石をあしらった卵を油断なく見張ります」

「あっちでわたしたちが話してた内容、少しは聞こえた？」セオドシアはヘイリーに尋ねた。厨房の寄せ木のカウンターにもたれ、焼きたてスコーンとマフィンの香りに陶然となりながら、ヘイリーがコーンチャウダーの大鍋をかきまわすのをぼんやり見ていた。

「まあね」ヘイリーは言った。「ドレイトンがファベルジェの卵がどうのって言ってたよね。いったいなんの話？」

「アンティーク展で展示するため、ヘリテッジ協会が借りたんですって。ロシアの皇帝が作らせたというファベルジェの卵よ」

「つまり、正真正銘の本物ってこと？」

「そうよ。アレクサンドル三世が作らせたものだと聞いてるわ」

ヘイリーは木べらを振り、カウンターをコンコンと叩いた。

「思うんだけど、そのゴージャスな卵の件はタイミングが悪すぎるんじゃないかな。展示を見合わせるわけにはいかないの？」

「ドレイトンによると、卵はアンティーク展の目玉なんですって。それをひと目見るためだけに、大口の寄付をした人たちが全員、土曜の夜にやってくるらしいの」

「大口の寄付をした人以外がひと目見にきたらどうするのかな。ゆうべ、ブルックの店を襲った連中みたいなのが」

「その場合、わたしたちみんな、たいへんな問題を抱えることになるわね」

「わたしたちみんな？　うそでしょ」ヘイリーはうろたえた。「お願いだから、あたしを数に入れるのはやめてよね。きのうの強盗事件だけで一生分の経験をしたもん」

ヘイリーはいまも、強盗事件で受けたショックを引きずっているようだ。それにもちろん、ケイトリンの死のショックも。

「ええ、たしかにそうね。不安にさせてしまったのならごめんなさい。そもそも、きょうのランチメニューを訊こうと思ってきたのに」

「ふう、よかった」ヘイリーはほっとした表情になった。「これで、日常業務に戻れる。さて、と」エプロンのポケットから縦三インチ、横五インチのインデックスカードを一枚出し、セオドシアに渡した。「はい、これ」

のね」

セオドシアはカードに目をとおした。「レモンのスコーンとコーンのチャウダーが前菜な

「うん。それと、本日の前菜三種からも選べるの」ヘイリーは言った。「ひとり用のチキンのポットパイ、ズッキーニのキッシュ、それから三種類のサンドイッチ。具はチキンサラダ、トマトのスライスとチェダーチーズ、イチゴ入りクリームチーズ。デザートにはタフィーバーとチョコレートブラウニーのトルテを用意したわ」

「どれもおいしそう」

「涼しくなってきたから、温かみのあるメニューを考えるのが楽しいんだ」ヘイリーはそう言うとほほえんだ。「心臓《ハート》にやさしいメニューもね」

「さすがね」

ランチタイムは予想よりも忙しくなった。セオドシアはお客を出迎え、お茶を注ぎ、注文を取った。たしかに涼しくなってきたせいか、温かみのあるメニューが人気だった。コーンのチャウダーは何杯も売れ、チキンのポットパイにいたっては品切れになりそうないきおいだ。それでも、ヘイリーが魔法の力を発揮してくれたおかげで、いまも数皿分は残っている。

一時を十五分ほどまわった頃、ちょっとだけ手があいた。そこで奥のオフィスからスコーン用ミックス粉の箱を持ってきて、ティールームの棚に補充した。

このささやかな販売コーナーは自分でも気に入っている。アンティークのハイボーイ型チ

エストふたつに、茶漉《ちゃこ》し、ティータオル、デュボス蜂蜜、それにつやつやした青い袋に入ったインディゴ・ティーショップのオリジナルブレンドのお茶が所狭しと並んでいる。いまの季節用にドレイトンがブレンドしてくれたのはクランベリー・ラズル・ダズル、ブラック・ティー・オレンジ、そして白茶《パイ》と細かく砕いたリンゴとブラックカランドをブレンドしたオータム・マジックの三種類だ。

下二段の棚には、セオドシアが考案した〈T・バス〉というスキンケア商品が並んでいる。カモミール配合のひきしめ化粧水が一番人気だが、白茶をブレンドした足用トリートメントや入浴剤もよく売れている。

すべてをきちんと並べ終えると、セオドシアは店内を見まわし、思わず頬をゆるめた。新しく生まれ変わらせ、装飾をほどこし、居心地よくした板葺《いたぶ》き屋根の小さなキャリッジハウスは彼女の自慢だ。紅茶色をした木の床が素朴な魅力を醸し、キャンドル、骨灰磁器、上質のリネンがヴィクトリア朝らしさを添えている。しかも、壁にはオーナメントで装飾したブドウの蔓《つる》のリースやスワッグがかかっている。どれもおばのリビーが暮らすケイン・リッジ農園で収穫して乾燥させた野生のブドウの蔓にビロードのリボンをとおし、上品な花柄のティーカップを吊したものばかりだ。というわけで、ティーショップ全体は、素朴でヴィクトリア朝風、それでいて既成概念にとらわれない雰囲気にあふれている。

「セオドシア?」

ドレイトンに呼ばれて入り口近くのカウンターまでゆっくり歩いていくと、彼は入ってきたばかりのお客と立ち話をしていた。着ているものはドレイトンとほぼ同じ。つまり、ツイードのジャケットにポケットチーフ、あつらえたスラックス、そして鼈甲《べっこう》縁の眼鏡。ただし、蝶ネクタイではなく普通のネクタイを締めていた。

「セオ」ドレイトンは言った。「紹介しよう、こちらはライオネル・リニカーさんだ」

セオドシアは笑顔のリニカーと握手した。「でも、どういう方かは想像がつきます。ドレイトンと一緒に理事をなさってますよね。ヘリテッジ協会の」

身長六フィート、コウノトリのように痩せたリニカーはにこやかにほほえんだ。

「おっしゃるとおりです。しかも、その仕事をおおいに楽しんでいるんですよ。チャールストンに来て、まだ日が浅いのですが」

「ライオネルは半年前に引っ越してきたのだよ」ドレイトンが言った。

「なのにもう理事会のメンバーになられたんですか。すごいわ。ドレイトンとゆかいな仲間たちは、あなたのことをそうとう高く買っているようね」実際、ライオネル・リニカーは教養にあふれ、上品な感じがした。

「ライオネルとわたしは美術の趣味がとても似ていてね。しかも彼は〝ブ〟という街に住んでいた頃、美術史を教えていたそうだ」

「その街はどこにあるんでしょう？」セオドシアは質問した。ばつが悪そうなまなざしで相手を見つめる。「ごめんなさい。地理にうとくて」

「ルクセンブルクの南東部です。もっとも、国そのものが約二千六百平方キロメートルと、たいへん小さいのですが」

「そこのお生まれなんですか？」ルクセンブルクの人と会うのはこれがはじめてだった。

「いえ、ちがいます。生まれたのはオーストリアのホレンブルクというところで、ウィーンの近くです。数年前、国境のドイツ側近くの大学で教えることになって、ルクセンブルクに移ったんですよ。トリーア大学です」

「まあ。まさに世界市民なんですね」

「とんでもない」リニカーは言うと、ドレイトンの案内であいたテーブルに向かいはじめた。

「すみません、長々と立ち話をしてしまって。ランチを食べにいらしたんですよね」セオドシアはエプロンで手をぬぐった。「なにを差しあげましょう？　ドレイトンからメニューは聞いていらっしゃいますか？」

「いいから、チャウダー、スコーン、それにチキンのポットパイを持ってきたまえ」ドレイトンが言った。「まだ残っているのなら」

「ちょうどひとり分残ってます」セオドシアはリニカーに言った。「あなたのものだとわかるよう、ちゃんと名前が書いてありますよ、きっと」

リニカーはにやりとした。「うれしいですね」

セオドシアはふたつのテーブルの上を片づけ、帰るお客の会計をし、六件のテイクアウトの注文をこなした。一段落ついたところで、ライオネル・リニカーの向かいの席にすとんと腰をおろした。彼はあと少しでスコーンを食べ終えるところだった。

彼ははじけんばかりの笑顔になった。セオドシアと話ができるのを喜んでいるようだ。

「お訊きしてもいいかしら」セオドシアは言った。「なぜチャールストンを選んだんですか?」

リニカーはてのひらに顎を乗せて考えこんだ。

「選んだというより、チャールストンに呼ばれたんですよ。最初はちょっと立ち寄るくらいのつもりで、根をおろすつもりは全然なかったんです。しかし、どこか強く惹かれるものがありましてね」彼の目は昂奮のあまりきらきら輝いていた。「目の前に大西洋が広がり、両側に川が流れている場所に住むのは実に楽しいものです。それにもちろん、建築物にもすっかり心を奪われました」

「ヨーロッパ色の強いものがありますものね」

「そうなんです」リニカーはうなずいた。「しかし、大きな屋敷にはあきらかに南部らしい味わいが感じられます。つまりですね、イタリア様式の建築に豪華なバルコニーと手すりを合わせるなんて、南部の建築家でなければ思いつきませんよ。まったくほれぼれします。それだけではなく、チャールストンには秘密の散歩道、教会、さびれた墓地がありますし、音楽、芸術、演劇もさかんだ。活気にあふれると同時に、情緒たっぷりの街だと言えます」

セオドシアは水を差すようなことを言うのはどうかと思いつつ、昨夜の強盗事件の話を持ち出すことにした。ヘリテッジ協会と無関係ではないからだ。

「昨夜、ハーツ・ディザイア宝石店が強盗に襲われたのはご存じですか？　警察は、若い女性が亡くなったのを殺人と断定したようですが」

リニカーは声をひそめた。「ええ、けさの新聞で読みました。一面にのっていましたから。なんとも痛ましいことです。たしか、ハーツ・ディザイア宝石店のオーナーはあなたの親友だとか」

「ええ」

「あなたも現場にいたとドレイトンから聞きました。一部始終を目撃されたそうですね」

「断片的に見えただけですけど。あまりに突飛なことで、なにがなんだかわからないうちに終わってました」しかし、あらためて思い返してみると、ＳＵＶ車の衝突、略奪、その後の逃走と、すべてがスローモーションで起こったような気がしてくる。わずか二分程度の出来事が、数十分にも感じられた。

「ドレイトンは、今度のアンティーク展の警備員を増やしたほうがいいのではと頭を悩ませているようです」リニカーは言った。「なにしろ、ファベルジェの卵が展示されるのですから」

「ヘリテッジ協会の関係者全員が頭を悩ませていることでしょうね」セオドシアは言った。

「まだティモシー・ネヴィルとは話をしていないので、彼がどう考えているかはわかりません。計画を変更するのかどうかも含めて」

ティモシー・ネヴィルは八十を過ぎた、ヘリテッジ協会の理事長だ。何十年にもわたって強力なリーダーシップで協会を支配し、その権力から手を放すつもりは微塵《みじん》もない。それどころか、骨ばってごつごつした手にいっそうの力をこめているほどだ。

「さっき、ティドウェル刑事と話したんです」セオドシアは言った。「チャールストン警察の殺人課を率いてる人ですが、警察官を何人か余分に配置すると言ってました」

「それはまたずいぶんと気前がいいな」リニカーは言った。「それなら、われわれとしてもかなり気が楽になりますよ」

「協会のほうでも警備員を多めに雇うんでしょう？」

「さっきも言ったように、どういう計画になっているのかぼくはよく知らないんです。しかし、ティモシーがうんと言えば、警備会社に連絡して、警備員の数を増やすことになるでしょうね」

「それが賢明だと思います」セオドシアは言った。「ファベルジェの卵はいつ届く予定なんですか？」

「もうまもなくでしょう」リニカーは言った。「警備輸送を専門とするブリンクスのトラックで運ばれることになっています。なので、道中は百パーセント安全ですよ」

セオドシアはほほえんだ。二週間ほど前に観た古いモノクロ映画の記憶が頭をよぎった。タイトルは『ブリンクス』。何百万ドルもの現金が奪われたその事件は、当時の被害総額の記録を塗り替えた。いやだわ。その続編なんてごめんだわ――題して『ブリンクスと奪われたファベルジェの卵』だなんて。

5

ドレイトンがノックの音をまねながら、セオドシアのオフィスのドアをあけた。

「トントン」

「ローズヒップ・ティーを持ってきたよ。飲むかね？」

「ちょうど飲みたかったところ」セオドシアは言うと、デスクを片づけ、なみなみと注がれたティーカップを置く場所を作った。

ドレイトンは散乱した書類に目をとめた。「けさブルックが持ってきた、まとまりのない書類に目をとおしているのかね？」

「そう。でも正直言って、なんの手がかりも得られそうにないわ」

ドレイトンは紙を一枚手に取った。「これは？」とつぶやく。「ああ、なるほど。展示会に出品してくれた宝石商や美術館のリストか」

「本当につらいことだわ」セオドシアは言った。「ブルックはこの人たちの信頼を得ることで、とてもめずらしい品々の展示に漕ぎ着けたのよ。それがすべて持ち去られてしまったなんて。せっかくのお宝が……ひとつ残らず」

「犯人たちの目にも同じように映ったのだろうな。お宝だと。宝石もアクセサリーもばらばらにしたのち、処分するのだろう。つまり売り払うということだ」

「あなたならあれだけのお宝をどこに売り払う？」セオドシアは訊いた。

「ティドウェル刑事も言っていたではないか。売る先はいくらでもある。なにしろ宝石もダイヤも持ち運びに苦労しない。ポケットに隠せば、あとは飛行機で香港でもリオ・デ・ジャネイロでも好きなところへ行けばいいのだからね」

「きらきら光る上等な品は、常に引く手あまただものね」何人もの故買屋が油断のないカラスのように宝石をひとつひとつ調べる光景が目に浮かんだ。

「そういうことだ。さらに踏みこんで言うなら、盗まれた宝石の売買は、地下経済のかなりの部分を占めていると思われる」ドレイトンはべつの紙を手に取り、かぶりを振った。「よくもまあ、こんなものから手をつけたものだな」

セオドシアはいくらかのんきに考えていた。「やってみなくちゃわからないでしょ」そこで息を深く吸いこんだ。「ゆうべの事件をいろんな角度から検討してみたの。で、そのたびにひょっこり頭に浮かぶのよ。内部の犯行という可能性はないのかって」

ドレイトンは半眼鏡ごしにセオドシアをうかがった。「どういうことだね？」

「昨夜パーティに来ていたお客の誰かがショーウィンドウ破りに手を貸したとは考えられない？」

ドレイトンは凍りついたように、その場で動かなくなった。「そんなことをする理由はな

「わかった、それでいい。ひとつ言わせてもらえば、どうやら金持ちではない人物を探しているんだね？」

「わからない」セオドシアは言った。「うんとお金持ちになるため、とか？」

ドレイトンは咳払いをした。「なるほど、その線は考えつかなかった。きみはとても柔軟な頭の持ち主だな、セオ」

「褒め言葉と受け取っておくわ」セオドシアはそこで一拍置いた。「それで……本当のところ、どう思う？ 完全に的はずれかしら？」

ドレイトンは口をすぼめた。「ふむ……招待客のリストをもっとよく調べたほうがよさそうだ」

しかし、二十分たっても、たいした手がかりは見つからなかった。

「リストに並ぶ名前を見てごらんよ」ドレイトンは言った。「ピンクニーという名字の人がふたりいる。ファーストネームはレイヴネルとカルフーンだ。みんな由緒ある、きちんとした家柄の人ばかりだ。チャールストンの重鎮と言っていい」

セオドシアも同意するしかなかった。「なかにはものすごくリッチで、これ以上、お金なんかいらないという人もいるわ」

「大量の宝石など、彼らにとってははした金でしかないだろうな」

セオドシアはしばらく考えてから口をひらいた。「だったら、それほどリッチじゃない人だけチェックしましょう」

「ふむ……それは一枚に目を走らせた。「ふむ……それはかなりむずかしいな。つまり、たいしてよく知らない相手の懐事情をどうやって調べるのだね？」

「さあ。とにかく、おおざっぱでいいから見当をつけてみて。ブルックのためだと思って。だってあなたはリストにあるかなりの人を知ってるでしょ。それにヘリテッジ協会の理事として、オペラファンとの交流もあることだし……」

ドレイトンは人差し指を立てた。「今度の水曜の晩、この多くの面々と一緒になる。今シーズンのオープニングを飾るのは『ラ・ボエーム』だからね」

「すごいじゃない。じゃあ、この街の富裕層の一部と親交を深めるのね」セオドシアはリストを軽く叩きながら言った。「目をしっかりひらいててちょうだいよ。このなかの名前のどれかにあやしい人がいないか、しっかり調べてきて」

「あからさまに尋ねるのはぶしつけではないかな」ドレイトンは言った。

「そんなことないわ」

それから三十分近く、ふたりはいくつかの名前を調べ、意見を交わした。

そうこうするうち、セオドシアは言った。「もうひとつ思いついた」

「なんだね？」

「内部の協力者は犯行そのものにはまったく関わってないのかも。メンバーを集めただけかもしれない」

「映画のようにかね？　実行犯を金で雇ったと？」

「そう。パリス・ヒルトンの自宅にしのびこんだブリングリング窃盗団と同じよ。アクセサリー、デザイナーズブランドのバッグ、とにかく手当たりしだいに盗んだ連中がいたでしょ」

「そいつはにわかに信じがたいな」ドレイトンは言った。

「じゃあ、最近、ニュースになってる東欧系の窃盗集団という線はどう？　パリやロンドンのブティックを襲撃してる人たち」

ドレイトンは考えこんだ。「ああ、大胆きわまりないな。その手の連中がこの地にやってきたと本気で考えているのかね？」

「可能性はあるわ」セオドシアは言った。「それに、あれがよく組織されたショーウィンドウ破りの一味なら、当分はチャールストンを離れないと思うの。つまり、昨夜と同じような惨事が繰り返されるのは確実よ」

ドレイトンは口をすぼめた。「ヘリテッジ協会でおこなわれる盛大なアンティーク展のことを言っているのだね。そう言われたら不安になるじゃないか」

「そうよ、不安になってほしいもの」セオドシアは言った。「一度めでうまく逃げおおせた場合、同じ犯行が繰り返される可能性は高いわ。あなただって犯人を見ていれば同じように思うはず。頭の回転が速いし、完璧に統率がとれているし、しかも大胆不敵ときてる。要するに、ものすごく優秀だってこと」

「ふむ、そういうことならば、さっきのリストをもう一度、よく調べたほうがよさそうだ」

ふたりはあらためてリストに目をとおし、その結果、六つの名前に赤でクエスチョンマークをつけた。容疑者というわけではない。人柄をよく知らないというだけのことだ。

「この、サブリナ・アンドロスという女性だけど」セオドシアは言った。「この人とは事件のあと、話したわ。しばらく空涙を流してたけど、けっきょくそれほど大きなショックを受けたわけじゃなかったみたい。どちらかと言えば、そうね、あのあとどうなるのかに興味があったという感じ。警察の事情聴取に応じるのは渋ってたけど」セオドシアは大きく息を吐き出した。「でも、サブリナのことはほとんどなにも知らないし、自分でも先走りしすぎてるのはわかってる」

ドレイトンは目を閉じ、考えにふけった。「アンドロス。アンドロスか。どこかで聞いた名前のような気がするが」

「うちの店に何度か来てくれたことがあるわよ」

ドレイトンは指をぱちんと鳴らした。「ちょっと待てよ。ご主人はヨットに乗るんじゃなかったかな?」

「さあ。ご主人はヨットマンなの?」セオドシア自身はこのところ、思うようにセイリングには出かけられなくなっていた。だから、チャールストン・ヨット・クラブでのんびりと過ごし、シーブリーズ・カクテルをちびちび飲みながらヨットにまつわる最新のゴシップに耳を傾けることもなくなっている。

「アンドロス。たしかそういう名前のはずだ」ドレイトンは言った。

「それなら簡単に確認できるわ」セオドシアは電話を手に取り、〈ハーツ・ディザイア〉の番号をダイヤルした。「ブルックに訊けばいいのよ」

「そのあいだにわたしはお茶を新しく淹れてくるとしよう」ドレイトンは言うと、ドアから出ていった。

ブルックに電話がつながった。「もうなにかわかったの？」

「残念ながらそうじゃないの」セオドシアは言った。「簡単な質問があって電話しただけ」

「あなたのほかにも二百人は電話してきたわ。怒りくるった人たちがね」

「でも、わたしは怒りくるってなんかいないわ」セオドシアはなだめた。「招待客のうちふたりについて、もうちょっと知りたいだけ」

「誰のことかしら？」

「サブリナとルークのアンドロス夫妻。招待客リストにふたりの名前があるんだけど、よく知らない人だから。ルーク・アンドロスはヨットマンなの？　ドレイトンがそうじゃないかと言うんだけど」

「そうよ」ブルックは言った。「ルーク・アンドロスは〈ゴールド・コースト・ヨット〉というお店を経営してるの。特注品の高級ヨットを専門に扱ってるみたい」

「そのふたりをゆうべの展示会に招いたのはたしかなのね？」

「実を言うと、直前になって招待客リストにくわえたの。先週、ルークが奥さんにプレゼントするすてきなアクセサリーを探しにうちの店にやってきたんだけどね。そのときに、展示会が開催されるのを知って、自分も参加していいかと訊かれたわけ」

「アンドロス夫妻について、ほかになにか知ってることはない？」

「彼も奥さんもこの街に来てまだ日が浅いということくらいね」ブルックは言った。「たしか、八カ月くらい前に〈ゴールド・コースト・ヨット〉を開店したはずよ」

「ほかには？」

「そうねえ、上流階級の仲間入りをするため精力的に活動しているという話は聞いたけど」

「お金にものを言わせて、ということね」べつに目新しいことではない。

「というより、やたらと顔を売ってる感じ」ブルックは言った。「だって、うちの店でなにひとつ買ってないもの」

「それで、ふたりとも昨夜は会場に来てたの？　サブリナとは話をしたけど、ご主人と話した記憶がなくて」

「ううん、ルークは来られなかったの」

「気になるわね」ルークとサブリナの名前の隣にもう一度チェックマークをつけたとき、ドレイトンが新しく淹れたお茶を手に戻ってきた。

「どうかしたの？」ブルックがあせりのにじんだ声で訊いた。気が気でないのだろう。「なにかわかったの？」

「ううん。もらった招待客リストをじっくり調べてるだけ」セオドシアは言った。「さりげなく話を聞く場合にそなえて」

「あなたの耳に入れておきたい話があるの」ブルックは言った。「けさ、たまたま耳にしたんだけど」

セオドシアは色めきたった。「どんな話？」

「昨夜のパーティ、招待されてない人がまぎれこんでいたの」

「誰だかわかる？」

「ううん。でも一時間前、警察から防犯カメラの映像を見せられたんだけど、たしかにいたのよ」

「その人が招待客リストに入ってないのはたしかなのね？」

「まちがいないわ。とにかく、警察は見つけ出すと約束してくれたわ。たぶん、画面キャプチャした画像を運転免許証かなにかと照合するんだと思う」

「進展があったらわたしにも教えて、お願いよ」

「ええ、そうする」

「なんの話だったのだね？」セオドシアが電話を切るなりドレイトンが尋ねた。

「ゆうべ、招待客でない人がひとり、まぎれこんでいたんですって」

「ブルックの知っている人かね？」

「ううん。でも、警察が調べてるそうよ」セオドシアは少し口ごもった。「それと、サブリナとルークのアンドロス夫妻についてはちょっと調べたほうがよさそう。ふたりを容疑者リストからはずすために」

「どうしてだね？」

「理由はいくつかあるわ。ブルックによれば、夫妻はこの街に来てまだ日が浅くて、上流階級の仲間入りをしようと必死なんですって」

ドレイトンは顔をしかめた。「ほかには？」

「昨夜のパーティにサブリナは来ていたけど、ルークは来なかった」

「なるほど。たしかに気にはなるな」

「もうひとつの理由として、高級ヨットビジネスの経営者だから上流階級の人々と正面切ってつき合っているという点もあげられるわ」

「たしかにそうだ。しかし、どうやって夫妻の素性を洗い出すのだね？」ドレイトンは両の眉をぴくぴくさせた。「ヨットを買いにいくとか？」

セオドシアはしばらく考えこんだ。「デレインに電話してみましょう」

デレイン・ディッシュは社交界の重鎮で顔が広く、しかも寄付金集めに関しては超一流の腕を持っている。〈コットン・ダック〉という高級ブティックを経営し、セオドシアの大親友を公言している。

「だってデレインに知らない人なんかいないもの」

「きみの口からデレインの名前が出るとは奇遇だな。というのも、ほんの数分前、デレインがアフタヌーン・ティーをしに来店したのだよ」

「それ、本当？」

「本当だとも。自分の目でたしかめるといい」

セオドシアは大急ぎで厨房を抜け、物陰からティールームをのぞいた。デレインは石造りの暖炉の横にある小さなテーブルについていた。しゃれた茄子紺のスーツで決め、黒髪を無造作でありながら小粋なお団子に結いあげているせいで、ハート形の顔がいっそう引き立って見える。落ちつきのない様子で携帯電話に向かってあれこれしゃべっていて、近くにいる人には話の内容が丸聞こえだった。

「デレインはなにを注文したの？」セオドシアは訊いた。

「チキンサラダのサンドイッチだ。そうそう、モカルバリ・イースト茶園のアッサム・ティーもポットに淹れて出してあげたよ」

「アッサム・ティーのなかでもカフェインがかなり高いお茶じゃないの」

ドレイトンは肩をすくめた。「茶葉が細かくカットされたお茶は、それだけカフェインが抽出されやすいからね」

「デレインにまともに話を聞いてもらうにはカフェイン爆弾じゃだめだわ。ラプサン・スーチョンを淹れたポットと交換しなきゃ」

「異論はないよ」ドレイトンは言った。

「セ・オ・ド・シ・ア」

デレインは親友の姿を認めるや、はずんだ声を出した。テーブルの上に身を乗り出すようにして、セオドシアの手を握った。きっちりメイクされた顔は美しいが、すみれ色の目を爛々と輝かせている。「例の恐ろしい強盗事件のこと、けさの新聞で読んだわよ。ひどい話ねえ。ブルックがあんな形で大事な姪御さんを亡くすなんて、気の毒すぎるわ。それで、あなたは本当にその場にいたの？」

「残念なことにね」

「だったら、ことの顚末《てんまつ》を話してちょうだい。ひとつ残らず」

セオドシアは自分から見た事件の一部始終を語った。SUV車がショーウィンドウを突きやぶって入ってきたこと。その場にいた全員が悲鳴をあげ、ガラスの破片が飛び散ったこと。覆面をした犯人たちがてきぱきと動きまわってケースを片っ端から叩き壊したこと。そして最後に、残骸のなかから、ケイトリンが死体となって発見されたこと。その首にはガラスの破片が刺さっていたこと。

デレインはひとことも洩らすまいと聞き入っていた。目がしだいに大きくなり、口がまんまるのOの形になっていく。「なんておぞましい死に方なの。ものすごく痛かったことでしょうね。しかも、いまの話だと、犯人は宝石をひとつ残らず奪ったんでしょ？」

「奥の部屋の金庫にしまってあるもの以外は全部ね」

「信じられない」デレインは椅子に背中を預けた。「話を聞いてるだけでぞっとしちゃう」

「それはもう、目をそむけたくなるような光景だったわ」

「行かなくてよかった」デレインはため息をつき、高価なスーツから見えない糸くずをひとつつまんだ。チャールストン屈指の高級ブティックのオーナーであるデレインは、持っている服の数が半端ではない。しかも、セオドシアもときどき驚かされるのだが（というのも彼女自身はサイズ8から、しだいにサイズ10に近づきつつあるからだ）、デレインは小さなサンプルサイズに、糖質制限ダイエットで手に入れたほっそりした体がするりと入るのだ。

「最初はすてきだったのよ」セオドシアは言った。このままさりげなくデレインに訊いてみるつもりだった。「チャールストンの著名人の多くがいらしてた」

デレインは目の前のサンドイッチを、パンの部分を避けるようにしてちょっとだけ口にした。「そうでしょうね」

「新顔も何人かいたわ」セオドシアは思い出そうとするように、目を細くした。「きれいな女の人と知り合ったの。サブリナ・アンドロスという人なんだけど、会ったことある？」

「ええ、あるわよ」デレインは言った。「サブリナとは先月のオペラのための資金集めイベントで会ったわ。ご主人と〈ゴールド・コースト・ヨット〉というお店を経営してるんですって」

「ふうん。いかにも高そうな名前ね」

「最高級のヨットを売ってるんだもの」デレインはほほえんだ。「マーキス、プリンセス、ヴァンテージ。最後のヴァンテージは、有名デザイナーのカルヴァン・クラインも所有してるヨットなんですって」

「へえ。その話からすると、アンドロス夫妻はかなりのお金持ちみたいね」

デレインは手を振った。「というより、新興成金に近いわ。とにかく、このところ、あちこちにお金をばらまいてて、いろんな慈善事業を支援してるのはたしか。どこの馬の骨ともわからないけど。だって、ちゃんとしたチャールストンの家柄じゃないみたいだもの」

「そんなのはどうだっていいじゃない」セオドシアは言った。「四つ脚動物レスキューの会のワンちゃんたちだって、血統書なんかないんだから」

デレインは椅子にすわったまま、背筋をぴんとのばした。「そうよ。しかもどの子も愛くるしいの。このあいだの資金集めイベントの小切手を届けに寄ったとき、子犬を見かけた話はしたかしら？　すっごくかわいいパグの子犬だったのよ。うちの大事なシャム猫ちゃんたちさえいやでなければ、すぐさま抱きあげて家に連れ帰りたいくらいだったんだから！」

セオドシアはデレインの話をてきとうに聞き流しつつ、リストに印をつけたほかの人についても、いくつかさりげなく質問をした。

「やけにあれこれ質問するのね」デレインはすねたように口を突き出した。

「ごめん」セオドシアは言った。「自分ではおしゃべりしているだけのつもりだったんだけど」

「ううん、あきらかに詮索してる感じだった。さりげなさをよそおってはいたけど、なにか意図があるってわかったもの」デレインは猫のように目を細めた。「あたしとあなたの仲なのよ。あなたは絶対、なにか隠してる」

6

デレインから話を聞き出すのはこれくらいにしておこう。一部は本人が勝手にしゃべったことだけど、大半は話してもらうのにかなり苦労した。

すでに陽が傾きはじめ、セオドシアはオフィスのデスクで覚書をメモしていた。

「デレインから有益な情報は得られたかね？」ドレイトンが訊いた。引退したバレエ教師のように、ちょっと気取ったポーズでドアにもたれていた。

「なんとも言えないわ」

ドレイトンはうっすらほほえんだ。「無理もない。デレインは難解なパズルと同じだからな。複雑で謎めいていて袋小路の連続だ」

「情報を引き出そうとしてると思われちゃった」

「実際、そうだったじゃないか。デレインもばかじゃない。高慢ちきなだけだ」

「ちょっと」ヘイリーがドレイトンを押しのけるようにして入ってきた。「ここであくせく働いてるのはあたしだけ？」

「たしかにきみだけだとも、ヘイリー」ドレイトンが言った。「セオとわたしはチョコレートボンボンを口いっぱいにほおばって、昼メロを見ながらのんべんだらりとしていたのだよ」

ヘイリーはうそばっかりという顔で彼を見やった。

「ドレイトンに昼メロのなにがわかるの？　スミソニアン協会のチャンネルとヒストリー・チャンネル、それに公共放送しか見ないくせに」

ドレイトンはあいまいにほほえんだ。「公共放送で『ダウントン・アビー』を放映しているよ」

「あれは昼メロなんかじゃないもん」

「正直になりたまえ」ドレイトンは言った。「きみも見ているんだろう？　あれは視聴率稼ぎの三文ドラマに近い。少なくともそうだった。そうは思わんか？」

「セオ？　あなたの意見は？」

セオドシアはペンをくるっとまわした。「そうねえ……わたしが思うに……三文ドラマに近いかな。でも、とてもおもしろいし、よくできてると思う」

「んもう」ヘイリーはつぶやいた。「言っておくけど、今週は超がつくほど忙しい一週間になるんだからね」

「わかってるとも」ドレイトンは言った。「あさってにはデヴォンシャー公爵夫人のお茶会が予定されているし、木曜日はロマノフ朝のお茶会だ」

ヘイリーはにっこりとした。「ロマノフ朝のお茶会と言えば……そうよ……セオドシアがチャンネル８に出演して大々的に宣伝してくれるのよね」

「インタビューはいつおこなわれるのだね？」ドレイトンは訊いた。

セオドシアはカレンダーにちらりと目をやった。

「えーと……あさってだわ。水曜の午後よ。デヴォンシャー公爵夫人のお茶会は終わったあとだけど、ほかのお茶会の宣伝にはばっちり間に合うわ。しかもただのインタビューじゃないの。簡単なお茶のデモンストレーションをやってほしいんですって」

「わくわくしちゃう」ヘイリーが言った。

「とにかく」とセオドシアはつづける。「お茶のデモンストレーションのあと、今週開催するふたつのイベントを宣伝する時間を二十秒くれるという約束なの」

「フル・モンティのお茶会の話をするのを忘れないでくれたまえよ」ドレイトンが言った。このお茶会は彼の発案によるもので、いつもなんだかんだと心配している。

「二十秒なんて短すぎる」ヘイリーは不満顔で言った。

「それでも料金表どおりに宣伝費を払ったら」セオドシアは言った。「千ドルはかかるのよ」

ドレイトンは両手を払った。「さてと、これで一件落着だな」

セオドシアの思いはブルックに飛んだ。セオドシアなら愛するケイトリンを殺した犯人を突きとめてくれると、全面的に信頼してくれているブルック。事件はまだ一件落着にはほど遠い。というより、ようやく手をつけたばかりだ。

「じゃあ、帰るね」

ヘイリーは大声で言いながら急ぎ足で厨房を出ると、セオドシアのオフィスに駆けこんだ。すでに着古した茶色い革のジャケットをはおり、持ち物はすべて小さなリュックに詰めてある。ブロンドのロングヘアは若々しくポニーテールにまとめてあった。

裏のドアまであと少しのところで、ドレイトンが声をかけた。

「外からえらく大きな音が聞こえるが、いったいなんだね？」彼はセオドシアのデスクの正面に置かれたお椅子様と呼ばれる張りぐるみの椅子にすわって、お茶を飲んでいた。セオドシアは相手にせず、注文書を書いたり、支払いをしなくてはいけない請求書に目をとおしていた。

ヘイリーは顔だけうしろに向け、ドレイトンに白い歯を見せた。「あ、気にしないで。友だちが迎えに来てくれただけ」

「その友だちとやらはシャーマン戦車に乗っているのかね？」

ヘイリーは天を仰いだ。「そうじゃないわ、ドレイトン。彼が乗ってるのはバイク。どうしても知りたいなら教えてあげるけど、ハーレーダビッドソンよ。言うまでもないことだけど」

「今度もまた問題児の彼氏というわけか」

「問題児って……」ヘイリーは片手を腰にあてた。「言っておくけど、彼氏じゃなくて友だちよ。わかった？」

「その友だちとやらに名前はあるのかね？」

「なによ、まったく。あたしの保護観察官のつもり？」

そう言われて、ドレイトンは思わず苦笑した。

「いいわよ、教えてあげる。彼の名前はビリー・グレインジャー」ヘイリーは言った。「とってもいい人よ。乱暴者でも変態でもないから、あたしの身におかしなことが起こる心配はまったくない。これで満足？」

「ああ」ドレイトンは言った。「とにかく、あの代物のうしろにしがみついてばか騒ぎするにしても、充分に注意してくれたまえよ」

「わかってるってば」ヘイリーは言うと、外に飛び出し、ドアを閉めた。

ドレイトンは立ちあがって、白いレースのカーテンごしに外をのぞいた。「なんとまあ、おそろしく大きなバイクだ。馬力もそうとうあるにちがいない」

セオドシアはデスクから顔をあげた。五冊ほどのお茶の専門誌やカタログをぱらぱらめくりながら、中身に目をとおしていたのだ。そろそろ缶入りのお茶、ジャム、ジェリー、お茶まわりの小物を注文する頃だ。「ん？」ドレイトンとヘイリーが軽口を叩き合うのに耳を傾けるうち、なにかぴんとくるものを感じたのだ。でも、それがなにかわからない。なんとか引っ張り出そうとするものの、どうしても出てこない。途中で引っかかったままだ。ま、いいか。

ドレイトンが振り返ってほほえんだ。「ヘイリーがちゃんとヘルメットをかぶってくれるといいのだが、と言ったのだよ」

セオドシアはヘイゼルハーストという名前の英国風コテージに住んでいる。かつては隣に建つ大きな屋敷の一部だったが、いまはセオドシアと愛犬のアール・グレイが支配する小さな独立国だ。

パタ、パタ、パタ。

セオドシアが玄関のドアをあけると、アール・グレイのしっぽが寄せ木の床でリズムを刻んだ。セオドシアが腰をかがめると、犬はぴょんと立ちあがり、彼女めがけてダッシュした。毛皮のかたまりは突進するなり、つやつやした頭を彼女の両手に埋めた。

「ただいま、相棒」セオドシアは言いながら、愛犬の耳を軽く引っ張った。「きょうの学校はどうだった?」セオドシアが雇っているドッグウォーカーはミセス・ベリーという名の元教師で、ほとんど毎日来てくれる。学校という名前はついているものの、アール・グレイのほか、ミスタ・ミスティという名のスコティッシュテリア、それにトッツィーという名のトイプードルの三匹を連れて、上品な界隈を散歩しているだけのことだ。犬たちは心ゆくまでにおいを嗅いだり、はしゃぎまわったり、リードを引く人間をストールズ・アレーやロングティチュード・レーンといった細くて、人通りの少ない玉石敷きの小道へと引っ張ったりと、散歩をめいっぱい楽しんでいる。

セオドシアは上着とバッグを掛けると、ダイニングルームを抜けてキッチンに入った。いまだに交換しなくちゃと思いつづけている趣味の悪い戸棚には目をそむけつつ、冷蔵庫のドアをあけ、なかをながめまわした。温めるだけになっているロブスターのビスク、残りもののキッシュがひと切れ、果物とチーズがたくさん。

おなかはすいてる? そうでもない。少なくともいまは。だったら、軽く走って炭水化物を燃やし、気分転換しようか。いいかもしれない。

十分後、ワークアウトパンツ、フード付きアノラック、ナイキのジョギングシューズに着替えると、アール・グレイとともに外に飛び出し、裏の路地を元気に走り出した。すでにあたりは真っ暗で、歴史地区を走っていると、明かりのついた窓からチャールストンの豪勢な家々の暮らしが垣間見える。

きらきら輝くシルバーと磁器の並ぶダイニングテーブル。板張りの書斎で飲むお酒。ワイン色の上着(あれって本当にスモーキングジャケット?)を着た男性がぱちぱちとはぜる暖炉の薪《まき》を突いている。明かりのスイッチが入り、風情あるアーチ形の窓にどっしりしたカーテンが引かれる。

セオドシアはかなりのハイペースで進みながら、昨夜の犯人たちはこういうお屋敷も下見したのかしらとぼんやり考えた。イースト・ベイ・ストリートとマレー・ブールバード沿いのこのあたりは、ジョージア王朝様式、連邦様式、ヴィクトリア朝様式の家々がこれでもかと並んでいる。最近の不動産市場で数百万ドルはする家ばかりで、チャールストンの銀行幹部、弁護士、それに医師が多く住んでいる。調度類——アンティーク、芸術作品、シルバー、東洋の絨緞《じゅうたん》、チッペンデールの家具、その他もろもろ――だけでも、ひと財産はあるだろう。どれも盗まれていないといいのだけど。

アール・グレイは骨格のいい頭に耳をぺたんとくっつけ、軽快な足取りでセオドシアと歩調を合わせている。セオドシアの胸は、大切なパートナーであるすばらしい愛犬への愛情でいっぱいになった。彼との出会いは数年前、インディゴ・ティーショップの裏の路地に捨てられ、寒さと恐怖で縮こまっていたのを見つけたときにさかのぼる。セオドシアはその犬を抱きあげ、ふかふかの毛布でくるんであやしてやり、以来、ずっと一緒にいる。アール・グレイはすっかりりっぱな犬に、賢くて、愛想がよくて、人なつこい犬に成長した。

しかもいまでは介助犬として登録され、〈ビッグ・ポウズ〉という団体に所属している。月に数回、介助犬であることをしめすナイロンの青いケープをまとい、病院や老人ホームを訪問する。膝に頭をのせるだけで、患者さんの顔がぱっと輝くこともあるし、昔飼っていた犬を思い出すのだろう、患者さんが切なそうにほほえむのを見て、セオドシアも涙をそっとぬぐうこともある。

セオドシアとアール・グレイはトラッド・ストリートを進み、チャーチ・ストリートにぶつかったところで左折し、明かりの消えたインディゴ・ティーショップの前を走り過ぎた。さらに二ブロック行ったところで、今度は右に曲がり、ハーツ・ディザイア宝石店に向かった。

店の近くまで来たところでセオドシアはアール・グレイのリードを引いた。声が聞こえ、黒と黄色のテープが風にはためいているのが見えたので、通りの反対側に渡った。まだ警察官の姿がちらほらあるし、白いオーバーオール姿の男性がふたり、ドアに『ジュニの金物店』と店名が入ったピックアップ・トラックの後部から、大きなベニヤ板を何枚もおろしている。

店を板で囲うんだわ。いまはそれくらいしかできることがないなんて、本当に残念。

コンコード・ストリートに向かい、クーパー川の高い堤防沿いを走った。ゆっくりと流れこんできた霧のなかに、数艘の小型船の明かりがぼんやり光る。その先に目を向けると、商用船が積み荷を降ろそうと大きな桟橋に着けているのが見えた。

走るペースを落とし、道からそれた。乾いた芝生の上を走って、岩がごつごつしている一帯に出た。セオドシアとアール・グレイは足をとめた。ふたりとも、たっぷり走ったせいで息がかなりあがっていた。

はるか遠くで、船の汽笛が悲しげに鳴り、やがて小さなタグボートがエンジン音を響かせながら姿を現わした。タグボートはセオドシアの目の前の川を通りすぎていった。川の水は灰色で、冷たく、盛りあがっているように見える。セオドシアは身震いすると、気の毒なケイトリンに思いをはせた。冷たい板に乗せられ、どこかの霊安室にいるケイトリンに。

いったい誰の仕業なの？

誰のせいで、彼女はあんなことになったの？

あの強盗事件を計画したのは誰？

セオドシアは口をきゅっと結び、十一月の寒さに体を震わせた。できるかぎりの手をつくし、なんとしても犯人を見つけ出してみせる。絶対に、おかしした罪の償いをさせる。

7

セオドシアとドレイトンが火曜の朝の開店に向けてインディゴ・ティーショップの最後の仕上げをしていると、思いがけないことが起こった。FBIがやってきたのだ。

地味なダークブルーのスーツ、ワイシャツ、細いネクタイをひと目見ただけで、セオドシアはFBIだとぴんときた。いかにも、ドラマや映画のキャスティング会社から直接来ましたという感じだった。あるいは、ドラマ『クリミナル・マインド』から抜け出したかのようだった。

ドレイトンのほうはそこまで観察眼が鋭くなかった。あるいは、昔のドゥーワップ・グループのリードボーカルだと思ったのかもしれない。

「申し訳ありませんが、まだ開店前でして」ドレイトンは言った。「外でお待ちいただけますか？」

上司らしきほうが口をきゅっと結び、革のIDケースをひらいた。長身で整った目鼻立ち、探りを入れるような黒い目、癖のある黒髪には白いものが交じりはじめている。

「すみません」ドレイトンは相手がしめしている身分証には目もくれずに言った。「飛びこ

みのセールスはお断りしております。インディゴ・ティーショップはその方針を厳格に守っておりまして」

セオドシアは噴き出しそうになった。ドレイトンはときどき、とんちんかんなことをやらかしてくれる。彼の肩に手を置いて、そのわきをすり抜けた。

「どうぞお入りください」セオドシアは言った。「ええ、お待ちしていました」

「誰か訪ねてくる予定などないはずだが？」ドレイトンは怪訝《けげん》な表情で言った。

「ボイド・ジマーと申します」ふたりのうち背の高いほうが言った。「連邦捜査局のＡＩＣ、主任捜査官です。こちらは部下のデイヴィッド・ハーリー捜査官」

「ＦＢＩの方でしたか」ドレイトンはしどろもどろになった。「まいったな」

「はじめまして」セオドシアは笑顔でふたりと握手し、自分とドレイトンを捜査官たちに紹介した。「開店時間まで数分ほどありますから、おすわりになりませんか？」そう言って窓にいちばん近いテーブルをしめした。「こちらへどうぞ」

捜査官たちはまじめくさった顔で、テーブルに向かった。気がつけば、この南部女性の手玉に取られていたが、どうしていいかわからなかったのだ。

捜査官たちが腰をおろすと、セオドシアは言った。「よろしければ、お茶とスコーンをお出ししますが」

「スコーン……ですか？」ジマー捜査官はあやしむように言った。インサイダー取引か違法な武器の密輸でも持ちかけられたみたいに。

「ええ」セオドシアは愛想よく言った。「きょうはココナッツとチェリーのスコーン、メープルナッツのスコーンをご用意しています。当店のパティシエはとても腕がいいんですよ」

「どちらもうまそうだ」ハーリーがぼそっとつぶやいた。薄くなりかけたブロンドの髪、実直そうで生き生きした顔、真っ青な瞳。上司よりも緊張がほぐれているのか、お茶とスコーンが出てくるのを心待ちにしているように見える。

「では、それぞれひとつずつお持ちしますね」丁重にもてなしておけば、なにか聞き出せるかもしれないと思ってのことだ。

セオドシアは急ぎ足で厨房に引っこみ、シルバーのトレイにスコーンをのせ、かたやドレイトンはポットに工夫紅茶を用意した。

全員が席に着くと、セオドシアはスコーンをのせたトレイをまわし、ドレイトンはお茶を注いだ。ハーリーが言った。「ちゃんと淹れたお茶なんてはじめてだ。いや、中華料理の店では飲んだかもしれない」

「そういうところで出るお茶はティーバッグだと思いますよ」ドレイトンがお茶の師匠モードになって言った。「中身は茎だの、細かくなりすぎた茶葉だのの寄せ集めでしてね。ここはぜひ、きちんとした茶葉で淹れたお茶を飲んで、まろやかで深みのある上等な味を知っていただかなくては」

「つまり、これは上等なお茶なんだね？」ハーリーは言うとひとくち含んだ。

「お飲みになればわかります」ドレイトンは言った。

「うん、たしかにおいしい」ハーリーは言った。

「気に入っていただけると思っていました」ドレイトンは満足そうにほほえんだ。「上質の中国紅茶は味のバランスがよく、飲みやすいんですよ」

ジマーとハーリーはセオドシアがスコーンを横半分に切るのを見て、それをまねた。

「このホイップクリームを上にのせるのかな？」ジマーが訊いた。

「それはクロテッド・クリームと言います」セオドシアは言うと、ドレイトンのほうにうなずいた。「ドレイトンのオリジナルレシピです」

捜査官たちはクロテッド・クリームをたっぷり塗ったスコーンにかぶりつき、おいしいというようにうなずき合った。

うまくいったわ、とセオドシアは心のなかでつぶやいた。

「よくわからないのですが」セオドシアはふたりの捜査官に言った。「なぜＦＢＩがこの宝石強盗事件の捜査にくわわるんですか？　バート・ティドウェル刑事が率いるチームはりっぱに仕事をしていると思いますが。住民はみな、チャールストン警察に全幅の信頼を置いています」

「ふむ」ジマーは口をもぐもぐ動かしながら言った。「市民のみなさんが信頼しているのはわかります。われわれだって信頼していないわけじゃない。ただ、これまでの経験上、今回のような規模の宝石強盗は、よそから来た犯罪組織が関わっている場合が多いんです」

「つまり、州をまたいだ犯罪ということですね」そういう理屈なら理解できるが、それでもティドウェル刑事はFBIの介入をよく思っていない。

「そのとおり」ハーリーが言った。彼はスコーンを食べるのにかかりきりだった。小さく切り分け、それぞれにクロテッド・クリームをひかえめに塗っている。

「われわれが多大なる関心を寄せているのにはもうひとつ理由がありまして」ジマーが言った。「ダイヤモンドなどの宝石類はドラッグや武器の購入に使われることが多く、FBIで言うところの〝影響力の大きい資産〟だからです」

セオドシアは椅子の背にもたれた。「まあ。なんとも物騒な話」

「まったくです」ジマーは言った。「しかし、昨今では、国家の安全を間接的に脅かす強盗事件が増えているんですよ」

「というわけで、ぜひとも」ハーリーがセオドシアにちらりと目をやりながら言った。「いくつか質問をさせていただきたい」

「わかりました」セオドシアは言った。

「警察の報告書を読んだところ」ハーリーは言った。「あなたの名前が何度も出ていますね」

「目撃者ですから」

「いやいや、とてもすぐれた目撃者でいらっしゃる」ハーリーは言った。「なにしろ、犯人の手をしっかり観察していたのはあなただけです。しかも、それを女性かもしれないと推理までなさっている」

「タトゥーを入れた女性だ」ジマーが言った。

「正確に言うと、見えたのは手じゃないわ」セオドシアは自分が目にしたものを正確に思い出そうとしながら言った。「手首です。手袋が終わって袖がずりあがったところの肌がちょっとだけ見えたんです」

ジマーは身を乗り出した。「そこにタトゥーが見えたんですね」

セオドシアは首を横に振った。「いいえ、事情聴取をした警察官にそうは言ってません。タトゥーのような淡いブルーの線がいくつか見えたと言ったんです。タトゥーというのは普通、わかりやすい図形だったり、文字だったりしますよね。でも、わたしが見たのは、なんと言うか……クロスハッチのような感じだった。どういうものか、おわかりになります？」

ジマーはノートとペンを出し、大きめの格子模様を手早く描いた。「こんな感じかな？」

「近いわ。この図形になにか意味はあるんですか？」

「この場ではなんとも」ジマーは言った。「しかし、特徴的な図形なのはたしかです」

「FBIではタトゥーや記号をデータベース化しているのですか？」ドレイトンが訊いた。

ジマーはうなずいた。「しています。しかし、このことは誰にも言わないでいただきたい」

「言いませんとも」ドレイトンは全面的に協力する姿勢を見せた。

セオドシアはテーブルを指先でこつこつ叩いた。あらためて、頭のなかで犯行の一部始終を再生する。突っこんでくる車。叩き壊されるガラスケース。犯人一味の精密機械のような手際のよさ。

「なにか？」ジマーが訊いた。「ほかにもなにか情報がおありですか？」

「おふたりと話をするうち、記憶がよみがえってきたんです」

「どんなことでしょう？」ハーリーが訊いた。

「ひとつ思い出したことがあって」

捜査官ふたりは期待に目を輝かせ、身を乗り出した。

セオドシアはジェスチャーをするように右手をあげた。

「犯人のひとりが小ぶりのハンマーを使ってたんです。だから、その……ケースを叩き割るときに。でも、ちょっと変わったハンマーでした。あまり見ない感じの」

ハーリーは興味をしめした。「鋲打ちハンマーか、家具製作用のハンマーのようなものとか？」

「ちょっとちがうわ。いまおっしゃったハンマーの形は知ってるけど、ゆうべ見たのはそういうんじゃなかった。片側にぎざぎざの爪のようなものがついた、銀色のハンマーでした」

セオドシアは鼻にしわを寄せた。「もっとわかりやすく説明できればいいんですけど、とにかく見えたのはほんの一瞬だったので」

「興味深いな」ハーリーが言い、ジマーはさらになにやらノートに書きこんだ。

「いまのは重要なヒントになるでしょうか？」ドレイトンが訊いた。

ジマーはいきおいよくノートを閉じた。「われわれは手がかりと呼ぶほうを好みます」

「でも、そう呼べるのは、それをとっかかりにどこかに導かれた場合だけでしょう？」セオドシアは訊いた。

捜査官ふたりは答えなかった。

「ひとつ教えてほしいんですけど」セオドシアは言った。「犯行に使われたSUV車について、あらたな情報はありました？　乗り捨てられていた車ですけど」

「持ち主がわかりました」ジマーが言った。

「この界隈の人？」

ジマーは首を横に振った。「いいえ。持ち主はサヴァナの住人です。本人の弁によれば、土曜の夜、自宅のガレージから盗まれたらしいとのことです」

「じゃあ、強盗一味はサヴァナ在住ということ？」

「そうとはかぎりません」ジマーは言った。「ついでに言うと、バイクについてはいまのところ、なにもつかんでいません。SUV車を先導しながら、マーケット・ストリートをものすごいいきおいで走り去るのを見たという目撃者がふたり見つかっただけです」

ジマーが〝バイク〟と言ったとたん、セオドシアはびくりとした。頭の隅でずっと気になっていたのはそれだった。きのうの朝、ティドウェル刑事がバイクの話を持ち出し、そのあと、夜にはヘイリーが店から出るなり、バイクのうしろにまたがった。おかしな偶然もあるものだ。

「バイクは見つかったんですか」セオドシアは訊いた。

「いいえ」ジマーが言った。「いまもどこかにひそんでいます」

びっくりする話はまだつづいた。

「ミス・ブラウニング」ジマーは言った。「写真を何枚か見てほしいのですが」

セオドシアはにっこりとほほえんだ。「でも、犯人は全員がマスクをかぶってました。顔はまったく見ていません。ほかの人も同じだと思います」

「とにかく、少しおつき合いください。いいですね？」

「ええ」

ハーリーが大きな茶封筒を手に取った。

ドレイトンがはじかれたように立ちあがった。「テーブルの上を片づけましょう」

「見せていただくのは宝石泥棒への関与が疑われてる人物の写真ですか？」セオドシアは訊いた。

「宝石泥棒であることがわかっている連中の写真です」ハーリーが言った。「何百万ドル、おそらくは何十億ドルにもなるダイヤ、ロレックスの腕時計、ネックレス、指輪、それにブレスレットを盗んだ連中です。盗んだのはブルガリ、カルティエ、ティファニーの一式だったり、ばらの宝石だったりしますが」

「写真は拝見しますけど、お役にはたてないと思うわ」セオドシアはどうしようもないというジェスチャーをした。「なにしろ、相手はマスクを着けていたので」

テーブルの上が片づけられ、ドレイトンがその場を去るまで待った。それからハーリーが封筒をあけた。彼は慎重な手つきで、十二枚の異なる写真を一枚一枚並べた。「すべてインターポール、すなわち国際警察組織から提供された写真です」

セオドシアは写真にざっと目をやった。写真は全部で十二枚あり、男性が十人、女性がふたりだった。カラー写真もあればモノクロ写真もある。手前の写真に目をこらす。三十代とおぼしき黒髪の男性が写っている。かぎ鼻で頬骨が高い。見るからに凶悪そうだが、ちょっぴり謎めいてもいる。

一枚一枚ていねいに見ていくと、どの顔もどこか洗練されたヨーロッパ的な雰囲気が感じられた。みんな泥棒なのだろうが――おまけに危険な人殺しかもしれない――優雅な生活を送っているように見える。

一枚見終えるごとに首を振る。最後の列に到達したときには、徒労に終わりそうな予感がした。こんなことをしたってどうにもならない。だってどの顔にもぴんとくるものが……。

最後の写真を見たとたん、セオドシアは目をみはり、小さな驚きの声をあげた。ＦＢＩ捜査官は即座に気がついた。

「その男に見覚えがあるんですね？」ジマーが訊いた。

セオドシアはマニキュアをした指で写真を軽く叩いた。「この人は誰？」

「名前はクラウス・ハーマン」ジマーは答えた。「ドイツ国籍で、ここ二年ほど、パリとローマで犯行を重ねている宝石泥棒です。また、ヘンリ・フォン・シュトラッサー伯爵、コンロイ卿、ルパート・ゲインズボローなど、いくつもの偽名も使っています」

「いまはどこにいるんですか？」セオドシアは訊いた。

「わかりません」ハーリーが言った。「昨年、カンヌで大胆な宝石店襲撃をやらかしたきり、消息を絶っています。南米に潜伏しているのではないかとわれわれは見ている。おおかた、ラム酒やグアバジュースでも飲みながら、ブエノス・アイレスのフォー・シーズンズ・ホテルのビーチでのんびりしているんでしょう」そこで少し間を置く。「この男に見覚えがあるんですか？」

セオドシアはクラウス・ハーマン、別名ヘンリ・フォン・シュトラッサー伯爵、コンロイ卿、ルパート・ゲインズボローの写真をじっと見つめた。構図と光の当たり具合によっては、ドレイトンの友人のライオネル・リニカーに少し似ている。

「知っているというわけじゃないんです」セオドシアはさんざん考えた末に口をひらいた。「でも、最近会った人にちょっと似ている気がするものだから」

「えっ！」捜査官ふたりはその情報に、食いつかんばかりになった。この場で銃を抜いて、逮捕しそうないきおいだった。

「でも、言っていいものかどうか……」

「話してください」ハーリーが言う。

「アメリカ国内だけのことじゃない。これは世界を股にかけた犯罪なんです」ジマーも割って入る。FBI捜査官らしい、すごみのある声に変わっていた。「海外支局とも協力して行方を追っているんです」

セオドシアは左手の指にはめたムーンストーンの指輪をまわした。話すべきか、話さざるべきか。そもそも、選択の余地なんてあるの？　ブルックにはできるかぎり力になると約束した。そして、わたしを見おろすようにすわっているふたりは、本物のＦＢＩ捜査官だ。

「この男性は、ライオネル・リニカーさんに少し似ている気がします」

「誰ですか、その人は？」ジマーが訊いた。「どういう人物なんです？」

「つい最近、チャールストンに越してきたばかりで、ヘリテッジ協会の理事をつとめている人です」

ジマーは猛然とノートに書きはじめた。

そのとき、無警戒の獲物に忍び寄る猫のように、ドレイトンが三人のテーブルにやってきた。これまでの話をすべて聞いていたのだ。

「セオドシア！」ドレイトンは大声を出した。「おふたりになんてことを」いまにも重篤な心臓発作を起こしそうな顔をしている。

セオドシアは写真を指で押さえ、向きを変えた。「この人を見て。誰かに似てない？」

ドレイトンは写真にじっと見入った。それから、てのひらを頬にあてがい、否定するように激しく首を振った。

「ドレイトン？」セオドシアは答えを迫った。「ほら、早く言いなさいよ」

ドレイトンは観念したようにセオドシアと目を合わせた。

「わかった。たしかにライオネルに似ている。きみの言うとおり、この写真の男性は、ライオネル・リニカーに少しだけ似ているよ」

8

「なんと、なんと」ハーリーは昂奮のあまり目を輝かせ、指先をぴくぴく動かした。

「しかし、おそらく彼ではありませんよ」ドレイトンが冷ややかな声で言った。不機嫌なのを隠そうともしていない。「人違いに決まっています」

けれどもジマーとハーリーはなおもしつこく、ライオネル・リニカーに関する情報をドレイトンに求めた。二分間の押し問答のあげく、ドレイトンは安物のトランプ用テーブルのように折れた。リニカーがチャールストンに越してきたいきさつ、ルクセンブルクに住み、トリーア大学で美術史を教えていたという本人の話、ヘリテッジ協会の理事になるよう依頼されたいきさつなどを説明した。

「ご協力に感謝します」ジマーは言った。

「べつに好きこのんで協力したわけじゃないが」ドレイトンは不満そうな声で言った。

「ここで、わたしたちからおふたりにお話しすることがあります」ジマーは言った。

「かなり深刻な犯罪の話です」とハーリー。

「おふたりは、ピンク・パンサーという犯罪組織を耳にしたことは？」ジマーは訊いた。

セオドシアとドレイトンは顔を見合わせた。

「映画の？」セオドシアは訊いた。

「われわれが言うピンク・パンサーは、名前から受ける響きとはちがって、愉快でも陽気でもありません」ジマーは言った。「インターポールは早くから組織の名前を公表してきましたが、残念ながらまったくお手上げ状態でしてね。わかっているのは、ドバイ、スイス、フランス、日本、ルクセンブルク、スペイン、モナコなどで被害総額五億ドルにもおよぶ大胆な窃盗事件を起こしたセルビア人グループということくらいです。組織のメンバーは全員が数カ国語を流暢《りゅうちょう》にあやつり、複数のパスポートを所持していると見られます」

ドレイトンは頭をかいた。「あきれたものだな」

「それだけじゃありません」ジマーは言った。「犯人一味はいったんは逮捕されたものの、その後、全員が脱走しています。マシンガンによる銃撃を受けながらも、モンテ・カルロ刑務所から脱走した者もいるほどです。ものの見事に行方をくらましたんです。べつの組織のメンバーはスイスのローザンヌにある刑務所からの脱走を計画し、四人の受刑者を連れて逃げています。スイスではほかにも、外部の共犯者の協力を得て、オルブにある刑務所からふたりが脱走しています」彼はあきらめたように肩をすくめた。「どいつも危険きわまる人間だという話はしましたっけ？」

「しかも、全員が犯罪人生を楽しんでいる」ハーリーが言った。「その結果、リッチになった。信じられないほどリッチに」

「おふたりのお話は……突飛すぎて」セオドシアは言った。「それにさきほど映画とはちがうとおっしゃったけど、まさに映画のような話だわ」

「ただし、現実のピンク・パンサーはたいへん高価なものしかねらわない」ドレイトンが言った。一味の大胆不敵な犯行に、あいた口がふさがらないようだ。それにおそらく、いくらか怯えてもいた。

「となると気になるのは」ジマーが言った。「あなたがたがおっしゃるリニカーなる人物がピンク・パンサーのひとりかどうかということです。日曜の夜の強盗事件を起こした一味のリーダーかどうか」

「つまり、リニカーは脱獄囚のひとりだとお考えで？」ドレイトンは訊いた。「マルセイユで貨物船に乗りこんだのち、チャールストンで下船し、あらたに宝石強盗集団を結成したと？」

「出来の悪い映画みたいになってきちゃったわ」セオドシアは言った。

「なにがどう関係しているのかはまだわかっていません」ジマーはドレイトンに言った。

「ハーツ・ディザイア宝石店の強盗は南米から来た一味という線も充分に考えられ、そちらも以前から追っています。このところマイアミをひそかに脅かしている、ひじょうにたちの悪い連中です。しかし、そのリニカー氏からも腰をすえて話を聞くことになるでしょう」

「指紋などを調べるだけですますわけにはいかないのですか？」ドレイトンは訊いた。「脱走した連中の指紋はそちらで持っているんでしょうに」

ジマーとハーリーは顔を見合わせた。「持っていました」ハーリーが言った。「しかし、いまはありません」

「たいした仕事ぶりだわ」セオドシアは言った。「で、けっきょくなにをおっしゃりたいの？どういうお話なんでしょう？　リニカーさんを厳しく取り調べるということですか？　百パーセント、無実と思われる人を。それとも、同じ人殺し集団があらたな襲撃を仕掛けるまで待つんですか？」ここで、わざとらしくドレイトンを見やった。

ＦＢＩ捜査官ふたりは黙りこんでいる。ドレイトンは居心地悪そうに身じろぎした。

「しかたないわね」ここは思い切って言うしかない。「実は、わたしたちからもお話ししておくことがあります」そう言ってドレイトンに目をやった。「ドレイトン？　おふたりにアンティーク展の話をしてあげて」

そこでドレイトンは、今度の土曜日からヘリテッジ協会で開催される展示会について簡単に説明した。多額の寄付をした人たちが一堂に会すること、ケータリングを担当する業者の名前、エトルリアの硬貨が展示される予定であること。そして捜査官の目が退屈でどんよりしはじめた頃、ファベルジェの卵の話を持ち出した。

この貴重な情報を耳にしたとたん、捜査官たちは色めきたち、話に食いついた。

「本物のファベルジェの卵ですか？」ジマーが信じられないという表情で訊いた。「あなたがおっしゃっているのは……つまりあの……」今度は舌がもつれて言葉が出てこない。

「かつてはロシア皇帝のものだったファベルジェの卵かとお訊きになりたいのですね」ドレ

イトンは言った。「ええ、いまお話ししているのは、まさにそのことです」

「大変だ」ハーリーが大声を出した。「もっと捜査官を呼び寄せなくては」


ジマーとハーリーが帰ったあとも、ドレイトンは午前中ずっと心ここにあらずの応対だった。愛想よくお客を出迎え、お茶を淹れ、いつもつっけんどんなミセス・メリウェザーが朝のお茶とスコーンを求めて立ち寄ったときには、ご機嫌とりまでしてみせた。けれどもセオドシアには、彼がまだひどく動揺しているのがはっきりわかった。

「胸が痛むよ」ドレイトンがそう打ち明けたのは、セオドシアがブラックカラント・ティーが入ったポットを取りにカウンターに立ち寄ったときだった。「こんなことが起こるなんて考えもしなかった。ライオネルは大切な友だちなのに、その彼をわたしは裏切ってしまったのだからね。ひょっとしたら彼の人生をぶちこわし、埋め合わせのしようがないほど壊滅的な結果を招いてしまったかもしれん」

「そんなこと、してないじゃない」セオドシアは言った。

「いや、してしまったとも。あのふたりのＦＢＩ捜査官はこれから、気の毒なライオネルの周辺を嗅ぎまわるにちがいない。彼の銀行口座を調べあげ、友人から話を聞き、まぶしい照明とマジックミラーのついた恐ろしげな部屋で彼を尋問するはずだ。それもみんな、わたしのせいだ」ドレイトンは中国製のティーポットに茶葉を三杯入れたが、何杯入れたかわからなくなったのだろう、ええいとばかりにもう一杯くわえた。

「実際には、わたしのせいよ」セオドシアは言った。「あの写真を見て、彼の名前がうっかり口を突いて出ちゃったんだもの。だって、写真の人はリニカーさんによく似てたから」彼女はドレイトンを見つめた。「ねえ、そうでしょ。あなただって似てると思ったでしょ」

「いくらか似ている点があったのはたしかだが、いまはきみの意見に同調したことを心から後悔している」

「ドレイトンたら……」セオドシアはなだめるような声を出した。

「ライオネルに連絡を入れておくべきだろうか」

「だめよ。絶対にだめ」セオドシアは言った。「リニカーさんが本当に世界的な犯罪者だとわかったら、警告をあたえたあなたも共犯者と見なされるわ」

「やれやれ。どうしたものやら」

「なんにもしちゃだめ。知らん顔していればいいの。なんにもなかったふりをして。リニカーさんのほうから、ＦＢＩから連絡があって話を聞きたいと言われたという話があったら、驚いたふりをするの。なんだったら、同情するような言葉をかけてあげてもいい。一緒になって憤慨するの」

ドレイトンはうなずいた。「憤慨するのはまかせてくれたまえ。完璧にやれるとも」

セオドシアはドレイトンの腕を軽く叩いた。

「そうそう、その調子。きっと丸くおさまるわ」

「そう思うかね？」

「ええ。リニカーさんが本当にあの写真の人でなければね……」

セオドシアは同じ通りにあるギフトショップ〈キャベッジ・パッチ〉を経営するリー・キャロルにお茶を注ぎ、スコーンを出し、イチゴジャムが入った小さな器を運んだ。アフリカ系アメリカ人のリーはセオドシアとほぼ同年代で三十代なかば。背が高くて、肌は美しいまでにつやつやし、セピア色の髪とアーモンド形の目をしていた。その容姿をひと目見るなり、彼女に夢中になる男性は多い。

「例の派手な宝石強盗事件が起こったとき、あなたも〈ハーツ・ディザイア〉にいたんですってね」リーは言うと、声を落としてつづけた。「しかも飛んできたガラスの破片でブルックの姪御さんが亡くなったそうじゃない」

セオドシアはため息をついた。「最悪だったわ。強盗だけでも充分ひどいのに。おまけにケイトリンが……」

リーは案じるような顔になった。「ブルックは事件をどう受けとめてる？」

「想像はつくと思うけど、悲しみにくれているわ」

リーは小さく身震いした。「考えちゃうわね。そもそも、なにをもって安全というのかしら？ チャーチ・ストリートは以前からずっと、魅力と気品が詰まったおいしいケーキみたいな通りだった。そんな場所で、あんな事件が起こった。ああいうことがあると、これまで培ってきた人や地域に対する信頼感が崩れてしまう」

「ええ」セオドシアは言った。「たしかに考えちゃうわ」

セオドシアにはほかにも考えていることがあった。ＦＢＩがライオネル・リニカーに疑惑の目を向けているだけでは物足りないとばかりに、バイク乗りのボーイフレンドについてヘイリーから聞き出すつもりでいた。

切手のように小さな厨房で、ヘイリーはめまぐるしくくるくるまわるシェフのバレエを踊っていた。大きくなりすぎたキノコのような白いコック帽を頭のてっぺんにのせて食材を刻んでいたかと思うと、オーブンに飛んでいって、焼きあがったばかりのナツメヤシとクルミのブレッドを出した。

セオドシアはどう切り出そうか迷いながら、入り口のところでぐずぐずしていた。

「ちょっと話せる？」とようやく声をかけた。

ヘイリーはほほえみ、入ってと仕種で伝えた。「さあ、どうぞ。勇気があるなら、わが領域に、わがささやかな縄張りにお入りを」

「けさは機嫌がいいのね」セオドシアは言った。

「あたしはいつだって機嫌がいいわよ」ヘイリーは言った。「ところでメープルとナッツのスコーンの評判はどう？　みんな気に入ってくれたかな」

「大好評よ」

「そう思った」ヘイリーはナイフを手にしてキュウリを薄切りにしはじめた。「どうかしたの、セオ？」

「けさ、ティールームのほうでいろいろあったのは聞いてるでしょ？」

ヘイリーは口もとをゆがめて笑った。「セクシーなFBIの人たちのこと？」

「ええ。でも、あのふたりがセクシーだとは気づかなかったわ」セオドシアは少し当惑しながらなかに入った。「セクシーだと思ったの？　本気？」

「背の高いほうがね。なんて名前だっけ？　ジマー？」

「ジマー特別捜査官よ」セオドシアは言った。

「特別捜査官って肩書きがすてきよね。秘密捜査官を連想しちゃう。ほら、『ミッション・インポッシブル』のトム・クルーズみたいな。自動的に消滅するテープレコーダーだの、ゴムのお面だのが出てくるやつ」

「そうね」セオドシアはなんとなく木の蜂蜜スプーンを手に取った。「でも、用件はなんだったかわかる？」

「うん。ブルックの店の強盗事件のことでしょ。それとケイトリンが死んだ件よね。あと、セオがドレイトンのお友だちに似た人の写真を選んだことも知ってる」

「ドレイトンのお友だちとは別人かもしれないわ」セオドシアはあわてて訂正した。「ライオネル・リニカーさんはまったく無関係よ、きっと」

「でも、世界を股にかける宝石泥棒かもしれないんでしょ」

セオドシアは、ここで本当に知りたい話題を持ち出そうと決めた。

「ねえ、ヘイリー。バイク乗りのお友だちのことをもうちょっと教えてほしいの」

ヘイリーはまだキュウリをスライスしていた。「知ってることなんかあんまりないけど」

「じゃあ、手始めに、彼の名前は？」

「ビリー・グレインジャー。でも、それならもうドレイトンが訊いたじゃない」

「お願いだからがまんして」セオドシアは言った。「次の質問はすごく妙に聞こえると思うけど……日曜日の夜、ビリーがどこにいたか知ってる？」

ヘイリーはちらりと目をあげ、ぽかんとした顔をした。

「もちろん、知ってるわよ。でも……」そこまで言うと体を硬くし、爬虫類《はちゅう》のようにゆっくりとまばたきした。「ちょっと待って。なんで彼のことなんか訊くの？」

「警察とＦＢＩによると、このあいだの宝石強盗事件でバイクに乗った男性が見張り役をしていたらしいの」

ヘイリーの上機嫌はまたたく間に吹き飛んだ。「それがビリーだってこと？」呆気《あっけ》にとられた声で言った。

「そういうわけじゃないの。でも、すごく奇妙な偶然だなと思って。大型バイクに乗った人物が逃走車を先導して街を駆け抜けていったのと同じときに、あなたに大型バイクに乗るお友だちができたなんて」

ヘイリーはむきになって頭を振り、ブロンドの髪があやうくネッカチーフからはみ出そうになった。「彼はそんなことしないわ。するわけないいじゃない」

「わたしだってそう信じてるのよ、ヘイリー。ただ……なんて言うか、あなたのことが心配で」

「ブルックのこともでしょ」

「ええ、もちろんブルックのことも心配よ」

「それに、ケイトリンを殺した犯人に法の裁きを受けさせたいのよね」

「それも大きな要因だわ」セオドシアは言った。

「だから、ビリーが日曜の夜にどこにいたか知りたいのね」

セオドシアは寄せ木のカウンターごしにヘイリーを見やった。「どこにいたか知ってるの？」

ヘイリーは乱暴にキュウリの薄切りを突き刺した。「仕事をしてたって言ってた。うそじゃないと思う」

「わかったわ、ヘイリー」セオドシアは引き際を心得ていた。「ちょっと、訊いてみただけなの」

「訊かれた質問には答えたから」ヘイリーはこわばった声で言った。きびすを返し、セオドシアに背を向けてコンロの前に立った。しばらくしてから口をひらいた。「ランチ用にカボチャのスープを用意したわ」

「青物市場に行ったのね」

「行ったわよ。それに、変わり種フルーツサラダとして、刻んだリンゴとパイナップルの入ったチキンサラダと、ローストビーフとチェダーチーズのサンドイッチも準備中」

「どれもみんなおいしそう」セオドシアは言った。お互い、何事もなかったように気軽にしゃべっているけれど、ヘイリーはそうとう気分を害している。「明日のデヴォンシャー公爵夫人のお茶会のメニューはもう決めた？」

「ドレイトンと話し合わなきゃいけない点がいくつかあるの。どの料理も彼が選んだお茶とぴったりマッチさせたいから」

「そうね、わかるわ」

ヘイリーはリンゴの皮を剝きはじめた。「このごろ、特別なお茶会の数が多くなってきた気がする。多すぎるとは思わない？」

「ううん、全然」セオドシアは言った。「興味深いテーマを中心に据えているから、どのお茶会も楽しいもの。それに、マーケティングの手法としてもすぐれているわ。常連のお客さまがうちの店に興味のある人を連れてきてくださることで、あらたなお客さまが獲得できるでしょ。まさにみんなが満足する状況と言えるわ」

ヘイリーは肩をすくめた。「だったら、いいけど」

セオドシアはランチを出し、テイクアウトのランチを箱詰めし、サマーヴィルから車でやってきた女性のグループを迎えた。自称サマーヴィルのお茶の女神たちは、目の前に置かれた甘いものとしょっぱいもの、どれを食べてもおいしいとべた褒めしてくれた。当然のことながら、ドレイトンは紅茶と白茶の微妙な違いについて話してほしいとせがまれ、その頼みに熱心に対応した。それも、しばらくのあいだのことだった。ランチタイムが終わると、彼はまたもくよくよしはじめた。

「いまのわたしは、ロッキングチェアだらけの部屋にいるしっぽの長い猫みたいにびくびくしているよ」彼はセオドシアに言った。ふたりはカウンターに立って、ティーポットを拭いたり、しまったりしていた。

「気を楽に持って」セオドシアは言った。「なにもかも丸くおさまるから。FBIがお友だちのリニカーさんの身元を徹底的に調べれば、万事解決するわよ、きっと」

「そうでなかったら？　ライオネルが本当に、そのフォン・シュマルツ伯爵とやらだとしたら……？」

セオドシアは苦笑した。「フォン・シュトラッサー伯爵よ」

「ライオネルが本当に国際的な犯罪者なのに、FBIが突きとめるのが遅れたとしたらどうなる？　土曜日のアンティーク展になにかあったら？」

「じゃあ、ドレイトンもあの人が悪人だと思うのね」

ドレイトンはすっかり落ちこんだ様子だった。「どう考えたらいいものやら。セオ、力を貸してもらえないかね」

「なにをするの？　リニカーさんを調査するってこと？　わたしたちだけで？」考えただけでなんだか落ち着かない気持ちになってくる。

「そうするのがいいと思うのだよ」ドレイトンは期待の色もあらわに言った。「われわれにもやれると思うかね？」

「どうかしら。ちょっと検討してみる。リニカーさんに質問するとしたら、あまり露骨にしないほうがいいと思うの。それも、ＦＢＩが質問した直後ならよけいに」

ドレイトンはセオドシアが言ったことをとくと考えた。「たしかにきみの言うとおりだ」

「でも、ティモシーには用心するよう、うながしたほうがいいわね」

「わたしも同じことを考えていたよ。というか、そうするべきだ。われわれの義務として」

「われわれ？　われわれの？　ちょっと待って。ティモシーに悪い知らせを伝える場にわたしもいなきゃいけないの？」

ドレイトンはおずおずとほほえんだ。「そういうことだ……いわゆる連帯責任というやつだよ」

セオドシアが理由をつけて断ろうとしたそのとき、電話が鳴った。

受話器をさっとつかむ。ブルックだった。

「セオ」ブルックは言った。「どんな具合？」

「いくつかの仮説を検討してるところよ、ブルック」

「まあ、本当に？」ブルックの声が生き生きとした。

「ティドウェル刑事のほか、ＦＢＩ捜査官ふたりとも話をしたわ」

「ティドウェル刑事のほうが信頼が置けるわね。ＦＢＩのふたりは事件のことを全然わかっすぐ、あなたに真っ先に知らせるって」

「いまはだめなの」セオドシアは言った。「でも約束する。はっきりしたことがわかったら
「そうなの？　だとしたらいい知らせだわ。具体的に……話してもらえる？」

「それがね、あなたが思ってるよりもまともに仕事をしているみたい」

てないみたいだもの」


「ありがとう、セオドシア」

「ゆうべ、ジョギングに出たときにお店の前を通ったわ」

「そう」ブルックは言った。「お店の残骸の前と言ったほうが正確だけど」

「またもとどおりになるわよ。あなたならできる」

「宝石商、コレクター、美術館からせっつかれて店がつぶれなければの話よ」

「大変ね、ブルック」

「本当に頼りにしてるから、セオドシア」

心臓がゆっくりと宙返りをし、セオドシアは唇を噛んだ。

「わかってる、ブルック。あなたの気持ちはしかと受けとめたわ」

9

　ランチのお客が帰り、床に落ちたスコーンのくずをきれいに掃きとり、ティーポットをもとの棚に戻し終えると、セオドシアとドレイトンはヘリテッジ協会に出かけた。

「すぐに戻るわ」セオドシアはヘイリーに約束した。

「留守はまかせて」ヘイリーは返した。

　ドレイトンは白髪交じりの頭に茶色のハンチング帽をかぶり、セオドシアのために裏口のドアをあけた。

　突然、秋の冷たい風が吹きこんで、デスクに積まれた書類の山を飛ばし、セオドシアの鳶色の巻き毛が頰に当たった。

「ありがとう」

　セオドシアは水色のパシュミナをはおってかき寄せ、陽射しのなかに出た。風が直接当たらなければ、体感温度はまずまずの十五度前後。けれども大西洋から強い風が吹きつけると……その場合は話がべつだ。ときにチャールストンの秋は、ふたつの季節がごちゃ混ぜになる。夏がいつまでもしがみついて離れない日があるかと思えば、夜になると冬将軍が街に乗

りこんで、冷たいマントを目いっぱい広げようとする。このところ、両者は膠着《こうちやく》状態にある。

「ヘイリーとふたりでクリスマスのお茶会のメニューをあれこれ話し合ったのだがね」チャーチ・ストリートを歩きながらドレイトンが言った。どんなときでも紳士であるドレイトンは、歩道の車道側を歩いている。「ヘイリーは、出すものが毎年同じだから、スコーンと前菜の一部を新しく入れ替えたいと言うのだよ。しかしわたしが思うに、ほとんどのお客さまは定番のメニューを楽しみにしているのではないだろうか。クリスマス・キャロルをかけたり、ドアにリースを飾ったりするのと同じで、誰もが安心できるすばらしい伝統なのだと思うよ」

セオドシアはほほえんだ。彼女自身はまだ感謝祭より先のことまで頭がまわらないが、ドレイトンとヘイリーがちゃんと先を見越しているのがうれしかった。ふたりは最強のコンビであり、クリエイティブな情熱と伝統的な知恵がうまい具合に交じり合っている。喧嘩しないようしっかりコントロールする必要はあるけれど。

「クリスマスのショッピングは始めたの？」セオドシアは訊いた。

ドレイトンは足をとめることなく答えた。「贈るのはお茶と決まっている」

「訊くまでもなかったわね」

細い遊歩道を道なりに進んでいき、聖ピリポ教会の角をまわるときに、ドレイトンが訊いた。「こんなことをして本当にいいのだろうか？」

「気が変わったなんて言わないで。けさのＦＢＩの訪問で不安になったのはあなたのほうでしょ。リニカーさんのこと、ティモシーに話したほうがいいと言い出したのもあなたよ。ピンク・パンサー強盗団に襲われるかもしれないと警告したほうがいいって言ってたくせに」

「ああ、たしかに。ただ、突飛な話を聞かせるのは抵抗があってね」

「事前の警告だと考えればいいじゃない」

「なるほど。そう考えれば納得できる」


深紅と琥珀色の葉の小さな嵐が乱れ舞うなかを墓地に向かって歩いていると、セオドシアの胸は期待でふくらんだ。古い墓石のあいだをくねくねと進んで隣の由緒ある教会の敷地までのびる、しっかりと踏み固められた小道を行くのかと思うと、それだけでわくわくしてくるのだ。ここに来ると昔のチャールストンの豊かな歴史に包まれる感じがする。この永眠の地には、過去の政治家、軍の高官、チャールストンの上品な淑女、それに一般市民たちが眠っている。あたりは大いなる静けさに包まれ、スパニッシュ・モスが南部の令嬢を飾るレースのように木の枝からしだれている。オークの古木は長い歳月に耐えてきたのだろう、ところどころねじ曲がり、こぶだらけになっている。

「それで、どういうふうに話を持っていくのだね？」ふたり並んでのんびり歩きながら、ドレイトンが訊いた。「あれこれ考えてみたのだが、考えがさっぱりまとまらないのだよ」

「これといったことはなにも考えてないわ」セオドシアは言った。「すべての事実をティモシーの前に並べて、彼に結論を出してもらうしかないと思うの」

「助言はしなくていいのかね？　誘導するようなことは？」

「まあ、それはいつもやってることでしょ」

五分後、ヘリテッジ協会の正面ドアまで来ると、剪定《せんてい》ばさみを手にした庭師が大きな庭木を二本刈りこんで、トピアリーにしていた。

「なんの形になるの？」セオドシアは庭師に訊いた。

相手はほほえんだだけだった。「あとのお楽しみだよ」

ドレイトンがりっぱな両開き扉を麗々しくあけ、セオドシアをなかへとうながした。

「要するにティモシーに面会して、洗いざらいぶちまけるというわけだな」

「それよりはもう少し穏やかにいくけどね」セオドシアは言った。

ヘリテッジ協会のロビーは大理石の床、柿色と青のアンティークの東洋の絨緞、それにいい感じに年季の入った革の椅子で品よくまとめられていた。クリスタルと真鍮《しんちゅう》の豪華なシャンデリアが受付のデスクに七色の光を落としていた。

セオドシアの細いヒールのかつかつという音が待合室全体に響きわたり、受付にすわるきまじめそうな若い女性の注意を惹いた。

ヘリテッジ協会が雇っている大勢の研修生のひとりだろうとセオドシアは判断した。雇っているとはいっても、たいていの場合、給料のかわりに大学の単位があたえられるだけだ。

「ティモシー・ネヴィルに会いに来たのだが」ドレイトンが言った。

若い女性は華奢《きやしや》なシルバーのチェーンがついた角縁の眼鏡を持ちあげ、しし鼻にのせた。ハイカラーの黒いワンピースが、顔と同じぐらい近寄りがたい感じを醸している。「申し訳ありませんが、ミスタ・ネヴィルはただいまお会いになれません」

「しかし、約束してあるのだよ」ドレイトンは言った。「十五分ほど前にティモシーに電話したのだが」

セオドシアは一歩進み出た。「ドレイトンは理事なのよ」そう言って、指先でデスクを軽く叩く。「こちらの協会の」

「まあ」受付係は深刻な戦術上のミスをおかしたことに気づいたのだろう、せわしなくまばたきをした。「そういうことでしたら、あの……どうぞお入りください」

「ありがとう。そうさせていただくわ」

ふたりは廊下を歩き出した。「親切な女性だったな」ドレイトンはかろうじてまじめな顔をたもって言った。

「ロットワイラーの番犬が好みならね」セオドシアは無表情で言った。

廊下にも東洋の絨緞が敷かれ、壁の油彩画や凝ったつづれ織りが深みのある暗色のパッチワークをなしている。ヘリテッジ協会は旧世界の雅《みやび》と贅《ぜい》の象徴であり、中世の城と小塔のあるマナーハウスを足して二で割ったような建物だ。自分の家を買う前のセオドシアは、ここに住みたいといつも思っていた。革装の本が並ぶ居心地のいい図書室で、四柱式ベッドに身を沈められたらどんなにいいか、と。

二階分の高さがあるアーチ形の通路で足をとめた。銘板にでかでかと文字が刻まれている――〝大広間〟と。

名前に偽りはなかった。

アーチ形の幅広の梁《はり》と重厚感あふれる柱が、広大な空間を落ち着きと威厳にあふれる場所にしていた。明かり取りの窓から入る自然光が埃《ほこり》をきらきらの粒子に変え、全体に荘厳な雰囲気をあたえている。白いつなぎ服姿の作業員たちが室内をせかせかと動きまわり、重たい木の陳列ケースや凝った装飾をほどこした書き物机を並べている。照明を追加し、具合を確認する作業もおこなわれていた。

背の高いガラスケースが、自分がいちばんえらいと言わんばかりに、部屋の中央にでんと立っていた。

「あそこが名誉ある展示場所のようね」いくつものスポットライトがからのケースを照らしていることからして、セオドシアの勘は正しいようだ。

「そのとおり」ドレイトンは言った。「あそこにファベルジェの卵を飾るのだよ」

「防犯対策はしてあるの？」

「全部のドアに鍵がついている」

「レーザーか温度、あるいは圧力で検知するタイプのアラームは？」

「ないはずだ。少なくとも現時点では」ドレイトンは恥じ入るように身をすくめた。「いまきみが言ったアラームがどういうものかもよくわからない」

セオドシアはなかに入り、からの陳列ケースを一周した。

「うん、これじゃだめだわ。こんなど真ん中にでんと置くなんて」

「ほかにもたくさんのお宝が展示されることになっている」ドレイトンは言った。「アーリーアメリカンの絵画、ギリシャの花瓶、チッペンデール様式の家具、その他、とびきり上等な……」

「浮かれるのはまだ早いのではないかな?」威厳に満ちた声が突然、響きわたった。

ドレイトンは物思いを中断され、ぱっと振り返った。「ティモシー。これからセオと一緒にきみのところに行こうとしていたのだよ」

「ああ、そうだろうとも。さあ、行こう」ティモシー・ネヴィルはきびすを返すと、セオドシアたちについてくるよう、いらだたしげにうながした。高齢で小柄な体格には似つかわしくないほど敏捷な動きで歩き出した。「もう忙しくてたまらんよ。来る日も来る日も大忙しだ」ティモシーの声が、追いつこうと必死に足を動かしているふたりの耳に届いた。

オフィスまで来ると、八十過ぎのティモシーはテニスコートほどもありそうな大きなマホガニーのデスクにつき、セオドシアたちにもすわるよう勧めた。もちろん、ティモシーのデスク用チェアは来客のよりも座面をかなり高くしてある。このささやかな細工は、彼に無上の喜びを味わわせるためのものだ。

セオドシアは、アンティーク、ブロンズ像、さまざまな時代の装身具が所狭しと置かれ、徹底して男性らしさを強調しているオフィスをながめた。ヘリテッジ協会は男性しか入れないシガークラブみたいだと、いつもドレイトンをからかっているが、ティモシーのオフィスはまさしくそれだった。マホガニーの作りつけ家具、やたらと大きな茶色の革椅子、支柱なしで立っている地球儀、それにウィスキーやバーボンのデカンターが並ぶおきまりのドリンクワゴンは言うにおよばず。スモーキングジャケットとパイプ用の刻み煙草があれば完璧だ。

「なにかあったのか？」ティモシーが訊いた。猿のような顔は高い頬骨がくっきりと目立ち、重たげな目には気迫がこもっている。彼はごたいそうな前置きなしに本題に入るのを好む。あと何年生きられるかわからないと思っているからかもしれない。

ドレイトンは長々と息をついた。「〈ハーツ・ディザイア〉の惨事についてはもう聞きおよんでいることと思う」

ティモシーはあきらかに興味をそそられた様子で椅子に背中を預け、両手を組み合わせた。「ああ、新聞記事を読んだし、テレビでいろいろ報告されているのも見た」

「ショーウィンドウ破りと言われる手口なの」セオドシアは割って入った。「いかれた強盗集団はSUV車でショーウィンドウを突きやぶって、価値のあるものをひとつ残らず奪い、わずか二分でいなくなった」そこでいったん言葉を切った。「わたしもその場にいたわ。とにかく、ものすごく統率が取れていた。まるでなにかのお芝居みたいだった」

ティモシーのまばらな眉がくいっとあがった。「なるほど」

セオドシアはつづけた。「わたしたち、似たような窃盗事件が、土曜日にここでおこなわれるアンティーク展でも起こるような気がして不安なの」

ティモシーは細い顎をさすった。「なぜそう思う?」

「実を言うとね、FBIの捜査官がふたり、けさ、うちの店を訪れて、犯人のなかのひとりでもいいからわからないかと訊かれたの」

「すでに身元のわかっている世界的な宝石泥棒の写真を十枚ほど見せられたのだよ」ドレイトンが言った。

ティモシーはあいかわらず、澄んだ鋭い目でセオドシアを探るように見つめている。

「問題なのは」セオドシアは言った。「昔のライオネル・リニカーさんかもしれない写真があったことなの」

「なんと!」ティモシーは思わず大声をあげた。セオドシアの話に完全に意表を突かれたようだ。「そんなばかげた話は聞いたことがない。リニカーは学識豊かな歴史学者だ。トラックで宝石店のウィンドウを破ってまわるようなごろつきとはちがう」それからドレイトンと目を合わせた。「それに、あの男は当協会の貴重な理事ではないか」

「だから、こうしてドレイトンと訪ねてきたのよ」セオドシアは言った。「わたしたちだって、あなたと同じであの人を悪く言いたくなんかないけど、もし、リニカーさんがいわゆる……内通者だとしたら?」

ティモシーのすべすべした額にしわが寄り、彼は首を左右に振った。同意していないのはあきらかだ。

「ちょっと待ってくれ」ドレイトンはそう言うと、セオドシアに向きなおった。「ピンク・

パンサー窃盗団の話をしてやりたまえ」

セオドシアはヨーロッパじゅうで大物ばかりをねらって犯行を繰り返している窃盗団がいて、インターポールが警告を出しているのだと説明した。

ドレイトンは椅子のへりまで腰を移動させた。「逮捕された窃盗団のメンバーは、全員が大胆にも刑務所から脱走しているのだよ。ジマー捜査官によれば、連中は複数の言語をあやつり、いろいろな国のパスポートを所持しているそうだ。つまり、どこに出没してもおかしくない」

ティモシーは指を尖塔の形に組み、顔をそこに近づけた。「ここチャールストンも含めて、ということか」

「可能性はあるわ」セオドシアは言った。

「しかし……ライオネルはきみの友人ではないか、ドレイトン」ティモシーはいくらかとがめるような口調で言った。

「そうなのだよ。だからわたしとしても身を切られるようにつらくてね」ドレイトンはティモシーをじっと見つめた。「きみも同じ気持ちのはずだよ。なにしろ、わたしと彼を引き合わせたのはきみなのだから」

「たしかに」ティモシーは言った。「ライオネル・リニカーとはじめて会ったのは、春におこなわれたアンティークのオークションだった。たいへんな熱意の持ち主で、それが印象的だった」

セオドシアは身を乗り出した。「もっとくわしく教えてもらえませんか?」

「あのときはおたがいに、フォークナーの初版本を競り落とそうとしていてね」ティモシーは言った。「彼が有名な一節をまちがえて引用しているのが聞こえたんだよ。もちろん、わたしとしては聞き流せなかった。指摘してやらずには気がすまなかった。ま、そういうことだ。そのあとはふたりで話しこみ、彼はコニャックを一杯おごってくれた。わたしのお気に入りの一節を別物にしてくれた相手だが、話してみれば好感の持てる博識な人物だとわかった。そのときはすでにチャールストンに落ち着いていたことから、いろいろあって、いまは協会の理事をつとめてもらっているというわけだ」ティモシーはドレイトンに視線を向けた。「きみも彼の任命を支持したではないか」

「たしかに」ドレイトンはすっかりうちひしがれた様子で言った。

セオドシアは割って入った。「男同士の友情はさておき、リニカーさんから目を離してはいけないと思うの」

ティモシーはしばらく考えこんだ。「わたしもその意見に賛成だ。あの男には常に目を光らせるが、悪人と決めつけるまねは絶対にしない。あくまで礼儀はわきまえなくてはならん。それでいいな?」

「ああ、もちろんだとも」ドレイトンは言った。「もううんざりしてきたよ」

ティモシーはセオドシアをじっと見つめた。「それでいいね、セオドシア?」

「ええ」セオドシア自身はこの状況にうんざりしてはいなかった。ただ、極端に慎重になっていた。

ティモシーはトマス・ジェファーソンの小さなブロンズ像を手に取り、椅子の背にもたれた。「それにしてもまいったな。まったく信じがたい事態だ。たしかライオネルは当市のセレブのひとりと交際しているのではなかったかな」

「相手の方はどなたなの？」セオドシアは訊いた。

「グレイス・ドーソンだよ」ティモシーは言った。「きみも知っているだろう。トラッド・ストリートにある古いバーウィック・ハウェルという屋敷に住む、威勢のいいブロンド女性だ。りっぱなドーベルマン二匹と散歩する姿をときおり見かけているはずだ」

「犬の名前はサルタンとサテンだったな」ドレイトンが言った。「たしかにすばらしい犬だ」

「つき合ってるというのは本当なの？」セオドシアは訊いた。すぐに、いまの言葉を打ち消すように、顔の前で手を動かした。「あ、ドーベルマンのことじゃないわよ」

「言いたいことはわかっているとも」とティモシー。「いまの質問の答えはイエスだ。ふたりはつき合っている。親密な間柄だとか、言い方はいろいろあるが」

セオドシアはひとりほほえんだ。自分ならばデートしていると言うところだ。ヘイリーならセックスフレンドと言うだろう。犬のほうに関して言えば、愛犬のアール・グレイと二匹のドーベルマンはきちんとした形で顔を合わせたことはない。けれども、そろそろその状態から脱してもいい頃合いだ。

「では、ＦＢＩに今度の展示会について話したわけだな」ティモシーは言った。「ファベル

「ちゃんと説明したわ」

ティモシーはそこで気持ちを固めたようだ。ジェファーソン像をおろした。

「土曜の夜の警備員を増やそう。いまの話に出た捜査官の電話番号を教えてもらえるかな？ ジスキー、という名前だったか？ 彼と話してみよう」

「ジマー捜査官よ」セオドシアは言った。ハンドバッグからジマーの名刺を出し、ティモシーのために連絡先をメモした。けれども名刺そのものは手もとに残した。

ブルックのために本気でなんらかの答えを見つけるつもりなら、ジマー捜査官と連絡が取れたほうがなにかと便利だ。

デヴォンシャー公爵夫人のお茶会

糊のきいた白いテーブルクロスを出して、イギリスらしさを感じさせるもので飾りましょう。たとえばシェリーの磁器、ビッグ・ベンの置物、さらには女王のシルエットが描かれた皿。テーブルの中央にイングリッシュローズを飾ると気品が出るでしょう。メニューのひと品めは当然、バターミルクのスコーンにクロテッド・クリームをたっぷり添えて。つづいてアーモンドスライスを散らしたマンダリンオレンジのサラダ、スモークチキンとイチジクのバターを食パンではさんだティーサンドイッチ、スモークサーモンとクリームチーズを全粒粉パンではさんだティーサンドイッチ。デザートにはイギリスの定番とも言えるトライフルと、コクのあるセイロン・ティーをどうぞ。

10

暖炉前に落ち着いたアール・グレイがゆったりと満足そうなのとは対称的に、セオドシアはキッチンをせわしなく動きまわっていた。息の合った夜の役割分担で得をしているのはどっちかしらと、セオドシアはときどき疑問に思う。愛犬の穏やかで幸せいっぱいの顔から判断するに、アール・グレイのほうかもしれない。

もう少し暖かい夜ならば、料理を持って裏庭の小さなパティオに出るところだ。何十年も前からあるツタが赤煉瓦の壁を這い、小さな噴水が軽い水音をたてている。緑豊かで、きちんと整えるのではなく無造作な感じに仕立ててあり、いかにもチャールストンらしいポケット・ガーデン。でも今夜は寒すぎるし、暖炉の火がこのうえなく魅力的に思える。

セオドシアはナターシャ・ベディングフィールドの曲「アンリトゥン」に合わせて踊りながら、キッチンをきびきびと動きまわった。今夜のメインはサラダにしよう。ミニトマト、ワケギ、パセリを細かく刻み、それを全部、ブルグルの入ったボウルに入れる。その上から、オリーブオイルと赤ワインビネガーをよくかき混ぜたものをかける。ほろほろした食感のゴートチーズを上に飾ればできあがりだ。地中海風グレインズサラダ。これならヘイリーのお

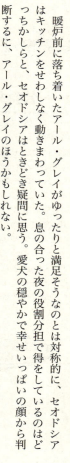

墨付きをもらえるだろう。というか、彼女のレシピをちょっとアレンジしてみたのだ。テーブルについて、サラダを味わう。うん、おいしくできた。もぐもぐ食べながら《チャールストン・トレンズ》誌の最新刊をぱらぱら見るうち、ダイニングテーブルにでんと置かれたピンクの蘭に目が吸い寄せられた。フェザーベッド・ハウスというB&Bを経営している友人のアンジー・コングドンからのプレゼントだ。

胡蝶蘭の手入れや肥料のやり方の要領などはさっぱりわからないが、がんばって世話をするつもりでいる。なにより、家のなかに異国情緒を感じさせるものがあるのはしゃれている。

アール・グレイがセオドシアの膝に鼻を押しつけて、上目遣いで見つめてきた。

「だめよ。もう夕ごはんは食べたでしょ。おいしいドッグフードを」

それでも彼はじっと目をこらし、せつなそうな茶色の目で、ひとくちちょうだいと訴えてくる。

「わかったわ。ひとくちあげるから、もうほしいなんて言わないでよ、いい？」

「ウー」アール・グレイは返事をした。

「でも、どうせほしいって言うに決まってるんだから。あなたってそういう子だもの」

するとアール・グレイはあきれたように目をまわし、その仕種にセオドシアの心はたちどころにわしづかみにされた。陥落し、キッチンに駆けこんで犬用クッキーを取ってこようとする寸前、電話が鳴った。

「ふう、助かった」セオドシアは言うと急いで電話を取った。「もしもし？」

「やあ、べっぴんさん」マックスの甘い声が耳に飛びこんできた。元ボーイフレンドは、彼女の気を惹くのがうまい。

「あら、マックス」セオドシアは言った。「サヴァナでの暮らしはどう?」

「いまいちだね」からかうような声を聞いたとたん、胸の奥がうずいた。「きみがいてくれないからさ」

「ふうん、本当かしら?」マックスはチャーミングであると同時に口もうまい。長く一緒にいたい相手だけど、セオドシアはそうできなかった。

彼のよどみのない笑い声が電話線をとおして聞こえた。

「当然じゃないか。実はね、数週間後に開催される光のフェスティバルに来てくれないかなと思ってたんだ。いいホテルも知ってるし」

「あなたなら知っていて当然だわ。でも残念なことに、その時期は一年でもいちばん忙しいのよ」

「つまり、ノーということだね」

「ちがうわ。ひょっとしたら行けるってこと」

「じゃあ、そのひょっとした場合には、どこかで食事をしよう」

「そういうことなら、なんとか行けるよう努力する」

「いいね。チャールストンのほうは変わりない?」

「それがね、とても興味深いことが起こってるの」

「まさかまた、危険な捜査に首を突っこんでるんじゃないだろうね」

「そんなふうに言うなら教えてあげない」

「いまのはよくない前兆なのかな、それとも希望を持っていいってこと？」マックスはくすくす笑った。

「たぶん、その両方をちょっとずつね」セオドシアは言った。いまここで、国際的な宝石強盗団がチャールストンで活動しているなんて深刻な話をする気にはなれない。なんといっても……内容が重すぎる。

「いまもジョギングをつづけてる？」マックスは訊いた。「一マイル八分のペースを維持するために」

「つづけてるわ。実は、今夜もこれから走りに行くの」

「すごいな。でも、用心してくれよ。暗いと、敷石につまずいて足首をひねる危険があるからね。あるいは、きみも知ってのとおり……」言いかけた言葉が空中にただよった。いまもセオドシアを気にかけているのだ。いいことなのか、問題なのか、セオドシアにはわかりかねた。

「用心する」彼女は言った。「いつだって用心してるでしょ」

「うん、そうだね」

電話を切ると、胸に小さな穴がぽっかりあいたように感じた。セオドシアはあまり変化を好まない。でも、あきらかになにか変わろうとしている。葉の色の変化、季節の変化、時代の変化。

七時半をまわる頃、セオドシアとアール・グレイは裏の路地を元気よく走っていた。気持ちのいい夜で、濃い藍色の空では無数の星がまたたいている。街灯が小型の灯台のように光るなか、近所を抜ける道を進む。アール・グレイも歩調を合わせ、しっかり横をついてくる。はずむような足取りでいくつかの路地を走り抜け、ストールズ・アレーまでやってきた。表面がごつごつした石壁が両側から迫り、しおれたシダが勇敢にも最後の抵抗をこころみている狭い路地だ。

左に折れてトラッド・ストリートに出たとき、思いがけない出会いがあった。大きなドーベルマン二匹のリードを握った小柄な女性が、前からやってくるのが見えたのだ。グレイス・ドーソンと愛犬にちがいない。

ふだんならひとりと二匹を通すために大きく横によけるところだが、このときは進路を変えず、さりげなく歩調をゆるめた。しばらくすると、セオドシアとグレイスは向かい合い、犬たちは鼻と鼻をくっつけんばかりにしていた。

犬たちはあいさつがわりに、たっぷりと互いのにおいを嗅ぎ、犬なりのコミュニケーションをはかった。ひとしきり終わるとようやく、双方とも緊張を解いた。

「おたくのドーベルマンはどちらもりっぱね」セオドシアは言った。

グレイス・ドーソンは美人コンテストの出場者みたいなまばゆい笑顔になった。

「ありがとう。わたしもそう思ってるの。でも、もちろん、飼い主のひいき目よね。だって、この子たちは家族なんだもの」彼女は愛犬の頭を軽くなでた——一匹ずつ、順番に。「名前はサルタンとサテン。そちらは……」先がつづけられなかった。「ごめんなさい。あなたもワンちゃんもよく知ってるはずなのに。何度も見かけてるのよ……なのに名前を覚えるのがとても苦手で」

「この子はアール・グレイで、わたしはセオドシア・ブラウニング」

グレイスは顔をぱっと輝かせた。「そうそう、そうだったわ。チャーチ・ストリートにあるインディゴ・ティーショップの方でしょ」

「お店に来てくださったの？」

「ううん。でも、いつかは絶対に寄るつもり。おたくのティーショップはとても評判がいいもの。たしか、専任のケーキ料理長がいるんだったわね」

「当店のスコーン、マフィン、クッキー、ブラウニーはどれもヘイリーが手作りしているの」ヘイリーは、ケーキ料理長なんて呼ばれたら、きっと大喜びするだろう。

「心臓がどきどきいってきちゃったじゃないの」グレイスは笑った。

この人、甘いものがとても好きみたい。

セオドシアはグレイスをじっくり観察した。年齢は五十代前半らしいが、しなやかな体つきをしているし、ファッションモデルかと思うほど痩《や》せている。

きっと、ケールとかグルテンフリー食品ばかり食べてるんだわ。

体にぴったりした黒いレギンスも紫のヨットパーカも〈スポーツ・シャック〉ではなく〈ニーマン・マーカス〉で買ったにちがいないし、スニーカーは絶対にグッチのものだ。ブロンドの髪をうしろでまとめ、細いポニーテールにしたその姿は、少し歳がいったお金持ち版のバービー人形のようだ。

「よく走るの？」セオドシアは訊いた。

「この子たち、元気がありあまってるから、朝は毎日、夜もたいていは連れ出さないといけないの」

セオドシアは集中しようとつとめた。グレイスがジョギングを再開する前にきちんと話を聞いておきたい。「実はね、きのうあなたのお友だちに紹介されたの。ライオネル・リニカーさん」

「まあ、ライオネル！」グレイスはうきうきした声で言った。「いい人でしょう？　すっごく魅力のある人だと思わない？」

「お会いしたのは十分程度だったけど、たしかにとてもすてきな人だと思ったわ」

「でしょう？」

ＦＢＩがリニカーを訪ねたという話をグレイスは持ち出すだろうか。でも、リニカーからはなにも聞いてないかもしれない。彼はチャールストンに来てまだ日が浅いのに、幸運にもかなり裕福な女性と知り合いになったのだ。その関係をぶちこわすようなことを言うわけがない。

グレイスは秘密めかした仕種でセオドシアの腕に手を置いた。

「いいことを教えてあげる。二年前、主人が他界したのだけど、ライオネルは本当によくしてくれたの。彼のおかげでまた生きていく気力を取り戻せたのよ」

「すてきなお話ね」セオドシアは言った。「ところで、ご主人はどんなお仕事をされていたの？」と相手に調子を合わせて尋ねた。

「ウィルトンはジェイムズ・アイランドでメルセデスベンツの代理店を経営していたの」

「いいところね。じゃあ、あなたも以前はそちらに住んでいたのね」

「ええ、でもいまは街なかの暮らしのほうがずっと好き。一年前に家を買ったけど、正直言って、昔をしのんだことは一度もないわ」グレイスは高らかに笑い、あたりを漠然としめした。「だって、見て。すごくいい感じでしょう？　ビーチまですぐに行けるし、歴史や建築物を堪能しながらすてきな通りをジョギングできるのよ。港もヨットクラブも近いし、酸素をたっぷり含んだ空気は海水と自由の香りがするわ。だいいち、ここに越してこなければ、ライオネルと出会うこともなかったわけだし」

「たしかに、リニカーさんは魅力あふれる人だものね」セオドシアは言った。

「それにとても教養があるの。いろんなところに住んだんですって。もう嫉妬しちゃうわ。彼とはコースタル・カロライナ大学で開催されたフリーマーケットで出会ったの。ノーマン・ロックウエル直筆と思われるスケッチのポートフォリオを見つけてね。売り主も本物だと断言してた。値段の交渉をしているところへライオネルが助太刀に入ってくれて。彼は一発で複製と見抜いたわ。正確に言うと、リストライクと呼ばれるものらしいけど」

「おかげで、お金を無駄にせずにすんだのね」

「しかも、恋人まで手に入った」グレイスが言うと、ドーベルマンがリードを引っ張った。

「それでね」セオドシアは言った。「うちのお茶博士のドレイトン・コナリーとリニカーさんは、ともにヘリテッジ協会の理事をしているの」

グレイスの目がきらりと光った。

「じゃあ、あなたも土曜の夜を楽しみにしているのね？　ゴールド・サークル会員限定のオープニングイベントを」

「なにがあっても絶対に駆けつけるわ」


セオドシアはジョギングをつづけながら、グレイス・ドーソンとの立ち話を振り返った。あの女性がライオネル・リニカーにべた惚れなのはまちがいない。そのことからわかることは？　彼はすてきな人で、信頼できる人物ということ？　それとも彼はうまいことを言って、グレイスの目をごまかしているということ？

二軒の大きなお屋敷のあいだを抜ける細い路地を行き、やがてホワイト・ポイント庭園に出た。枯れた草地をはずむように走っていくと、満足感を高めるエンドルフィンが放出されていく。忙しくてストレスのたまる一日の終わりには、ランナーズ・ハイという無上の喜びにまさるものはない。

「どう？」アール・グレイに問いかける。「あなたも同じように感じてる？」

そこかしこに貝殻が落ちている砂浜に大西洋の波が砕けるのを横目で見ながら、細い海沿いの土手を走った。半マイルほどかなり速いペースで走ったのち、ようやくスピードをゆるめた。マックスとこの海岸を散策した甘美な日々の記憶が頭をよぎる。半島の最先端にあるこの場所は、チャールストンでもっともロマンチックですてきな雰囲気に満ちている。趣ある住宅と無限に広がる海のささやきに囲まれたここなら、思うぞんぶん過去にひたっていられる。

アール・グレイのひんやりとした濡れた鼻で手をつつかれ、セオドシアはわれに返った。いまはウォーキング程度にまで速度を落とし、チャールストン・ヨット・クラブのほうに向かっていた。

あのヨットクラブからは何度も出航したが、そのたびに、海に浮かぶボートやハリヤードがマストに当たる音に元気をもらったものだった。

なんて美しいのかしら。小さな船団をながめるうち、ひとりごとが洩れた。青と白の高級そうな船が、あいさつを交わすように揺れている。

クラブハウスが近くなると、誰かいるかもしれないと思いついた。

でも、いなかった。時間が遅すぎた。電気が全部消えているし、それに……。

看板に目がいった。目を引く看板だが、いままで気がつかなかった。『ゴールド・コースト・ヨット』と書いてある。

アンドロス夫妻の存在をほとんど忘れていた。宝石強盗のときに一緒だった奥さんのサブリナと、高級ヨットを売っているご主人のことを。

〈ゴールド・コースト・ヨット〉のオフィスらしき小さな建物に近づき、窓からなかをのぞいた。真っ暗で、大きな机が一脚と椅子がいくつかあるということしかわからない。壁に色彩豊かなメガヨットのポスターが飾ってある。

腕時計を確認し、そろそろ家に帰らなくてはと思ったとき、遠くの桟橋の突端で光るものが目を引いた。海から流れこむ霧に目をこらすと、百二十フィート・クラスの巨大なヨットの堂々とした姿が見えた。

〈ゴールド・コースト〉のヨットかしら？　きっとそうだわ。ほかのヨットはどれも、あれより小さなものばかりだ。エンサインにオーデイ、それにホビー・キャットも何艘か。

飛んで火に入る夏の虫のように、セオドシアは好奇心に引きずられるようにしてヨットに近づいた。

そのとき、湿気でくぐもった声が海風に乗って聞こえた。

セオドシアは唇に人差し指を押しあて、アール・グレイに声を出しちゃだめよと注意する。愛犬は、うん、わかったと言うように、ヨットのほうに目を向けた。足音をしのばせ、遠くに見える船着き場に向かって海岸線沿いを進んだ。船着き場まで行くと、すべすべした木の厚板を静かに進んだ。アール・グレイはかわいらしく頭を上下させながら、爪がこつこつ
わないよう懸命に気を遣っている。

大型ヨットが近くなるにつれ、声はしだいに大きくなったが、それでも話の中身までは聞き取れなかった。声の主は、最近チャールストンの住民になった、裕福なヨット業者のルーク・アンドロス？　彼がしゃべっているの？

セオドシアはくぐもった声を聞き取ろうと、じりじりと近づいた。

これって、調査してることになるの？　ええ、絶対にそう。

船着き場の突端まで行って、足をとめた。ヨットが十個ほどの防舷材に当たっては跳ね返っている。いまや、声の主はひとりではなくなっていた。ヨットには四、五人が乗っているようだ。

ヨットのほうに体を近づける。舷窓からなかをのぞけるだろうか？　だめ、それは無理。彼女がいるのは船着き場で、ヨットのほうは海面高くそびえている。

さらに耳をすます。いまは低い声の主がしゃべっていた。

誰だろう？

必死に言葉を聞き取ろうとするものの、ひっきりなしに吹きつける風と波音のせいで、声は受信状態の悪いラジオのように大きくなったり小さくなったりを繰り返している。

「……あと四日したら、きみたちは出発していい」低い声が指示を出した。

あと四日？　セオドシアは腰をのばして考えこんだ。四日後になにがあるの？

近づきすぎたのではないか、デッキに出てきた誰かに、聞き耳をたてているところを見られるのではないかと心配になり、セオドシアは退却を始めた。アール・グレイのリードをぐいと引き、急ぎ足で船着き場を引き返した。

海岸まで戻る途中でひらめいた。アンティーク展が始まるのは四日後だ。

11

最後の二ブロックまで来たところでセオドシアはようやく歩をゆるめた。脈を落ち着かせ、今夜の収穫を整理しながら家に向かった。考えることがたくさんある。気がかりなこともたくさん。

すると、今夜のテーマである奇妙な遭遇にならったのか、自宅前の縁石に見慣れたワインカラーのクラウン・ヴィクトリアがとまっていた。

ティドウェル刑事だわ。いったいなんの用？　ため息をついた。その答えはすぐわかる。

セオドシアが近づくのに気づいたのか、車のルームライトがぱっとつき、刑事が身をよじるようにして運転席から降りた。

「こんばんは」彼はよく響く低い声で呼びかけた。

「わたしの家を張っていたのかしら、刑事さん？」セオドシアは訊いた。「なにか興味深いものでも目撃した？　野良猫とか。近所のアライグマがうちの池を荒らす現場とか」

刑事は車のドアを閉め、セオドシアの目の前に立った。いくらかだぶっとしたズボンに、くたびれたカーキ色のフィッシングジャケットらしきものを着ている。ジャケットは気象観

測気球のようなおなかのあたりがぴんと張って、いまにも破けそうだ。「あいにく、これといったものは見ませんでした」

「そう」セオドシアはほっとしたようにほほえむと、なかへどうぞと手招きした。「お入りになって。だって、いつもそうしてるでしょう？」

「ご親切なお招き、感謝します」

セオドシアはタイル敷きの小さな玄関の電気をつけた。それから居間に入って、スタンドの明かりをつけた。温かな光が室内を満たし、暖炉、寄せ木の床、更紗で覆ったソファを美しく照らし出す。

「いい部屋ですな」刑事は言った。

アール・グレイは猛スピードでキッチンに駆けこむなり水のボウルからがぶ飲みし、セオドシアは暖炉の前に膝をついた。焚きつけをひとつかみと、新しい薪を一本足し、燃えさしから火を移してしっかりした炎をおこそうとした。なんとかうまくつきそうだ。ようやく両手を払い、ティドウェル刑事に向き直った。

「いまは勤務時間内なの？　それとも時間外？」

「おもしろいことを訊きますな。いちおう時間内です」

「だったらお仕事でいらしたわけね」

刑事はほほえんだ。「しかしながら、非公式の訪問といったほうがいいでしょう」

「非公式なら、ワインを一杯いかが？」

刑事は顔を輝かせた。「それはありがたい」

セオドシアはキッチンに行き、カベルネのハーフボトルを出して、ふたつのグラスに注いだ。それを持って居間に戻ると、ティドウェル刑事は暖炉の上にかかっている、最近買った小さな油彩画を熱心にながめていた。

「すてきな絵ですな」彼は言った。「なんという画家が描いたものです？」

「ジョサイア・シングルトン」

「なるほど。植民地時代の画家ですかな？」

「まあね。とにかく、十八世紀なかばの人よ」セオドシアは刑事にワインを渡して更紗のアームチェアにすわり、刑事はその向かいのラブシートに腰を落ち着けた。「ご用件はなにかしら、刑事さん？」

「きょう、ＦＢＩがあなたのもとを訪れたそうですな」刑事は言うとワインをひとくち飲み、うながすような目でセオドシアを見つめた。

「ええ」セオドシアは言った。「日曜の夜の事件について、目撃証言を直接聞きたかったみたい」

「ほかにはなにか？」

「〈ハーツ・ディザイア〉の窃盗事件に関与した疑いのあるひとり、または複数のセルビア人の宝石泥棒に、以前から目をつけていたと言っていたわ」

「ピンク・パンサーの連中ですな」

「ええ、そう」

「それは同意しかねます」刑事は言った。

「写真を何枚も見せられたわ。そのうちのひとりがライオネル・リニカーさんに驚くほどよく似ているということで、ドレイトンとわたしの意見が一致したの」そこで言葉を切った。

「リニカーさんが誰かご存じ？」

「それとまったく同じ話をＦＢＩからも聞かされましたよ。あちらはかなり渋々でしたが、わたしのほか、署の幹部にいまと同じ情報を提供してくれました」

「そう。だったら、わたしのつかんだことは、あなたも知っているわけね」

刑事はワインをぐいっと飲んだ。「連中はミスタ・リニカーが犯人だと決めつけたくてしょうがない様子でした」

「でも、あなたは同じ意見じゃないのね？」

「あの男を犯人だとする具体的な証拠はひとつもありませんから」

「彼がこの街に来て、比較的、日が浅いということをべつにすればね……」そこでティドウエル刑事が顔をしかめたのに気づき、セオドシアは言い足した。「チャールストンの街がどんなものか、あなたもよくわかってるでしょ。両親がここの生まれというだけでは新参者扱いされるの。曾々祖父まで家系をさかのぼれないと、生粋のチャールストン人とは呼べないのよ」

「先祖がフランスのユグノー教徒ならばますますいい」

「それがいちばんだわ」セオドシアは言った。「とにかく、リニカーさんの話に戻るけど、短い期間に数々の有力者と交流を持ったうえ、ヘリテッジ協会の理事にまでのぼりつめたのは事実よ」

「おそらくは偶然でしょう」ティドウェル刑事は言った。「あなたは偶然などというものは信じないでしょうが」

「信じないわ。極端に多ければべつだけど」セオドシアは大きく息を吸った。「あなたに話しておきたいことがあるの。もしかしたら……手がかりになるんじゃないかと思って」

ティドウェル刑事は首をかしげた。「どんなことですかな？　それに、なぜもっと早く言わなかったんです？」

「だって、手がかりになるなんて思わなかったのよ。ＦＢＩの捜査官が来て、いろいろ訊かれたときに記憶がよみがえって、それで思いついたんだもの」

「連中は強引でしたか？」

「人けのないビルに引っ張っていかれて手錠と足かせをされたかと訊いてるの？　ううん、そんなことはしなかった。でも、かなり、なんて言ったらいいのか、真剣そのものという姿勢は伝わってきた。いいかげんな態度で応じたらまずいだろうなと思ったわ」

「それで、思い出したことというのは？」

「犯人のひとりが使ったハンマーよ」

ティドウェル刑事は身を乗り出した。「くわしく聞かせてください」

「変わった形をしてたわ。金属でできていて、とてもぴかぴか光ってた。でも、わたしが見たことのある普通のハンマーじゃなかった。釘を打ちこんだりするのに使うのとはちがってたの」

「特殊なハンマーだったわけですな」

「そう。どういう用途なのかはわからないけど」

「写真を見たら、これだとわかる自信はありますかな？」

「おそらく。片側に小さな釘抜きみたいなものがついていた気がする」

刑事は椅子にすわり直した。「ヒルトン・ヘッドの警察から空き巣ねらいが発生しているとの連絡がありましてね。犯人は男、少なくとも男とわれわれは見ております」

「こそ泥ってこと？」セオドシアは訊いた。

「いまは、こそ泥とは言いませんがね。とにかく、ヒルトン・ヘッド・アイランドの住宅が何軒か、盗みの被害に遭いましたが、いまのところ犯人の逮捕にはいたっておりません」

「盗みの被害、と言ったわね。盗まれたものは宝石？」

「宝石類、腕時計、クルーガーランド金貨。ある家では、壁の油彩画二枚も盗まれています」

「その犯人がこっちでも動いているのかも」セオドシアは言った。「仲間を集めて窃盗団を結成したのかもしれないわね」全身黒ずくめで、赤い悪魔のマスクをかぶった犯人の姿が、いまも鮮明に目に焼きついている。

「その可能性はありますな」のそのそ入ってきたアール・グレイが、ティドウェル刑事を見て関心なさそうに鼻を鳴らした。それから彼は暖炉まで歩いていき、炉床の近くに敷いた小さな端切れ布の敷物の上で丸くなった。

「話はまだあるの」セオドシアは言った。「今夜、走りに出たときにたまたま遭遇したんだけど」

「たいへん充実したジョギングをされていますな、ミス・ブラウニング」

「いいから聞いて」セオドシアはワインをすばやくひとくち飲んだ。「今夜ジョギングしているとき、たまたまチャールストン・ヨット・クラブと〈ゴールド・コースト・ヨット〉のオフィスの前を通ったの」

「その情報はわたしにとって大事なことなのですか?」

「さあ、どうかしら。〈ゴールド・コースト・ヨット〉を所有しているのはサブリナとルークのアンドロス夫妻よ。ふたりとも、例の夜には〈ハーツ・ディザイア〉に来ているはずだったけど、実際にはサブリナしか姿を見せなかった。事件のあと、サブリナはなんかこう……冷静に見えた。言っている意味、わかるかしら」

刑事はセオドシアをじっと見つめ、一言一句洩らすまいと聞き入っていた。

「誰もがわめいたり、茫然と歩きまわっていたのに、サブリナだけは状況を確認しているような感じだったの」

「興味深い情報ですな」刑事は言った。「あなたの考えでは、いまの話がどう……関係してくるのですか？」

「今夜ヨット・クラブの近くに行ったついでに、〈ゴールド・コースト〉のヨットが係留されてる船着き場まで行ってみたの。船は全部の電気がついていて、何人かの男の人がなかでしゃべってた。そのうちのひとりが〝あと四日したら、きみたちは出発していい〟というようなことを言うのが聞こえたの」

「それがどういう意味だと？」

「だから、アンティーク展が四日後に始まるでしょ」セオドシアは言った。

ティドウェル刑事はワインを飲み終え、グラスを置くと、両手を揉み合わせた。

「たいへんな活躍ぶりですな」

セオドシアは肩をすくめた。「たまたまよ。最初からそうするつもりだったわけじゃないわ」

「立ち聞きした会話の件はFBIにも知らせるつもりですか？」

「そうしたほうがいいと思う？」

ティドウェル刑事はしばらく考えこんだ。「この件についてはわたしにまかせてもらったほうがいいでしょう。少なくとも一日か二日は」

「いいわ、あなたがそう言うんなら」セオドシアはそこで刑事の顔をのぞきこんだ。「さて、情報をいくつか教えてあげたんだから、そっちからもなにか見返りがあってもいいんじゃない？」

「日曜日のイベントに招待されていないのに押しかけてきた人がいたとブルックから聞いたわ。その人が誰か、警察が確認中だって」

「確認はすでに取れました」

セオドシアは刑事に向かって指をくねらせた。「で？」

「ウォレン・シェプリー教授です」

「やるじゃない。その、ウォレン・シェプリー教授というのはどういう人？」

「サヴァナ大学で十八世紀のロシア文学を教えています」

セオドシアは顔をくもらせた。「サヴァナ。たしか犯行に使われたSUV車が盗まれたのもサヴァナだったわね。それで、シェプリー教授はどうして呼ばれてもいないのにブルックのイベントに押しかけたの？　教授は事件とどう関係してると思う？」

「わかりません。明日、本人から話を聞く予定です」刑事はラブシートから立ちあがったが、その際、膝がポキンと鳴った。彼は急に思いつめた顔になった。「FBIはわたしの邪魔をしようとしているんですよ、ミス・ブラウニング。捜査から遠ざけようとしているんです。まったくもって不愉快きわまりない」

「だったら不満を訴えればいいじゃない。そういうのは得意なはずでしょ。わたしで力になれることはない？」べつに刑事の賛同を得ようが得まいがどうでもいい。ブルックがセオドシアの調査を望んでいるのだから。

「いままでどおりでお願いします」刑事は言った。「しかし、くれぐれも用心してくださいよ」

「いつだって気をつけてるわ」セオドシアはそう言ったものの、自分が向こう見ずな性格なのも、天使も足を踏み入れるのを恐れるような場所に足を突っこんだ過去があることも自覚していた。

「わたしは本気で言っているのです」刑事の車まで送る途中、彼はそう言った。「噂話に耳を傾け、ゴシップに聞き耳をたてるのはけっこう。しかし、不要なリスクは絶対におかさないことです」

「わかってる」セオドシアは、あわただしくアプローチを歩いていく刑事を追って外に出た。噂話にゴシップですって？　この事件を解決するには、それだけじゃ足りない。ブルックの気持ちの整理をつけ、ケイトリンのために正義をなすためには。

ティドウェル刑事は自分の車の前まで来るとぴたりと足をとめ、不愉快そうな顔になった。

「フォード・モーター社がクラウン・ヴィクトリアの生産を終了したのをご存じですか？　残念でなりません」

「いま乗っているのが壊れたらどうするの？」セオドシアは訊いた。

「分別のあることをするまででしょう。修理するんです」

セオドシアはおかしそうに笑った。「どうしてかしら。刑事さんたちが全員、アンティークの車に乗るようになる気がしてしょうがないわ。いまもキューバ国民は五〇年代の車に乗ってるけど、あんなふうになりそう」

「あっちのはコレクターカーですよ。貿易関係が正常化されたら見ものでしょうな。クラシックカーのマニアとレストア業者が大挙して押しかけ、あの島を丸裸にしてしまうでしょうから」

12

「なぜ準備ができていないのだ？」ドレイトンはブルーベリー柄のマヨルカ焼のティーポットを片手に、もう片方の手に白いテーパーキャンドルが入った箱を持って、昂奮したように走りまわっていた。

「落ち着いて、ドレイトン」セオドシアは言うと、インディゴ・ティーショップをとくとながめた。「まだ時間はあるんだから。ちゃんと準備できるわよ」彼女はTシャツとスラックスの上から、パリのウェイター風のロング丈の黒いエプロンをかけ、うしろで縛った。

「もう本番当日なのだぞ」ドレイトンは言った。「デヴォンシャー公爵夫人のお茶会は十二時きっかりに始まることになっている。仕上げなくてはいけないことが無数にあるというのに、頼んだブーケがまだ届いていないとは」以上の発言はすべて強い口調でおこなわれた。

「〈フロラドーラ〉に電話してみた？」そこはドレイトンお気に入りの花屋で、いつもはとても頼りになる。

「電話したが、誰も出なかった。だから、うんと厳しいメッセージを残しておいた」

「さすが、ドレイトン」ヘイリーがそばを通りしなに言った。「それを聞いたらあっちも、

猛烈にやる気を出すわよ、きっと」

「午前の営業をやらずにすめば楽なのだがね」ドレイトンは不満を洩らした。「いつだってそうしてるんだもの。だから、なんとかがんばって」

ドレイトンは並べたピューターのキャンドルホルダーにキャンドルを立てはじめた。

「運がよければ」と小さな声でつぶやく。「お客はほんの数人ですむかもしれんしな」

セオドシアはライターを点火すると、ドレイトンにくっついて各テーブルをまわり、キャンドルに火を灯していった。

「すぐうしろにいるのよ。小さな声で言ったって、ちゃんと聞こえてるんだから」


その朝、いちばんに現われたお客はブルックだった。彼女はなかをのぞきこんで声をかけた。「ねえ、もうあいてる?」

「どうぞどうぞ」セオドシアは急いで近づき、歓迎するように抱擁した。それから体を離した。「あら、きょうはいくらかよさそう。少しだけ元気に見える」

「なんとなく気持ちが上向いてきたみたい」きょうのブルックは、ぴったりしたラインの紺色のブレザーにカーキ色のスラックスという恰好で、どこか不動産業者のように見える。いつものシルクのトップスに女性らしいスラックスというファッションとはずいぶんちがう。

「気持ちの整理がついてきた気がするの」

「よかったわ」

「会計事務所に連絡を取って、誰かにやってもらうよう手配したわ。ほら、保険会社とのやりとりや、警察に必要な届を出す準備なんかを」

「人にまかせるのは賢明ね」セオドシアは言った。

ブルックは弱々しい笑みを浮かべた。「あなたにお願いしたことはどうなってる?」

「それが……いまのところたいした進展がなくて」

「心から信頼してるわよ、セオ」

「期待に応えられるようがんばるわ」セオドシアは息をついた。「そうそう、ところで……ケイトリンのお葬式はやるんでしょう?」

ブルックの表情がさっと変わり、またも憔悴しきったものになった。

「ええ。でも、来週以降になるでしょうね。ケイトリンの遺体はブロック葬儀場の手配でグリーンヴィルにいる遺族のもとに送ることになってるわ。でも、こっちでも追悼式のようなものをやろうかと考えているの」そこで、にじみ出る涙を押し戻した。「どうかしら?」

「いいと思うわ。こっちのみんなもお別れを言いたいでしょうし」セオドシアはブルックの腕に軽く触れた。「よかったら、ちょっとすわってくつろいでいかない? お茶の一杯でも飲んでいって」

「でも、もう戻らないと」ブルックは言った。「やることがまだまだいっぱいあるから」

セオドシアはほほえんだ。「じゃあ、テイクアウトにする?」

「いいわね。元気が出そう」

セオドシアとブルックが入り口近くのカウンターにいるのに気づいたドレイトンが、手伝おうとばかりに駆け寄った。「なにを淹れようか?」とブルックに尋ねる。「上等な烏龍茶かな? それともおいしいローズヒップ・ティーにしようか」

「先週、ここで濃くて、ちょっとスモーキーな風味のお茶をいただいたけど、あれがとてもおいしかったわ」

「平水珠茶《ガンパウダー・グリーン》だね」ドレイトンは言った。「すぐに用意しよう」

セオドシアは厨房をあさり、レモンのスコーンを五つほど、ブルックに持って帰ってもらうことにした。スコーンを手に戻ってみると、ドレイトンは湯気のたつお茶をテイクアウト用のカップに注ぎ入れ、ふたをかぶせていた。それから藍色の紙袋にすべてを詰め、ブルックに手渡した。

「ありがとう」ブルックはドレイトンに言った。それからセオドシアに訴えるようなまなざしを向けた。「あなたもいろいろ、ありがとう」

セオドシアはブルックを出口まで送った。「まだなにもつかんでないの。でも、いくつかの線を追っているところ」

「ええ、わかってる。それにティドウェル刑事もがんばってくれているわ。日曜日のイベントに招待状なしに押しかけてきた人を調べているそうよ」

セオドシアの眉がさっとあがった。「ティドウェル刑事からシェプリー教授の話を聞いたの？」

「けさね」ブルックは言った。「きょう会いにいって、厳しい質問をいろいろすると言ってた」

「そう」

「ティドウェル刑事はこれまでのところ、とてもよくやってくれてる。捜査の状況をきちんと説明してくれるし、だからと言って、わたしをせっついたりしないし、感謝を強要することもないの」ブルックは悲しそうにほほえんだ。「大柄でぶっきらぼうな人なのに、あんなに思いやりの心にあふれてるなんて、誰が思うかしら」

まったくだわ、とセオドシアは心のなかでつぶやいた。


ドレイトンの望みはかなった。インディゴ・ティーショップはこの日の午前中、いつもほど混まなかった。涼しい季節が到来したせいかもしれないし、ドレイトンのぴりぴりした気持ちが大気中に放出されたせいかもしれない。そういうわけで、時刻が十一時をまわり、朝のお茶とスコーンを求めて訪れたお客の大半が帰ると、彼は一心不乱に働いた。

テーブルの上を片づけてきれいに拭き、上品な白いリネンをかけた。ビダルフ城を描いた白地に青のスタッフォードシャーの食器をひと揃い出し、慎重な手つきで皿とティーカップを並べた。布ナプキンを折って、バークス・サクソンの純銀のフォークとスプーンの下に敷き、銀の塩入れとコショウ入れも用意した。さらには自分のささやかなコレクションからトビー・マグもいくつか持参し、それをテーブルに飾ってイギリスらしさを強調した。

セオドシアがやってきて彼の仕事ぶりを確認した。「すてきなテーブルに仕上がったわね」

「しかし、花がまだ届かないのだよ」

「あら、ちゃんと来てるわよ」声がした。ティーローズ、キンレンカ、ヒースの巨大なブーケがゆっくりと近づいてくる。

ドレイトンはいぶかしげに花を見やった。「ヘイリー、豪華な花のうしろに隠れているのはきみかね?」

「そうよ、あたし」ヘイリーの声が返事をした。「持ってちょうだいよ、ドレイトン。このままじゃあたし、抱えきれなくて落としちゃいそう」

ドレイトンは花の入った箱を受け取ろうと手を出した。「よかったよ、ちゃんと届いて」

「しばらく前からあったみたい」ヘイリーは言った。「花の入ったばかでかい箱が裏の路地にでんと置いてあったの。花屋さんは置いただけで帰っちゃったのかもね。トリック・オア・トリートの逆バージョンって感じ」

ドレイトンは唇を尖らせた。「そんなところに置きっぱなしでは、盗まれてもおかしくないではないか」

「でも、盗まれなかったんだから、いいじゃない」セオドシアは言うと、花瓶を持ちあげた。

「さあ、さっさとお花をいけて、テーブルに置きましょう」

三人は花をいけ、キャンドルを慎重に置き、それから三人で出来映えをうっとりとながめた。

ドレイトンが指を一本立てた。「次は座席札だ。座席札とおみやげを置かなくては」

デヴォンシャー公爵夫人のお茶会は予約制だから、誰が来るか正確にわかっている。そこでドレイトンは、全員の名前を優美な書体でていねいに書いておいたのだ。

「おみやげはなにを用意したの？」ヘイリーが訊いた。

ドレイトンは厚紙でできた箱をテーブルに持っていった。「ティーバッグのお茶とフレンチラベンダーのブーケにした」

「メニューの話をしたいわ」セオドシアは言った。「あなたたちときたら、なにを出すかちっとも教えてくれないんだもの」

「そんなつもりじゃなくて、いろいろ手直ししてたんだってば」そう言いながらヘイリーは、インデックスカードをドレイトンに渡した。「はい、読みあげてセオに聞かせてあげて」そしてくるりと背を向けた。「あたしはまだやることが山ほどあるから」

ドレイトンは鼈甲縁の半眼鏡をかけて読みあげた。「ひと品めはクランベリーのクリーム・スコーンとクロテッド・クリーム」

「いいわね」セオドシアは言った。

「食事のメニューは生ハムとイチジクバターをはさんだティーサンドイッチと、スモークサーモンとアボカドをライ麦パンにのせたサンドイッチにシトラスサラダを添えたものだ」

「なるほど」セオドシアは言った。「いい感じ」

ドレイトンはつづけて読みあげた。「スコーンとティーサンドイッチのときは、当店オリジナルのレディ・ロンドン・セイロン・ティーをお飲みいただく。デザートはイギリス風マドレーヌと生のイチゴをのせたショートブレッド。このときのお茶はバニラチャイを出す予定だ」

「すばらしいメニューね」セオドシアは言った。「お茶の組み合わせも完璧」

「ありがとう」ドレイトンは満足の笑みを浮かべた。「わたしもそう思っているのだよ」

「ところで質問があるの」

「お茶のことかね？」

「そうじゃないの。ウォレン・シェプリーという教授を知ってる？」

ドレイトンは首を横に振った。「知らないと思うが。なぜだね？　いったい誰なんだ？」

「サヴァナ州立大学のロシア文学の教授。日曜の夜、ブルックの店のイベントに招待されてもいないのに押しかけたんですって」

ドレイトンはわけがわからないという顔をした。「なんでまたそんなことを？」

セオドシアは目を細くした。「ぜひともそれを突きとめたいの」


時計の長針と短針が12の位置に来た瞬間、入り口のドアが大きくあいて、お客がなだれこんできた。抱擁と音だけのキスがあわただしくかわされたのにつづき、誰がどのテーブルにつくのか確認するので大騒ぎとなった。

デレインが予定外のお客を連れてきたおかげで、土壇場になって、席をもうひとつつくるはめになった。そこへライオネル・リニカーがグレイス・ドーソンと腕を組んで現われた。リニカーが席をふたつ予約していたとは知らなかったが、セオドシアはほかの人と同じように彼をもてなそうと決めた。つまり、逃走中の国際的な宝石泥棒かもしれないほかの人と同じように、だ。

しかし、全員がそれぞれの席に落ち着いたのち、セオドシアとドレイトンで湯気のたつティーポットを手に各テーブルをまわってみると、リニカーという人は温厚でとてもおしゃべり好きだとわかった。

「きのう誰がぼくを訪ねてきたと思います?」リニカーはきらきらした目でセオドシアに訊いた。

もちろんその答えは知っている。ふたりの特別捜査官だ。細いネクタイを締めた冷徹な目の持ち主。けれどもセオドシアは知らん顔を決めこんだ。というか、そらとぼけた。

「わからないわ」セオドシアは言った。「ヨーロッパから来たお友だちとか?」

リニカーはおかしそうに笑うと、グレイスの横腹を軽くつついた。

「彼女に話してもいいかな?」

グレイスはほがらかに笑った。「ぜひとも話してあげて」

リニカーはセオドシアの袖をつかんで、引き寄せた。「FBIなんです」彼は声を落として言った。それからまたおかしそうに笑った。「うそだと思ったでしょう? 正真正銘、本物の連邦捜査官だったんです。それがぼくから話を聞きたいというんですからね」

うそだなんて思ってない。「どんなことを訊かれたの？」セオドシアは驚いたふりをして尋ねたが、話がひどくおかしな方向に進みそうなのを感じていた。

「先だっての強盗事件のことですよ」リニカーはそう言うとセオドシアを指差した。「ほら、宝石店で起きたあれです。ドレイトンによれば、あなたもその場にいたそうですね」

「ブルックの姪御さんがなくなった事件ね」セオドシアは一語一語区切るように発した。

「それです」リニカーは言った。「どうやらＦＢＩ捜査官は、フランス南部のカンヌで盗みを働いた大胆不敵な宝石泥棒とぼくを混同したようです。その犯人とぼくがよく似ているらしくて」

「ありえないわよねえ」グレイスがくすくす笑いながら言った。「わたしの船で港を一周して戻ってきたら、捜査官がふたり、むずかしい顔をして船着き場で待ってたのよ」

「驚いたわ」セオドシアは言った。それからリニカーに視線を移す。「でも、あなたは関係ないんでしょう？」

「もちろん」リニカーは自分の胸を力強く叩いた。「このぼくがそんな向こう見ずな犯罪の首謀者だなんて想像できますか？」

そうね、できるかも。

「荒唐無稽としか思えないわ」セオドシアは調子を合わせた。

お客がふた品めのティーサンドイッチとシトラスサラダを満喫していると、ドレイトンは全員の注意を引こうと、水のみグラスをナイフで軽く叩いた。おしゃべりがやんでぼそぼそいう声だけになると、彼は中央に進み出た。

「当店初となるデヴォンシャー公爵夫人のお茶会にようこそ。歴史にくわしい方はご存じかと思いますが、デヴォンシャー出身の公爵夫人は実在の女性です」

あちこちからひかえめな笑い声があがった。

「しかも」ドレイトンはつづけた。「本日、わたしたちがお茶会にその名を冠した著名な公爵夫人は、第五代デヴォンシャー公であるウィリアム・キャヴェンディッシュの最初の妻でありました。夫人の父親は初代スペンサー伯爵であるジョン・スペンサーでありまして、つまりは、ウェールズ公妃ダイアナの遠いご先祖ということになります」

ぱらぱらと拍手が起こり、誰かが大声を出した。「りっぱな家系なのね」

「デヴォンシャー公爵夫人はその生涯において、数々の名声をものにしました」ドレイトンは言った。「夫人の破滅的な恋愛関係やギャンブル好きな性格はよく知られているところです」彼は言葉を切って、ほほえんだ。「しかし彼女はしなやかな一面も持ち合わせておりました。われらが公爵夫人は社交界の淑女として文学界や政界の名士を集めた大きなサロンをひらいておりましたし、女性の権利を訴えた先駆者でもありました」

「そのとおり！」デレインが言った。

「それにもちろん、デヴォンシャー・クリームとのつながりもあります」ドレイトンはセオドシアにほほえみかけた。「セオ？」

今度はセオドシアが全員の視線を一身に集めた。「デヴォンシャー・クリームとはクロテッド・クリームのことですが、新鮮な牛乳を蒸気で加熱したのち、ひじょうにゆっくりと冷ますことでできる濃厚なクリームです。冷ます過程でクリーム部分が表面に浮いて固まります。この製法が始まったのがデヴォン州、すなわちわれらが公爵と公爵夫人の住まいがあったデヴォンシャーだったとされているのです」彼女はほほえんだ。「わたしたちみずから牛の乳を搾ったわけでも、蒸気圧を高めたわけでもありませんが、本日お楽しみいただいているクロテッド・クリームはれっきとした本物であると断言いたします」

最後の拍手がわき起こり、グレイス・ドーソンがセオドシアの袖を引いた。

「とてもおもしろいお話だったわ」

ランチが進むにつれ、打ち解けた会話が多くなり、セオドシアとドレイトンはひたすら店内を飛びまわった。ほぼ全員がスコーンをおかわりし、ドレイトンが手作りした濃厚でコクのあるクロテッド・クリームに感激していた。おかげでランチがなかばを過ぎた頃には、セオドシアはオフィスに引っこんで、そのレシピを二十枚ほど大急ぎで印刷するはめになった。

ランチもついに終わりに近づき、お客が店内を歩きまわって缶入りのお茶を選んだり、スコーンミックスやブドウの蔓で作ったリースを物色しはじめると、セオドシアはライオネル・リニカーはどこかと探した。彼はドレイトンとなにやら話しこんでいた。隣でグレイスが耳を傾けている。

「ぼくの個人的な意見だけど」リニカーが言った。「ティモシーはひどく心配しているようだ」

「なにを心配しているの？」セオドシアはなにくわぬ顔をよそおって訊いた。

「頭のおかしな強盗連中がヘリテッジ協会の展示会を襲って、貴重な展示品を手当たりしだいに盗んでいくと信じこんでいるんですよ」リニカーは答えた。

ドレイトンはあてこするような目をセオドシアに向けた。「なんでまたそんなことを考えたのだろうな」

セオドシアは顔をしかめた。

「それでぼくが彼になんて言ったと思います？」リニカーは話をつづけた。

「想像もつかないわ」セオドシアは言った。

「ありえない話じゃないと言ったんです。地元の宝石店で起こったのだから、同じことが貴重なファベルジェの卵が公開される展示会で起こったとしても不思議じゃないと」それから、ほとんどグレイスだけに話すようにして言った。「ショーウィンドウ破りはヨーロッパのいたるところで発生していてね。しかも、ここアメリカでも流行しつつあるらしい」

グレイスは青ざめた表情になって、喉のところに手をやった。「それ、本当なの？」それから誰かが答えるより先に言い足した。「本当にまた起こると思う？」

リニカーはさも愉快そうに、首を縦に振った。「うん、まちがいない」

エドガー・アラン・ポーのお茶会

みなさん、秋のお茶会はお好きですよね？　親愛なるミスタ・ポーがハロウィンの雰囲気作りにひと役かってくれますよ。メニューはシナモンアップル・スコーン、ナッツ入りのパンにチキンサラダとクランベリーをのせたオープンサンド、ジンジャーブレッド・バー。色とりどりの落ち葉を詰めた壺、手芸用品店で買った黒いカラスの人形、溶けた蠟がしたたるキャンドルでテーブルに彩りを添えましょう。ポーの本の表紙をカラーコピーして、ランチョンマットがわりに使います。合わせるお茶は2種類。ラプサン・スーチョンとスパイス・プラム・ティーがいいでしょう。

13

「お茶会は大成功だったね」ヘイリーが満面の笑みで言った。まだ、お客から受けたいつ果てるともしれない絶賛の嵐に酔っているらしい。

「誰もが楽しんでいたな」ドレイトンが言った。

「ほっとしたわ」セオドシアはそれしか言葉が出てこなかった。来てくれた人がお茶を気に入ってくれて本当によかった。それに、ほんの一瞬だけど、メリー・ポピンズになって店内を飛びまわりながら、砂糖と笑顔を届けているような気がしたときもあった。そんな楽しい時間がつづいたのも、強盗事件がふたたび発生する可能性があるとライオネル・リニカーが口に出すまでのことだった。たしかにセオドシア自身もティモシー・ネヴィルにまったく同じことを警告した。しかし、心の奥底では高をくくって、なにも起こるはずがないと思っていたかった。もちろん、ＦＢＩが奔走し、チャールストン警察も厳戒態勢を敷いているせいで、街には緊張感と危険な雰囲気がみなぎっている。なにか起こりそうな気配があるのはたしかだ。

「午後の元気づけの一杯がほしい人はいるかね？」ドレイトンが呼びかけた。「銀峰茶を淹れようと思うのだが」

「それってたしか、一ポンドで百ドルするお茶じゃなかった？」ヘイリーが訊いた。

「百十五ドルだ」ドレイトンは思わず会心の笑みを洩らした。「しかし、根を詰めて働いたのだから、格別なお茶を飲んでもいいのではないかな。それも極上の緑茶を」

「次の新定番は緑色ってこと？」

「そのとおり」ドレイトンはセオドシアに向きなおった。「きみもそう思わないか、セオ？」

「いいと思うわ」セオドシアが心ここにあらずで答えたとき、電話が鳴った。ひったくるように受話器を取る。「インディゴ・ティーショップです。ご用件をうかがいます」相手の言葉に聞き入ったのち、受話器をドレイトンに差し出した。

彼はしばらく耳を傾けていたが、やがて言った。「なんと、残念な。だがしかたない。またの機会に」そして少ししょんぼりした様子で電話を切った。

「どうかした？」ヘイリーが訊いた。「《月刊蝶ネクタイ》の定期購読がキャンセルされたの？」

ドレイトンは肩をすくめた。「一緒にオペラを観る相手が急に行けなくなったのだよ」

「うわあ、それは残念。たしか、今夜の『ラ・ボエーム』で新シーズンが始まるんだよね。ボックス席を取ったんでしょ？」

「もちろんだとも」

「オペラ好きじゃなくてごめんね。残念だけど、あたしの好みじゃないんだもん」

ドレイトンは片方の眉をあげた。「セオ？　きみはどうだね？　きみはオペラ好きだったな。今夜、わたしの奢りで『ラ・ボエーム』を観にいかないか？」

セオドシアは首をかしげた。「ちょっと待って。今夜のすてきな夜の予定はなんだったかしら？　洗濯に精を出して、靴下を整理するんだった？　それとも冷蔵庫の野菜室の掃除？」

ドレイトンがほほえんだ。「いや、もっと大事な用事がほかにあるのなら……」

「行くに決まってるじゃない！」

「今夜はオープニングだからね」ドレイトンは釘を刺した。「ドレスコードはセミフォーマルだ。それなりの服を着ないといかんぞ」

「そのつもり。ゴージャスにいくわ」

「ロングドレスだぞ」

「問題ないわ」いや、本当はちょっとばかり問題だ。あと三十分もしたらテレビ局に急がないといけないのだ。家に帰るのが遅くなったりしたら、髪やらメイクやらで大騒ぎすることに……。

入り口の上のベルがけたたましく鳴った。つづいてもう一回、さらにせっつくように鳴った。

「いったいなんだね？」ドレイトンは言いながら入り口を振り返った。

ティドウェル刑事がはやてのごとく入ってきた。重たげな目をティーショップのあちらこちらに向け、最後にセオドシアのところで落ち着いた。彼はあいさつ抜きでいきなり言った。

「話があります」

「そうだと思った」セオドシアはヘイリーがちょうど片づけ終えたテーブルをしめした。「あそこにすわりましょう」

ティドウェル刑事はキャプテンズチェアに巨体を沈め、肉づきのいい手を組み合わせた。

「これから大切な話をします」

ティドウェル刑事の目の表情も、〝大切な話〟と言ったときの口調も気に入らなかった。しかもスズメバチ並みに愛想がいい。血糖値が低いだけかもしれないけれど。

セオドシアは指を一本立てた。「ちょっと待って。シェプリー教授とは会ったの？　話は聞けた？」

「ええ、聞けましたとも」

「それで？」

「残念ながら、たいした収穫はありませんでした。教授によれば、〈ハーツ・ディザイア〉に展示されていたネックレスを見たかっただけとのことです。アレキサンドライトとかいう石でできているとかで」

「わたしの目の前にあったケースから盗まれたネックレスだわ」

「女性のような手が見えたとかいうときのことですな？」

「そう」セオドシアはしばらくのあいだ、あのときの光景を頭のなかで再生した。「でも、シェプリーという人は強盗団とは一切関わりがないのね？」

「われわれが調べたかぎりは、ですが。なんと言っても、大学の教授ですし」

「でも、サヴァナから来てるのよ。黒いSUV車が盗まれた街だわ」セオドシアにとって、その事実は疑わしく思えた。「じゃあ、シェプリーという人はチャールストンでなにをしているの？」

「本人によれば研究休暇中とのことです」ティドウェル刑事は言った。「執筆中の新しい本のための調査をしているところだとか」

「でもその人の専門は――」

「十八世紀のロシア文学です」

「なのにここで調査をしてるの？」どう考えてもあやしい。ティドウェル刑事はシェプリー教授を無関係と見なしているようだが、セオドシアとしては、まだ無罪放免とするわけにはいかなかった。

「さてと、ぜひとも全神経を集中していただきたいのですが」ティドウェル刑事は革のアタッシェケースをテーブルにぽいっと置き、なかに手を入れて書類の束を引っ張り出した。

「なにを持ってきたの？」セオドシアは訊いた。「また、容疑者の写真を見なきゃいけないの？」手をのばし、上の二枚を裏返した。あら、人の写真じゃないわ。十種類ほどのハンマーの画像だ。見たところ、世に知られているありとあらゆるタイプのハンマーが集まっている。

「部下に言って、ハンマーに関するデータを集めさせせました」ティドウェル刑事は言った。

「〈ハーツ・ディザイア〉での強盗事件のさなか、特殊なハンマーが使われたのに気づいたというお話でしたので」彼はいくつもの画像とダウンロードしたページをしめした。「もしかしたら、このなかにこれというものがあるかもしれません」

「見てみるわ」

小学一年生の担任が大きな教材のカードを掲げるみたいに、ティドウェル刑事は最初の一枚を彼女の前に掲げた。「ぴんとくるものがあったら言ってください」

セオドシアは現われては消える画像のひとつひとつに見入った。なんとなく見覚えがあるものもあれば、どう見ても妙なものもわずかながらあった。そのうちの一枚に触れた。

「これって本当にハンマー?」

ティドウェル刑事は渋い顔をした。「女性がどんなものをハンマーと分類するのかわからないので、範囲をかなり広げたのですよ」

セオドシアは唇を突き出したものの、失礼な物言いは気にしないことにした。この手の不適切発言は、彼がつくりあげたぶっきらぼうな刑事という人物像の一部であって、必ずしも実際にそんな狭量なものの考え方をしているわけではないからだ。

「どうです?」刑事は訊いた。

べつの二枚の画像が目の前に現われた。「どれもぴんとこないわ」さらに三枚のハンマーの画像を見せられた。「待って。最後の一枚。なんていうハンマーなの?」

ティドウェル刑事は画像に目をこらした。「ペツルという会社のピトンハンマーですな。

ロック・クライミングで使うものです。ステンレスのヘッド部分が、おそろしげな鉤爪《かぎ》みたいに曲がっているのが特徴です。これがあなたの見たハンマーですかな?」

「似てるわ。とてもよく似てる。こういうのはどこで買えるの?」

「チャールストンには一軒しかありません。マッコークル・アヴェニュー沿いの〈トリプル・ピーク〉という店です。大学の近くの」

「そのお店は最近、それと似たようなものを売ったのかしら?」

「小耳にはさんだところによれば、二週間前に一本、販売したそうです」

セオドシアはロック・クライミング用のハンマーをじっと見つめた。頑丈そうで軽く、しかもかなり危険な感じがする。「どういう人が買ったの?」

ティドウェル刑事は口をすぼめた。「そういうことは明かすわけにはいかないんですよ。おわかりでしょうが」

セオドシアは息を小さくふっと吐いた。うーん。一部は話してくれても、全部はだめってことね。

ドレイトンがいつの間にかふたりのテーブルの近くに来ていた。

「勝手ながら、アッサム・ティーをポットに淹れてきたのだが。飲むかね?」

「ありがとう、いただくわ」セオドシアは言った。

「それに、よかったら、ランチで残ったクランベリーのクリーム・スコーンがいくつかある」

ティドウェル刑事の表情がぱっと明るくなった。「スコーンですと？」そう言って、若いウサギのように鼻をひくひくさせた。

「もちろん、クロテッド・クリームもあります」ドレイトンは言った。

「ぜひともいただきたい」

「すぐにお茶とお菓子をお持ちします」ドレイトンはきびすを返すと、急ぎ足で厨房に引っこんだ。二分後に戻ってくると、ティーポット、スコーンとマドレーヌを盛りつけた皿、それにクロテッド・クリームとイチゴジャムのボウルをテーブルに置いた。

「これはまた……ずいぶんたくさんありますな」刑事は言った。けれども、その言葉の本当の意味は〝おかわりしても大丈夫ですかな？〟だとセオドシアにはわかっていた。

「どうぞ召しあがってください」ドレイトンはからのトレイを手に取り、わきにしっかりと抱えた。そのせいで小さく風が吹く結果となり、刑事が持参した紙が飛んだ。

「大変！」セオドシアは散らばった紙を集めようとした。大半がテーブルの下にふんわりと落ちている。途中で裏表が逆になったものも何枚かあった。ティドウェル刑事がスコーンに手をのばしたときには、セオドシアの指先はもう紙をつかみかけていた。集める途中、ロック・クライミング用のハンマーのプリントアウトが見えた。裏返すと、名前が走り書きされていた。クレモント。製造メーカーの名前？　それとも、これを買った人？　どっちでもいいわ。あとで調べればいいんだもの。昂奮したホリネズミよろしく立ちあがると、テーブルで紙を揃えて束にした。「はいどうぞ――新品同様よ」

ティドウェル刑事は侍が大事な刀を振るうようにバターナイフを動かし、クロテッド・クリームとジャムをスコーンにたっぷり塗り広げていた。

よかった、とセオドシアは心のなかでつぶやいた。まったく気づかれなかった。刑事さんが食べ終えて帰ったら、わたしも調査に取りかかろう。

けれどもそう簡単にはいかなかった。何事も。ティドウェル刑事が別れの挨拶をして正面から出ていくなり、お客が数人ほどやってきた。それにくわえ、サブリナとルークのアンドロス夫妻がふらりと現われた。

どういうこと？

セオドシアは自分の店にふたりがいる光景に茫然とするばかりだった。理由のひとつは、サブリナをそれほどよく知らないからだ。強盗事件のあった夜に二分ばかりしゃべっただけだ。それにルーク・アンドロスについては、〈ゴールド・コースト・ヨット〉を経営し、昨夜、船内でなにやらしゃべっていたことを別にすれば、ほとんど知らないも同然だ。

けれどもドレイトンは夫妻とにこにことおしゃべりをし、テーブルへと案内している。それを見てセオドシアは、自分も愛想よくしたほうがよさそうだと考えなおした。

サブリナはセオドシアの姿を見かけるや手招きし、夫のルークを簡単に紹介した。この日の彼女は黒いテーパードパンツに、金色の縁取りがあるはやりのジャケットという恰好だった。ピンクのセーターにカーキ色のスラックス、スペリー・トップサイダーのシューズという恰好のルークは、ヨットから降りたばかりのように見える。実際、そうなのかもしれない。

「デヴォンシャー公爵夫人のお茶会に出られなくて、返す返すも残念だったわ」サブリナが言った。「予約を取ろうと電話したけど、満席だと言われてしまって」

「それじゃあ、というわけでアフタヌーン・ティーをいただきに来たんだ」ルークが言った。

「なにか残っていればだけど」

「お茶とスコーンはいつでもお出しできますよ」ドレイトンが言った。「しかし、その前に確認してまいりましょう……」

「厨房で」セオドシアがかわりに最後の言葉を言った。「わたしがお相手しているから、見てきてくれる？」夫妻と話をしたいのと、少し質問したいのとでうずうずしていた。けれどもふたりはそわそわと落ち着きがなく、店内のあちこちに目を向けては、ひとつひとつ、じっくりながめてばかりいた。

「とても癒やされるインテリアね」サブリナがうれしそうに言った。「木釘でとめた床、石造りの暖炉、棚に並んだティーカップとティーポット……もう、すてきのひとことよ」

「イギリスにあるようなティーショップだね」ルークが言った。「コッツウォルズあたりの」

サブリナが身を乗り出した。「ほかにお茶会の予定はないの？」

「実を言うとね、明日はロマノフ朝のお茶会、金曜日はフル・モンティのお茶会を予定しているの」

「ロマノフ朝のお茶会か」ルークが言った。「ヘリテッジ協会に展示されるファベルジェの卵にちなんでいるのかな?」

「最初はそんなつもりじゃなかったの」セオドシアは言った。「でも、そういうことになりそう」

「ファベルジェの卵をこの目で見るのが待ちきれないわ」サブリナは言った。「わたしたち、とても好きなのよ」

「じゃあ、初日に行くのね?」セオドシアは訊いた。

ルークは妻の手を軽く叩いた。「新参者のぼくらとしては、なにがあっても駆けつけないとね。ところで、こちらで開催するお茶会は女性しか参加できないのかな」

セオドシアは首を振った。「いえ、そんなことないわ。どなたがいらしても大歓迎よ」

「じゃあ、ロマノフ朝のお茶会にふたりで参加しよう」ルークが言ったとき、ドレイトンがお茶のポットとスコーンをのせた皿を手に戻ってきた。

「レモンのスコーンがお口に合うといいのだが」ドレイトンは言った。「お茶は中国の祁門《キーマン》茶をポットに用意したよ」

「ふたりとも、お茶が好きになって日が浅いの」サブリナは言った。「だから、こちらでいただくものはなんでもおいしいと思うわ」

　サブリナとルークがお茶とスコーンを堪能するのを横目で見ながら、セオドシアは入り口近くのカウンターにドレイトンと立っていた。

「あのふたりはどういう人たちなの？」彼女は訊いた。

ドレイトンは眉をあげた。「アンドロス夫妻のことかね？」

「そう」

「よくは知らないのだよ。ご主人のほうはヨット乗りだということくらいだね。しかし、それもデレインから聞いた話だ」

「それに、ヘリテッジ協会の新会員だわ」

ドレイトンは顔をわずかに上向けた。「それは少々意外だな。まったく知らなかった」

「でしょ？　ふたりとも積極的に動いてるみたい。だって、土曜の夜のアンティーク展にも行くつもりだって言ってるし」

ドレイトンは宜興《ぎこう》のティーポットに手をのばし、下におろした。「ということは、かなりの貢献をしたのだろうね。そしてまっすぐゴールド・サークルの仲間入りをした」

「あなたに話しておかなきゃいけないことがあるの」セオドシアは言った。「実は……ゆうべ、マリーナのあたりをジョギングしたんだけどね。そのとき、ルーク・アンドロスが所有するヨットで会話が交わされていたのをたまたま立ち聞きしちゃって」

ドレイトンはセオドシアをじろりと見た。「たまたま立ち聞きしただと？」

「わかったわよ、こっそり船着き場に近づいたのは認める」セオドシアは両手で顔をあおいだ。「だってしかたないじゃない。突端に大きなヨットが係留されていたから、なんとなく引き寄せられちゃったんだもの。トラクタービームでUFOのなかに吸いこまれるみたいに」

「セオ……」

「とにかく、話を最後まで聞いて、ドレイトン。大事なことかもしれないんだから。そのとき、男の人が何人かに向かってしゃべってるのが聞こえたの。誰かまではわからなかったけど、とにかくすごく深刻な感じだった」

ドレイトンはセオドシアを食い入るように見つめた。「先をつづけてくれたまえ」

セオドシアはドレイトンのほうに顔を近づけ、内緒話をするときのように声をひそめた。

「その男の人は仲間に、あと四日したら出発していいと言ったの」

ドレイトンはまばたきをした。「四日？」

「アンティーク展が始まるのは四日後でしょ。というか、四日後だったでしょ。きのうから数えれば」

「なるほど」ドレイトンはまだ、いま聞いた話を理解しようとしていた。「ああ、そういうことか」手を蝶ネクタイにのばす。「それは少々不吉な話だな」

「でしょう？　だから立ち聞きした内容をティドウェル刑事にはちゃんと伝えたわ」

「よくやった」ドレイトンは木のしゃくしを茶葉の缶に差し入れた。「しかし、刑事さんはまともに取り合ってくれたのかね？　本当にルーク・アンドロスを調べてくれるのだろうか？」

セオドシアは硬い表情になった。「そう願うしかないわ」

14

チャンネル８に着いたときには、約束の時間まであと一分を切っていた。ひとつだけあいていた外来者用駐車スペースに愛車のジープをとめ、ルームミラーをのぞきこんだ。うわっ！　あけたウィンドウから東の風が吹きこんだせいで髪が大きくうねり、鳶色の巻き毛が、ラファエル前派の画家が描く天使なら大喜びするくらい盛大にふくらんでいた。でも、テレビに出演するにはいまいちだ。

髪をなでつけ、車を降りた。ヘイリーが用意してくれたお茶、ティーポット、スコーンなどを詰めた段ボール箱を手に取り、目の前にそびえる巨大な白いビルに急いだ。こんな無味乾燥な建物のなかで、地域の料理、芸術、ローカルニュースを紹介する番組を制作しているとは、なかなか信じがたい。

「こんにちは」大きな受付デスクに近づいた。警備員も受付女性も無言で、それぞれの携帯電話の画面を食い入るように見つめている。「すみません」セオドシアはこぶしでデスクを軽く叩いた。受付は床の中央に深紅のマットが敷かれているのをのぞけば、外側と同じく、真っ白で殺風景だった。

警備員はさっと立ちあがり、携帯電話をポケットに突っこんだ。

受付の若い女性が顔をあげ、目をしばたたいた。「うわあ、外はまだ風が強いみたいですね」

「ううん」セオドシアは愛想よく言った。「車が修理中だから、大型ハドロン衝突型加速器に乗ってきたせいよ」

「はあ?」

「『きょうのチャールストン』に出演することになってるの。インディゴ・ティーショップのセオドシア・ブラウニングよ」

受付係は顔をしかめ、ラメ入りマニキュアを塗った爪でパソコンの画面に触れた。「ちょっと待って。あ、ある。でも、遅刻してるじゃないですか」受付係はプラスチックの来客バッジを押して寄こした。「それをつけたら、廊下を進んでBスタジオに行ってね。自動販売機がたくさんある部屋のすぐ隣」

セオドシアはジャケットの襟にバッジをとめ、段ボール箱を持ちあげた。廊下のなかほどまで来ると、ポップコーンと煮詰まったコーヒーのにおいが鼻先にただよってきた。自動販売機の部屋はまだ遠いのかしら? ちがった。もうその前まで来ていた。

もう少し廊下を進んでから両開きのスイングドアを抜け、足をとめてなかの様子に見入った。スタジオは大きくて薄暗く、床はつるつる、そこかしこにカメラと移動撮影用の台車が置かれ、天井には撮影用のライトが設置されている。いちばん奥にあるセットに、まぶしいくらいの照明が当たっていた。キッチンのセットだ。わたしのコーナーを撮影するのはあそこだろう。

大きな目とピクシーカットのブロンド女性が隣にやってきた。

「セオドシアさんですか?」

セオドシアはほほえんだ。「そうですが」

「アリシアです。『きょうのチャールストン』の制作アシスタントをしてます」

「はじめまして」

アリシアは熟練した目でセオドシアを上から下までながめた。「ヘア・メイク室に行ってもらったほうがよさそうですね」

「どうしても行かなきゃだめ?」セオドシアはあまりメイクが好きではない。マスカラとリップグロスをひと塗りすれば充分だと思っている。

アリシアはそれに答えるかわりに、セオドシアの手から段ボール箱を奪い、隣の部屋へと追いたてた。「タラ?」と甲高い声をあげる。「ちょっとお願い」

タラが現われた。ローライズジーンズとツアーTシャツ、ピンクに染めたソフトモヒカンヘアの、ひょろっとした若いアフリカ系アメリカ人女性だった。彼女は墜落するミサイルのような口笛をひとつ吹くと、鑑定でもするみたいにセオドシアのまわりをまわった。

「そうとう風にやられたね?」

セオドシアはここでも髪をなでつけ、いちばん近い出口はどこかと探した。

タラはセオドシアが逃げ出そうとしているのに気づいて言った。

「安心して。ど派手なことは絶対しないから。スキンヘッドになんかしないって」

「よかった」セオドシアはメイク用の椅子に腰をおろし、脚を組んだ。やたらと手をかけられるのは苦手だ。

タラはセオドシアの波打った髪に触れた。「すっごくすてきな色だけど、どこで染めたの？」

「生まれつきなの」セオドシアはほほえみながら、イングランドとアイルランドの血筋に感謝した。

「じゃあ、取りかかるね」

タラはセオドシアの眉を整え、唇を縁取り、ひかえめにチークを入れた。それから大きくて丸いヘアブラシを手に取り、ゆるやかなウェーブが出るようにとかした。セオドシアの肩に手を置き、椅子をくるっとまわして三面鏡のほうに向けた。「はい、できあがり。どう？」

「なかなかいいわ」セオドシアは鏡に映った自分をじっくりとながめた。「この眉はどうやったの？」こんなのはじめてだ。すごく……きれい。

タラは肩をすくめた。「アーチ形に整えて、形を保つためにアイブロウジェルを少し塗っただけ。ちょっとしたコツだよ」

「いいコツを教わったわ」セオドシアは自信にあふれ、アリシアが待つスタジオに戻った。

「おきれいです」アリシアは言った。「テレビ映えしますよ、きっと」

「本当？」

アリシアの先導で、カメラやくねくねと床にのびた太いケーブルをよけながらスタジオ奥へと進み、まぶしいくらいに明るいキッチンのセットにたどり着いた。やかんの湯はすでに沸騰しているし、ティーカップも花もキャンドルもきちんと用意してあった。音声担当の男性が近づいてきて、セオドシアの襟に小さなマイクをクリップでとめ、細いワイヤーを背中に這わせた。

「三十秒後に出番になります」アリシアがうしろにさがりながら言った。

「もうすぐじゃない」セオドシアは言った。「ちょっと待って。出番ってどういうこと？　生放送なの？　てっきり、収録だとばかり」

しかしすでに、番組の愛想のいい司会者——ジェルで固めたポンパドゥール・ヘア、日焼け色のファンデを塗った顔、ヨーロピアンスタイルのピンストライプのスーツ——がスタジオの向こうからセオドシアのほうに歩いてきていた。

「ウェストン・キーズです」男性は満面の笑みを貼りつかせて言った。「どうも。当番組にようこそ。きみの立つ場所はこっち」彼はセオドシアの肘をつかんで、細かく位置を調整した。「わたしはここに立つからね」

「これは生放送なんですか？　言ったりしたりしたことが、そのまま視聴者に伝わっちゃうの？」セオドシアはまだ状況が理解できずにいた。

「生放送のほうがよりダイレクトに伝わるんだよ」彼は大きくて真っ白な歯を見せた。サメの歯みたいだ。彼はセオドシアを軽く押した。「準備はいい?」

セオドシアは背筋をぴんとさせた。「いつでも準備オーケーよ」本当は怖くてたまらないけれど。

アリシアがふたりの前に膝をついて指を五本立て、声を出さずにゼロまでカウントダウンした。

「『きょうのチャールストン』、次のコーナーに行きますよ」キーズがカメラに向かってしゃべった。「きょうはインディゴ・ティーショップのセオドシア・ブラウニングさんに来ていただき、豪華なティーパーティをひらくプロの秘訣をお話しいただきましょう」そう言ってセオドシアのほうを向いた。

「セオドシアさん、すでにこちらに用意されていますね。これで充分に思えますが」

「いいえ」セオドシアは言った。「ティーパーティとはなによりもまず楽しむことが大事です。お友だちとほっとひと息つきながら、熱々のお茶ですてきな時を過ごすためのものなんです」

「わたしはコーヒーのほうが好きですね」キーズが言った。

「ちゃんと淹れたお茶を飲めば、絶対に好みが変わりますから」セオドシアは言いながらウインクした。やかんを手に取り、ピンクと緑のしゃれたティーポットに熱湯をたっぷり注ぎ、ポットを大きくまわした。

「それにはどういう意味があるんでしょう?」

「ポットを温めるんです。おいしいお茶を淹れるには温度がとても重要なポイントです。温めるのに使ったお湯は捨てて、そこにダージリンの茶葉を必要なだけ入れます。できるだけ新鮮な茶葉を使うようにしてくださいね。そこへ沸かしたてのお湯を注ぎます」

キーズがティーポットのなかをのぞきこんだ。「茶葉がなかで動きまわっていますね」彼はカメラに合図をした。「ハリー、このなかを撮って。視聴者のみなさん、ごらんください」

セオドシアはポットをカメラのほうに傾けた。「これは〝茶葉の苦悶〟と呼ばれる現象です。熱いお湯のなかで茶葉がひらくことで、香りと風味のエキスが抽出されるんです」

「たしかに、いいにおいがしてきました」キーズが言った。「非常に豊かな香りです」

「お茶にはアロマテラピーの効果があるというのがわたしの持論なんです」セオドシアは言った。「お茶の香り、かぐわしい湯気。それらが渾然《こんぜん》一体となって、心身ともに穏やかにしてくれると思っています」

キーズはスコーンののった皿を指差した。「そのビスケットみたいなお菓子も、とてもおいしそうですね」

セオドシアはスコーンをひとつ取り、クロテッド・クリームを塗ってキーズに差し出した。「焼きたてのイチゴのスコーンをどうぞ」

キーズは大きくひとくち食べると、うなずき、もごもごした声で言った。

「本当においしいです。残りを全部食べたら、番組をつづけます」

「コマーシャルに入りました」アリシアが言った。

キーズはまだ口をもぐもぐさせながらセオドシアのほうを向いた。「コマーシャルが終わったら、二十秒でイベントの紹介を頼む」そう言って、彼女の顔をのぞきこんだ。「イベントがあるという話だったよね？」

「ロマノフ朝のお茶会のことでしょうか？」

「それだ、ハニー。頼んだよ」

いつの間にかタラがキーズの横に立っていて、ファンデーションの崩れを直し、ヘアジェルを足していた。

「そんなにしなくていい」キーズは両手を振りながら言った。「これ以上日焼けファンデを塗ったら、ブロンズ像になってしまう」

「十秒前」アリシアが言い、それから、声を出さずにカウントダウンした。

キーズがカメラの前に立ち、またも魅力たっぷりの顔をつくろった。

「さて、セオドシアさん、なにかとてもすばらしいイベントが近々あるとか？」

「ロマノフ朝のお茶会というのが明日……」

「美しいファベルジェの卵がまもなく街にやってくるのを記念してのイベントですね、ちがいますか？」

「そう言ってもいいでしょう」

「まだチケットは手に入りますか？」

「はい。もうひとつ、フル・モンティの……」

「ありがとう、セオドシアさん！」キーズが大声を出した。「ありがとう、視聴者のみなさん。きょうも一日、いい日でありますように！」彼はカメラに顔をぐっと近づけ、内緒話でもするような声で言った。「お次はワンちゃんのファッションショーです。お見逃しなく！」

それで終わりだった。セオドシアのテレビ出演はあっと言う間に終わった。自分がなにをしゃべったのかも、キャンドルに火をつけたかどうかも記憶になかった。セットを振り返る。アリシアが使った品を乱暴に箱に戻す一方、派手なニットのセーターを着せられたプードル、シュナウザー、ミニチュアコリーなどの犬たちが突然、セットにあがりはじめた。

「はい、どうぞ」アリシアは段ボール箱をセオドシアの手に押しつけた。「ありがとうございました」と、うしろにさがりながら言った。「わたしは次のコーナーの準備がありますので」

「いろいろありがとう」セオドシアは言った。「あなたにとってもいい一日でありますように」

外に出て、自分のジープにたどり着いたときには、風はすっかりやんでいた。

想定外だったわ、とセオドシアは思った。完全に想定外の経験だった。自動車事故に遭ったみたいな感じだったけど、あまりに怖くて撥《は》ねられたことさえまともに思い出せない。

陽気な口笛の音が耳に届いた。

持っていた箱を後部座席に押しこんでから振り返り、駐車場内を見まわした。

「やあ！」ライオネル・リニカーが呼んだ。駐車場を大股で歩いてくる彼はびっくりするほど上機嫌で、紺色のスーツと赤い畝《うね》織りのネクタイでめかしこんでいる。

「リニカーさん？」セオドシアは突然のことにびっくりした。

「どうか、ライオネルと」彼は言った。「あざやかな鳶色の髪が見えたので、あなたじゃないかと思ったんです。こんな秋の一日にぴったりフィットしてますね」彼はテレビ局の建物に目をやった。「テレビ出演を終えたところなのかな」

「実はそうなんです。もっとも、疾走するジェットコースターに乗ってるような感じだったけど」

「カメラの前に立ったり、大勢の前でスピーチをするときは、いつもそうなりますね」彼は両手をポケットに突っこみ、かかとに重心を預けた。「ぼくもこれからここで撮影なんです」

「まさか」そんなこととは思ってもみなかった。

「ヘリテッジ協会のほうで、アンティーク展の初日を大々的にアピールしようということになってね」リニカーは言った。「日曜日には一般公開が始まることだし」

「そう、がんばって」ティモシーはこのささやかな宣伝活動に賛同したのかしら？　それともリニカーがみずから話をまとめたのかしら？

「グレイスが言うんですよ、局でメイクをされるわよって」

「されますよ、きっと」

リニカーは頭をのけぞらせ、大声で笑った。「昔からやってみたいと思ってたんだ」

たしかに彼は魅力的な人だ、とセオドシアは思った。

突然、風がひと吹きし、枯れ葉がかさかさと乾いた音をさせながら駐車場を飛ばされていった。

リニカーは両手で口を覆い、そこに息を吐きかけた。「天気が変わりはじめましたね。気温がさがってきたようだ」

「チャールストンの秋はいつもこんな感じよ」セオドシアは言った。「晴れて二十五度以上まで気温があがって、アザレアが咲いたかと思えば、次の日はまったくちがう。天気が一気に崩れるの」そこでいったん言葉を切った。「でも、寒さにもすぐ慣れるわ。たしかルクセンブルクからいらしたんですよね。わたしの感覚だとそこは北ヨーロッパだわ」

「ええ、つい最近までそこに住んでいました。十二年近くも」彼は遠い目をした。「ルクセンブルク大公国に」

「美しい国なんでしょうね。森や山に囲まれていて」セオドシアはそう言いながら、さっきティドウェル刑事に見せられたロック・クライミング用のハンマーを思い出していた。

「アルデンヌ山脈というのがあるんです」リニカーは言った。「どの山にも増して美しいんですよ。もちろん、クナイフやブルクプラッツという丘もありますし」

「きっと絵葉書のようにきれいなところなんでしょうね」セオドシアは腕時計に目を落とした。時間がない。リニカーも同じだろう。「『きょうのチャールストン』に出演されるなら、もうなかに入ったほうがいいわ。ここの人たちはゲストを急かすのが好きだから」

リニカーは歩き出し、親しげに手を振った。「そうですね。大勢の人たちにアンティーク展に興味を持ってもらいに行ってきますよ」

セオドシアは彼のうしろ姿を笑顔で見送った。日曜になっても、展示される品々が無事だといいけれど、と思いながら。

15

予定よりかなり遅れていた。家に帰り、メイクをし（ありがたいことに、眉はいまも完璧な形をたもっている）、おしゃれをしたら、七時ぴったりにドレイトンを迎えにいかなくては。

でも、その前に——そう、寄り道するところがある。昼すぎにティドウェル刑事からロック・クライミング用のハンマーの写真を見せられ、写真の裏に『クレメント』という文字が走り書きされているのを見てからというもの、あの恐ろしげな道具が頭の奥のほうでパーコレーターのようにぽこぽこいっていたのだ。

ブレーキを踏んで、マッコークル・アヴェニューに入った。ふだんホームグラウンドにしている歴史地区では見かけないような、変わった店がたくさん並んでいる。ゲオの自然食品の店、パワーのランニング用品店、デジタル・カフェ、ジェリーとクレイブのニューエイジ・ギフト店。でも、探している店は……？　あ、あった。もう少し先の左側に。〈トリプル・ピーク〉。ティドウェル刑事が言うところの、チャールストンで唯一のクライミング用品専門店。

セオドシアは駐車場に車をとめ、メーターに二十五セント硬貨を投入すると、はずむような足取りで車通りの多い道を渡った。店が近くなるにつれ、心臓がばくばくいいはじめた。

なんとも風変わりな店だった。まず目についたのは膨大な数のロープだ。輪になったもの、あるいはコイル状に巻いたナイロンの派手なロープと綿のロープが壁一面を覆いつくしていた。おそらく、クライミングをする人たちにとっては重要な道具のひとつなのだろう。

ほかにもたくさんの道具が揃っていた。恐ろしげな見た目のピッケル、指なし手袋、チョークバッグ（なにに使うものだかわからないけど）、カラビナ、変わった恰好のぴかぴかした金物類各種、登山靴、ナイロン製の衣類のほか、ヘルメットがずらりと並んでいる。

パソコンになにやら打ちこんでいた店員がふと顔をあげ、セオドシアにほほえみかけた。歳はおそらく二十三か二十四というところだろう。ごつごつした体つきで、筋肉がよく発達している。長めの髪をうしろの高い位置でまとめ、総髪の侍のようなポニーテールにし、うっすらと無精ひげを生やしている。

「なにか？」店員が声をかけた。

「道具をひとつ探してるの」セオドシアは言った。

「ロック・クライミング用、アイス・クライミング用、ビッグウォール・クライミング用、それともキャニオニング用？」

「えっと……ロック・クライミング用かな」セオドシアは言った。クライミングにこんなにたくさんの種類があるとは知らなかった。ただ、恐ろしげな崖をのぼるだけとしか思えないのに。「ロックハンマーを探してるの」

店員は彼の前のケースをしめした。「うちはいろんな種類を揃えてるよ。ぼくらクライマーにとってはなくてはならないものなんだ」

「実は……意中のものがあるの。ペツル社が製造したものらしいんだけど」

「うん」店員はまったいらなおなかを漫然とかいた。「そのブランドならたしかに置いてるな」彼は下はライクラのレギンス、上は胸のところに『ロック・アラウンド・ザ・クロック』と描かれたTシャツ、それに登山靴とおぼしきラバーソールのぺたんこ靴を履いていた。「あっちにある」彼はべつのガラスケースのほうに歩いていき、身をかがめ、うしろの扉をスライドしてあけた。「はい、これだよ」そう言いながらペツルのハンマーを出し、セオドシアに差し出した。「すっごくかっこいいだろ?」

セオドシアはハンマーを持ってみた。すべすべした手触りでバランスがよく、しかも危険な感じがする。これを人の頭に振りおろせば、確実に仕留められそうだ。あるいは、短時間でたくさんのガラスの陳列ケースを叩き壊すのにも向いている。しかも、黒ずくめの犯人たちが振りまわしていたものによく似ている。

「まさしくこれだわ」セオドシアは言った。昂奮しすぎて、手のなかのハンマーが震えてきそうだ。「友人がこれと同じものを持っていたんだけど、テーブル・ロック州立公園の近くでなくしちゃったんですって」

「ああ、あのへんはロック・クライミングに最高だね。ジョカシー・ゴージズもいいけど。

ここから近いし。ぼくの知り合いもあそこにのぼるやつが多いよ」

セオドシアは若い店員にほほえみかけた。「これを買ってプレゼントしたいの。落としたものの代わりにね」彼女はそこで内緒話をするように声をひそめた。「でも、内緒で贈りたいのよ。ほら、サプライズのプレゼントみたいに」

店員はうなずいた。「うん。いいね」

「だから、贈り物用に包んで、彼のところに発送してほしいの。やってもらえる？」セオドシアは店員にハンマーを返した。

「よければ、きょうのうちにUPSで発送するけど」ふたりしてレジのところまで戻ると、店員はペンを持ち、注文フォームを出した。「名前は？」

「クレメントよ」セオドシアは言いながら、ハンドバッグのなかをかきまわし、しばらく探したのち、渋い顔になった。「やだわ、もう」頭を前後に揺らし、自分の間抜けぶりを強調した。「家に住所録を忘れてきちゃった。でも、こちらでわかるわよね。友だちは前にもここで、何度も買ってるから。たぶん、お客さまデータベースに入ってるんじゃないかしら？」

「うん」店員はパソコンの前に行った。「調べてみるね」

セオドシアはカウンターの外側をついていったが、それでもなんとかパソコンの画面が見えた。

「クレメントって言ったっけ？」

セオドシアはにっこりほほえんだ。「ええ」

店員がいくつかキーを叩くと、名前と住所が表示された。

「あった。マーカス・クレメント。ウェイヴァリー・ストリートの一五六二番地。ノース・チャールストンだね」

「そう、それだわ」セオドシアはフルネームと住所を頭にしっかり叩きこんだ。アメリカンエキスプレスのカードを出して店員に渡した。「あなたが履いてる靴は、ロック・クライミング用のもの？」

若者はうなずいた。「そう。スポルティバっていうブランド」

セオドシアは彼の靴をもっとよく見ようと、カウンターごしに身を乗り出した。黒と蛍光オレンジの本体に、二本のマジックテープがついていて、底はぐにゃっとしたラバーソールになっている。いかにもこそ泥が履きそうな、足音のしないタイプの靴だった。

セオドシアはハミングしながら、裏口のドアから大急ぎで家に入った。アール・グレイのもじゃもじゃ頭のてっぺんにキスをすると、裏庭に出してやった。それから、階段を一段とばしでのぼって二階にあがった。

セミフォーマル。今夜はそれなりの服を着てくるようにとドレイトンに釘を刺されたので、帰りは車を運転しながら、頭に浮かんだアイデアを片っ端から検討していた。いい具合に涼しくなってきたので、デレインの店で買ったカシミアのセーターを出してもよさそうだ。

セーターは〈コットン・ダック〉のビニール袋に入ったまま、ウォークイン・クローゼットの棚に置いてあった。これならぴったりだ。

シャワーに飛びこみ、体じゅうを泡だらけにし、生き返った心地でシャワーから飛び出した。タオル地のローブ姿で寝室を動きまわったり、濡れた体を拭いたり、今夜のお楽しみに思いをはせたりするうち、いつの間にかマックスのことを考えていた。クリスマスの時期にサヴァナにいる彼を訪ねるのもよさそうだ。サヴァナでクリスマスを祝うなんて最高だと思う。とても洗練された街だし。以前、コンサートや芸術祭や住宅見学ツアーがおこなわれるリバー・ストリート沿いのクリスマス・イベントに行ったのを思い出した。

化粧を直しながら、ふたりの別れが気持ちにどんな影響をあたえたかと考える。マックスがいなくてさびしい？　それはもちろん。彼に会いたくてたまらない？　まぶたにゴールデンベージュのシャドウを薄くつけながら、答えを考える。そうねえ、思っていたほどではないかな。

ちょっと意外だった。

ブルーグレイのカシミアのセーターを頭からかぶると、やわらかくて雲のような肌触りだった。でも、まずは……まずは、想像していたとおりかたしかめなくては。クリンクル加工した銀色のマキシスカートに脚を入れる。スーパーモデルがこんな着こなしをしているのを、《ヴォーグ》誌の見開き写真で見たことがあって、いいなと思っていたのだ。楽ちんでカジュアルなセーターとフォーマルなマキシスカートという対照的な組み合わせが魅力的だった。言うなれば……ミスマッチの妙。

姿見に映った自分をじっと見つめる。いい感じ？　これなら大丈夫？

鏡のなかの自分が輝いて見え、やったと思った。

こうしてみると、フォーマルとカジュアルを組み合わせるアイデアにはとても共感できる。流行の最先端という感じがする。セレブたちがフォーマルとカジュアルを組み合わせたファッションを自信たっぷりに着こなしているのも見たことがある。グッチのブラウスと〈H&M〉のカーキのパンツ。上はバーバリーのTシャツで、下は巨大スーパーの〈ターゲット〉で買ったジーンズ。おもしろい。

セオドシアは鏡の前に立って、髪をとかした。生き物のように跳ねるし、うねる。いくらやっても爆発したように広がった状態は直らなかった。だったら、アップにすればいいかも。うん、そうしよう。

ブラシを使ってゆるめのポニーテールにまとめ、それを二度ほどひねって、最近の美容師がルーズなお団子と呼ぶ形にした。ピンを何本か刺して、しっかり固定する。

銀色のビーズバッグを出し、携帯電話、口紅、二十ドル札を放りこむ。それから、最後の仕上げに、マノロ・ブラニクの銀色のハイヒールに足を入れた。

少しよろけながら体の向きを変え、もう一度、姿見に映った自分を見る。納得のいく出来だ。

あとセオドシアがやるべきなのは、アール・グレイを家のなかに呼び戻し、食事をあたえ、自分も軽くなにかおなかに入れることだった。チーズをひと切れとフルーツ少々でいいだろう。血糖値がさがらない程度で充分だ。

これでよし、と。思わず笑みが洩れる。いつでも出かけられる。

最初の段をおりようとしたところで、ふと思いついて足をとめた。急いで寝室に戻り、整理簞笥《だんす》のいちばん上の抽斗《ひきだし》をかき分け、くしを見つけた。鼈甲の模様がついたくしで、真珠がいくつか埋めこんである。かつては母のものだったくし。

そのくしを髪に挿した。一種のお守りだ。これで今夜、何事も起こりませんように。

シャビー・シックなお茶会

手持ちのレースと花柄のグッズを全部披露する絶好のチャンスです。まずは花柄のテーブルクロスを敷き、その上にレースのテーブルクロスを重ねます。花柄のナプキンとティーカップも同じようにコーディネートしていきます——統一感を崩せば崩すほどおもしろさが増しますよ。テーブルの中央に飾るのは、ガラスの花瓶かクリーム色の焼き物にピンク色のシャクヤクをいけ、そのまわりに額入り写真やかわいい缶を並べましょう。ビュッフェ形式にするならば、色を塗った巣箱やビンテージもののハンドバッグなどを小道具として置くのもおすすめ。メニューはチェダーチーズのキッシュ、エビのサラダをはさんだティーサンドイッチ、クリーム・スコーン、そしてビスコッティ。おすすめのお茶は祁門茶のほか、桃とジンジャーのアイスティーを蛇口付きの大きなガラス容器で出すのもいいですね。

16

モンタギュー・オペラ・ハウスの外の通りは、ぴかぴかの黒いリムジンとタクシーでごった返し、面取りしたガラスがついたアーチ形のドアの前で乗客が次々と降りていた。大型のサーチライトが夜空に放たれ、初日の夜を盛大にアピールしている。

セオドシアは正面入り口を入ってすぐのところで足をとめた。ふかふかの赤いカーペットに足が沈みこむ。少し体の向きを変えると、そこかしこで上品な抱擁が交わされ、情熱的なエアキスが飛び交うなか、タキシードを着こんだ男性やデザイナーズブランドのドレス姿の女性があいさつをしている光景が目に入った。それからドレイトンとふたり、まばゆく輝く本物のハリウッド・スタイルのシャンデリアに照らされながら、りっぱな円形階段をのぼっていった。

「『ラ・ボエーム』は大好きなオペラよ」セオドシアは上へ上へとのぼりながら言った。「実を言うとね、はじめて観たオペラなの」

「なるほど」ドレイトンは言った。「はじめてのオペラがいちばんのお気に入りになることは多いものな」

「幕があがった瞬間から心を奪われたわ。またひとつ、好きなものが増えたと思った」中二階のバルコニーを進みながら、セオドシアは大きく息を吸った。ぞわぞわとした昂奮が体を駆け抜け、劇場にあふれる人々の高いテンションが自分にまで伝わってきた気がする。セオドシアは頭を軽く振った。「でも、このオペラ・ハウスの豪勢な感じには、これから先も慣れそうにないわ」

「慣れないほうがいい」ドレイトンは言った。「いつもささやかな昂奮を感じてほしいからね」

カシミアとシルクの衣装のおかげで、セオドシアは自分がとてもエレガントで流行の先端を行っているように感じていた。そして五年前にイギリスであつらえたタキシードを着こんだドレイトンは、当然のことながら堂々として見えた。手首を動かすたび、琥珀とゴールドをあしらったアンティークのカフスボタンがきらりと光る。

「わたしは昔から、ロドルフォという人物に思い入れがあってね」ドレイトンはセオドシアを案内し、ときどき知り合いに会釈しながら言った。「彼には時代を超えた真実味が感じられるのだよ。夢をひたすら追い求める姿にね」

セオドシアはほほえんだ。「ミミを追い求める姿ということね」

ドレイトンは目を輝かせてセオドシアに向きなおった。「真実の愛を求める姿と言うつもりだったのだがね」彼は少しためらい、いまいる場所がどこか気づいたらしく、こう言った。「おやおや、もう席まで来ていたのか。オペラファンの高尚な世界へようこそ」彼はぴかぴかに磨きあげた真鍮《しんちゆう》の取っ手がついた、凝った彫刻の木のドアをあけ、横に立ってセオドシアを先に通した。

なかに入ると、豪華な座席が四つついた薄暗いボックス席があった。

「ここがわたしたちの席?」セオドシアは茫然とした。ボックス席はほかの席から見えないようになっているし、しかもこの驚くほど豪華な席は一階席の上にせり出しているから、視界をさえぎられることなくステージを堪能できる。

「というか、四つのうちふたつがわれわれの席だ」ドレイトンは言った。「エディスとハワードのピンクニー夫妻と一緒なのだよ」

セオドシアは紫色のビロードの座席、金色をしたビロードのカーテン、金めっきを施した壁に見入った。「タイムマシンで百年くらい前に戻ったみたい。パリが華やかだったベル・エポック時代かフランツ・ヨーゼフ一世の時代のウィーンに」

ドレイトンはうなずいた。「まったくだ。さあ、すわって楽しみたまえ」彼も腰をおろしたが、ほどなくピンクニー夫妻が到着したので、また立ちあがった。

あわただしくお互いを紹介し合ったのち、セオドシアは真鍮の手すりから身を乗り出して下の観客をじっくりながめた。あいかわらず次から次へと入ってくる豪華絢爛《けんらん》たるふたり連れから、前方の席を占めるネクタイと燕尾服姿のオーケストラにいたるまで、全員がすてきだった。しかも、にぎやかなおしゃべりの声が、ときおりあがる笑い声やチューニングをする楽器の抑えた音と混じり合い、セオドシアの期待感はいやがうえにも高まった。

「本当にすばらしいところね」セオドシアは小さな声で言った。くるぶしのところで脚を交差させ、ショーの始まりに向けて落ち着こうとするものの、そわそわした気持ちがどうしてもおさまらない。初日特有の緊張感かしら？　そうよ！　オペラが始まるのが待ちきれないんだわ。

「お金を出した甲斐があったというものだ」ドレイトンは小声で返事をした。「少しくらい贅沢をしなくては、人生、つまらないではないか」

オーケストラの音合わせが終わると、高まる期待感で観客席がしんと静まり返った。会場内に脈打つエネルギーが感じられるほどだった。

ドレイトンはきょうのプログラムをわきに置き、待ちかねたように身を乗り出した。

明かりがしだいに消えていき、最後はほとんど真っ暗になった。

すてき、とセオドシアは心のなかでつぶやいた。夢みたい。

やがて舞台の照明がぱっとつき、幕があがり、オーケストラが奏でる最初の音が会場内に高く、甘く響きわたった。同時にセオドシアの心に翼が生え、およそ二百年前のカルチェラタンへと飛んだ。

歌、音楽、セット。すべてがすばらしかった。ミミ役とロドルフォ役の歌手は観客を魅了した。ふたりはステージを端から端まで動きまわり、笑い声をあげ、甘い言葉をささやき、高らかに歌い、堂々と役を演じきっていた。

これだわ、とセオドシアは思った。これこそが人々の胸を高鳴らせ、心をはずませてくれるものよ。だからこそ、芸術は特別な存在なんだわ！

第一幕はあっという間に終わった。幕がおり、万雷の拍手がわき起こると、セオドシアはこの夜はじめて緊張を解き、椅子の背にもたれかかった。

「すばらしいのひとことだわ」とドレイトンに言った。顔がにやけてしょうがなかった。

ドレイトンはうなずきながら、うれしそうに拍手している。

「夢中になって観てしまったよ。いままでいちばんの出来だ」

セオドシアはドレイトンの腕を軽く叩いた。「ありがとう。今夜誘ってくれたこと、心からお礼を言うわ」

「まだ終わっていないぞ」ドレイトンはほほえみながら立ちあがった。「休憩時間になったから、シェリーを一杯どうだね？　いや、今夜飲めるのはおそらく、ワインかシャンパンだろう」

たしかに、ワインとシャンパンが飲めるようになっていた。セオドシアとドレイトンは人混みを果敢にかきわけながら、二階に設営された仮設のバーまで行き、白ワインを頼んだ。しばらくすると、きらびやかな人たちが多数押し寄せてきたので、ふたりは場所を移動し、おそるおそるワインに口をつけた。

「このワイン、けっこういけるわ」セオドシアは言った。「もっとまずくてすっぱいかと思ってた」

「そうだな」ドレイトンは笑った。「箱入りのワインだとそうなる。しかし、これは、そう悪くない」彼はもうひとくち含んだ。「知り合いの顔は見かけたかね？　なにしろ今夜は初日だ。セレブ中のセレブが顔を出しているはずだ」

セオドシアは人混みに目をこらした。「セレブかどうかわからないけど、デレインが来てる」

「一緒にいるのは誰だろうな」

セオドシアは首を横に振った。デレインのエスコート役の男性に見覚えはなかった。

「本日限定のボーイフレンドかもね」

「セオドシア？」デレインのきつい声が、周囲のひかえめなおしゃべりの声を切り裂いた。

セオドシアもドレイトンも身がまえた。なにをどう言いくるめられるか、わかったものではない。

「ねえ、すごかったわねえ」デレインは昂奮した声で言うと、ピンク色の肩を揺らし、スカートをしゅっしゅっといわせながら急ぎ足で近づいてきた。「きょうのオペラには、あなたたちもうっとりしっぱなしだったんでしょ？」デレインは昂奮すると、感嘆符をたくさんつけたようなしゃべり方をする。

デレインがオーバーなのはしゃべり方にとどまらない。今夜の彼女はギリシャの女神のような装いだった。クリーム色のワンショルダーのロングドレスには金色のアクセントがそこかしこにちりばめられ、同じ金色とターコイズブルーのスネークブレスレットを両手首にはめている。

ヴェルサーチかしら。きっとそうだわ。すてき。

当然ながら、デレインは四十代くらいのとてもハンサムな男性の腕にしがみついていた。男性の波打った黒髪と形のいい鼻は、ジゴロとイタリアの伯爵を足して二で割ったような感じがする。でも、とセオドシアは忍び笑いをこらえながら思う。そのふたつは同じものだわ。だけど、いまデレインが紹介してくれているんだから、ちゃんと聞かなくちゃ。

「はじめまして」セオドシアはデレインの連れに愛想よくあいさつした。デレインの紹介によれば、彼の名前はレナルド・ジャイルズで、貿易商だという。

デレインはゴシップをひとつ仕入れていた。「セオ、覚えてる？　このあいだ、アンドロス夫妻のことを訊いたでしょ？」

「ええ」あまりに楽しい時を過ごしていたせいで、夫妻のことはほとんど忘れていた。デレインがアンドロス夫妻と口にしたおかげで、セオドシアの夜に暗雲が立ちこめた。それでも身を乗り出して、聞き耳をたてた。知っておくべき大事なことかもしれないからだ。

「トゥーキー・カーマイケルからサブリナとルークのことを二、三聞き出したの」デレインは言った。「トゥーキーは知ってるわよね。しょっちゅう、うちの店に来てるし、今年のスポレート祭の委員になってるから」

「ええ、わかるわ」

「とにかく」とデレイン。「トゥーキーが言うには、アンドロス夫妻はもともとマイアミに住んでたんですって。少なくとも、ヨット事業の拠点はそこだったみたい」

「どうしてチャールストンに越してきたのかしら」セオドシアは言った。「ずっとこっちに住むつもりなのかしら。もしかしたら本社はまだマイアミにあるとか？」

しかし、デレインは首を横に振っていた。「ううん、そうじゃないの。マイアミは競争が激しすぎると思ったみたい。ものすごくたくさんのヨットのブローカーがしのぎを削ってる状態なんですって」

「でも、マイアミにはお金がうなるほどあるじゃない。いろんな国のお金もね。なんとかやっていけたと思うけど」もちろん、商才があるのが前提だ。市場で目立つためのアイデアがあればの話。

デレインは目をぐるりとまわした。「なに言ってんのよ。ここ、チャールストンにだってうなるほどお金はあるでしょ」彼女はあたりを見まわし、ジャイルズがいるのに気づくと、彼に身をすり寄せた。「うふーん、ハニー」

「オペラはおもしろい？」セオドシアはジャイルズに訊いた。ちょっとくらい声をかけなくてはという気がしたのだ。

「大好きなんですよ」ジャイルズはそう言いながら、腕を大きく振った。いきおいあまって、髪をひと昔前にはやったビーハイブに結った女性をあやうく叩いてしまうところだった。

「実はパリでもこのオペラを観ているんです」

「きょうのとくらべてどうだね？」ドレイトンが調子を合わせるように尋ねた。

ジャイルズは少し見下すような顔になって、首を振った。「くらべることに意味はありませんよ」

セオドシアは顔をほころばせ、ドレイトンのほうを向いた。「さてと、そろそろ席に戻りましょうか」

「もう？」デレインはがっかりした顔になった。

「ふたりとも、会えてよかったよ」ドレイトンはせかせかとあとずさりしながら言った。「このあとも楽しんでくれたまえ。少なくとも、楽しむようつとめてくれたまえ」と小声でつぶやいた。

セオドシアは小さく手を振った。「じゃあ、また……」

数分後、第二幕が始まり、セオドシアはまたもその世界に包みこまれた。目を閉じ、音楽に身をまかせる。歌い手の人たちはどうして口をあけるだけで、これほどまでに豊かで心を揺さぶる声で会場を満たせるんだろう。本当に不思議だ。音楽が緊張感を増してくると、セオドシアは思わずほほえんだ。ひとつひとつの音を耳でむさぼるように味わい、次の音への期待に胸を躍らせた。

メゾソプラノの歌手がいちばん高い音を出し、コーラスが盛りあげるようなメロディを歌っていたそのとき、観客席のどこからか突然、悲鳴があがった。その声はしばらくソプラノの声と渾然一体となっていたが、しだいに高くなって最後は金切り声に変わった。さびついたレールの上で鉄の車輪が急停止するように、高くなったり低くなったりを繰り返し、やがて……。

ソプラノ歌手が驚愕《きょうがく》の表情を浮かべ、突然、歌うのをやめた。

オーケストラの音が乱れた。

悲鳴はまだやまず、その甲高い声はやがて、背筋も凍るようなしわがれた絶叫に変わった。

どこかでドアが乱暴に閉まり、その音が劇場全体に響きわたって、観客席にも動揺がひろがった。

すでに舞台上の全員が歌うのをやめていた……主要人物たちも、コーラスも。みんなどうしていいかわからず、落ち着きなくあたりを見まわしている。

観客席の数人がぼそぼそとなにか言った。すると、そこに百人ほどがくわわった。

ちりちり頭の指揮者が振り返り、とがめるような目で観客をにらんだ。

「なにがあったの？」ひとりの女性が大きな声で言った。

「どういうことだ、これは？」男性の声がした。

観客席の何人かがいきおいよく立ちあがった。

そのとき、隣のボックス席から悲痛な声がセオドシアの耳に届いた。

「助けて！」女性の声だった。「向こうのボックスにいるアビゲイルとハロルドが大変なことになってるんです。どなたか助けてくれませんか？」

そこかしこで悲鳴があがるなか、劇場の照明がつき、あたりはいきなりまぶしくなった。

不安になった係員が機転を利かせ、すばやく行動したおかげにちがいない。

悲鳴はあきらかにステージにもっとも近いボックス席であがっていた。身を乗り出してみると、言いようのない恐怖の表情を浮かべた女性が泣き叫んでいるのが見える。

「助けて!」女性の叫びはまだつづいていた。胸をしめつけられるような声で言葉を絞り出している。「誰か、お願いだから助けて!」

セオドシアは立ちあがった。「とんでもなく大変なことが起こったみたい」ドレイトンにそう告げた。それから、後先を考えず、一瞬もためらうことなく、廊下に走り出ると、ずらりと並んだボックス席のドアの前を全速力で駆けていった。誰もあの気の毒な女性を助けてあげないなら、わたしが助けるしかない!

ボックス席用のドアをひとつ、ふたつ、三つ過ぎた。ゆるやかに弧を描く階段を駆けおりる。ほんの一瞬、誰かを見かけたような気がした。目の隅で、誰かの姿をうっすらととらえたように思った。最後のボックス席の前で急停止すると、いまも悲鳴がとめどなく洩れてくる。

ドアは大きくあいていた。

セオドシアはひとつ深呼吸して、なかに飛びこんだ。

とたんに、目が異様な光景をとらえた。タキシード姿の年配男性がカーペットに大の字になって、苦しそうにあえいでいる。額の傷から血があふれ、それがぽたぽた落ちて白いシャツの前見頃をぐっしょり濡らしていた。年配女性——さっき見えた悲鳴をあげていた女性だ

――が男性の上にかがみこみ、何度も何度もしゃくりあげている。けわしい顔をした劇場の支配人が男性の隣に膝をつき、携帯電話に向かって乱暴に指示をまくしたてている。

支配人は顔をあげてセオドシアに気づくと、追い払うように手を振った。「近づかないで！」

「どうしたの？」セオドシアは切羽詰まった声で訊いた。「なにがあったの？」

泣いている女性はライラック色のロングドレスのすそにつまずきそうになりながら、よろける足でセオドシアに近づいた。「助けて」あえぎあえぎ言った。肩が震え、嗚咽《おえつ》がこみあげるたび、体が大きく上下する。「誰かがわたしたちのボックス席に、し、し、忍びこんだの」女性は聞き取りづらい声で訴えた。「犯人は主人の頭を殴って、それから……」なにもないネックラインを右手でつかむようにしたとたん、女性の下唇が激しく震えはじめた。「わたしが首にかけていたネックレスを盗んだの」

セオドシアはしゃがんで、床に倒れている年配の紳士の様子をたしかめた。

「あの、大丈夫ですか？　わたしの声が聞こえますか？」

男性はまぶたをひくつかせながら目をあけた。「聞こえる」と苦しそうな声で答えた。

「起きあがらないで」セオドシアは言った。「右のこめかみあたりがひどく切れているので、脳震盪《のうしんとう》を起こしている可能性があります」前にもこんな光景を見たような気がするのはどうして？〈ハーツ・ディザイア〉の事件の繰り返しのような気がするのはどうして？

「救急車は呼んだんですか？」セオドシアは支配人に訊いた。

彼はうなずいた。「もうこっちに向かっている。いまは警察に連絡しているところだ」

「奥さん？」セオドシアは泣いている女性に手を差しのべた。「顔が真っ青ですよ。こっちに来てすわりましょう。もう救急車が向かっているそうです。あと数分もすれば助けが到着します」いつの間にか、ドアの外に大勢の野次馬が集まって、いつやむともしれないひそひそ声を発していた。まるで千匹ものセミが鳴いているようだ。

女性はよろよろとセオドシアに近づいた。

セオドシアは動揺している女性に手を貸し、座席へと案内した。

「さあ、すわって」女性の膝ががくりと折れ、そのまま倒れこむように腰をおろした。

「ハロルド？」女性は涙交じりに呼びかけた。

「わたしはここにいるよ」年配男性はかすれ声で答えた。

「ご主人はすぐここにいますよ、ほら」セオドシアは言い、男性の肩を軽く叩いた。「救急車が到着するまで、このまま横になっていてもらうだけですから」

女性は力なくうなずいた。それからまたも、自分の首にむなしく手をやった。「わたしのエメラルドのネックレス」涙が彼女の頬を伝い落ちた。「今夜、着けようと思って金庫から出したの」声が詰まる。「わが家の家宝だったのに」

やっぱりね、とセオドシアは心のなかでつぶやいた。そうだと思った。

17

〈ハーツ・ディザイア〉の騒動直後の悲しい様子を一から繰り返しているも同然だった。救急隊員がストレッチャーをがちゃがちゃいわせ、毛布をひらひらさせながら到着した。五、六人の制服警官がなだれこんできた。そして最後に、ここでもやはり、バート・ティドウェル刑事の登場となった。

セオドシアとドレイトンはテレビドラマさながらの光景を、自分たちのボックス席という安全な場所から観察していた。

「警察は観客全員からどうやって話を聞くつもりだろうか」ドレイトンが言った。

セオドシアはむすっとした顔で手すりから身を乗り出し、下の様子をうかがっていた。

「全員から話を聞くことはないでしょうね。だって、見て」

ドレイトンは下をのぞきこんだ。観客が押し合いへし合いし、つんのめるようにして劇場から逃げ出そうとしていた。「なんてことだ」彼は言った。「まるでタイタニック号の最後のあがきではないか。船が沈む直前、乗客全員が理性をかなぐり捨て、甲板に殺到したとかいう、あれだ」彼はかぶりを振った。「こういうことは断じてよくない」

「絶対によくないわ」セオドシアは腰をおろし、いらいらと床を足で叩きながら考えに集中しようとした。

もしも……ううん、それではなんの解決にもならない。それよりもっといいアイデアを思いつかなくては。

「これからどうなるのだね?」ドレイトンが訊いた。パニックを起こしかけているようだ。

「いったい誰がネックレスを盗んだのだろう?」

突然、セオドシアの頭にある考えが浮かんだ。「いますぐ確認しなきゃいけないことがあるわ」とドレイトンに訴えた。「というより、確認しなきゃいけない人がいると言ったほうがいいかも」

「いったいなんの話だ?」ドレイトンは訊いた。「誰のことを言っているのだね?」

「あなたのお友だちのリニカーさんに電話するの。家にいるか確認しないと」

「なぜそんなことを……?」ドレイトンはとまどっていたが、やがて少しずつわかりはじめた。「なるほど、ライオネルがあのボックス席に忍びこみ、気の毒な男性を殴ったうえ、奥さんのネックレスを奪ったのではないかと考えているのだな」

「奥さんのエメラルドのネックレスをね。ええ、そういうこと。ほんのわずかにしろ、可能性はあるでしょ。リニカーさんが本当にすご腕の宝石泥棒なら、この劇場をいい狩り場と見なしてもおかしくないわ」

「では、匿名電話をかけて彼が在宅しているか確認するのだね。彼が出たらすぐに切るわけだ」

「ええ、ばかなティーンエイジャーがいたずら電話をかけたふりをするの」

ドレイトンは唇を尖らせた。「きみの話を聞いていると、実に魅力的な話に思えてくるよ」

「わかった、じゃあ、こう言い換える。わたしたちは一件の殺人事件と二件の窃盗事件を調べている一般市民なの。ほら、これならいくらか前向きになれるんじゃない？」

「とんでもない」ドレイトンはため息をついた。「しかし、きみに協力するのはやぶさかではないよ。少なくとも当面は」

セオドシアとドレイトンは一階におり、通用口からどうにか外に出た。薄暗い通りに出ると、今度は蜘蛛の巣のように連なった車がクラクションを鳴らし、怒りと失望を抱えた観客が大勢、逃げるように歩いている合間を縫いながら進まなくてはならなかった。

「大渋滞だ」ウェントワース・ストリートを急ぎ足で渡りながらドレイトンは言った。

「そんなことは気にしなくていいから」セオドシアは言った。「公衆電話を見つけることに専念して」

「どうして携帯電話でかけてはだめなのだね？」

セオドシアは顔をしかめた。「だって、リニカーさんが発信者番号通知サービスを使っていたら、わたしたちからだとばれちゃうもの」

「そして、探りを入れているのもばれてしまうというわけか」ドレイトンは肩で息をしながら言った。「たしかにそうだ。探偵ごっこも簡単ではないな」

「ええ、簡単じゃないわ」

ようやく、二十四時間営業の家族経営の食料品店で、けばけばしいポスターがべたべた貼られた壁の真ん中に、かなりガタのきた公衆電話が見つかった。

セオドシアが電話に二十五セント硬貨を投入すると、昔ながらの〝ちゃりん〟という音がした。「たぶん、このあたりで最後に一台だけ残った公衆電話にちがいないわ。もしかしたら世の中に現存する最後の一台かも」セオドシアはドレイトンを見つめた。「彼の番号は？」

「彼の……？　ああ、ちょっと待ちたまえ」ドレイトンは財布を出し、名刺を一枚抜いた。彼がライオネル・リニカーの番号を読みあげ、セオドシアがダイヤルした。

「いま呼び出してる」セオドシアは言った。不安な気持ちが高まり胃が痛くなってくる。

「きっと出るとも」ドレイトンは言った。

しかし、リニカーは出なかった。呼び出し音はひたすら鳴りつづけ、セオドシアはとうとう、電話線の向こうから聞こえるくぐもった音を聞いているのがいやになった。在宅しているなら、出るつもりはないということだろう。「留守みたい」

「では、どうする？」

セオドシアは足を踏み換えた。デザイナーズブランドのハイヒールであちこち走りまわったつけだろう、土踏まずがひどく痛む。「さあ」

「もしかしたら」ドレイトンは言った。「ライオネルは女性の友人と一緒かもしれないな」

「グレイスね」セオドシアはその意見に飛びついた。「だったら彼女を調べないといけないわ。家まで行って、リニカーさんの車が外にとまっているか確認するの」セオドシアは片手をあげた。「そうそう、リニカーさんがどんな車に乗っているかわかる？」

「たしかＢＭＷだ」


セオドシアのジープが駐車場を出るまで十分かかり、大渋滞を抜け、どうにかこうにか歴史地区に出るまでにさらに十五分かかった。とにかく苦労の末、いまはトラッド・ストリートを悠々と走っている。

時刻は夜の十時で、あたりは真っ暗だった。ぽつんぽつんとある街灯がピンク色に光り、周辺をこの世のものとは思えない不気味な雰囲気に変えている。何軒かの家に電気が灯っていたが、総じて水曜の夜らしい静けさに包まれていた。天気が変わり、大西洋から吹きつける強風に木の葉が落とされ、数本のパルメットヤシが激しく揺れていた。

「あそこがグレイス・ドーソンの自宅よ」セオドシアは言った。

「生前のジョージ・バーウィックが住んでいた家だな」ドレイトンが言った。「とても大きな家だよ。しかもかなり豪華だ」

「ぐるっと見てまわりましょう。リニカーさんのＢＭＷが通りのどこかにとまっているのは見えた？」

「いまのところは見あたらないな」

ゆっくりと通りを往復した。家のあるブロックを一周し、わきの路地も確認した。一周終えると、もう一度同じことを繰り返した。それでもBMWはどこにもなかった。

「家の明かりがほとんどついてないわね」セオドシアは言った。「とすると、グレイスは早く寝ちゃったか、留守にしているかだわ」車を縁石に寄せ、ブレーキに足を乗せる。そのままエンジンの音を聞きながら、考えをまとめようとした。

「ふたりは一緒に出かけたのかもしれないな」ドレイトンが言った。

「あるいはリニカーさんは自宅にいて、あらたに手に入れた家宝のネックレスを満足そうにながめているのかも」

「きみは彼を目の敵にしているようだな」

「そんなことない。あの人が、容疑者リストのいちばん上にいるだけのことよ」

「長いリストのな。しかも、日に日に長くなっている」

セオドシアはクラッチバッグに手を入れて、携帯電話を出した。「それじゃ今度はヘイリーに電話しなくちゃ」

「なんだって？　いったいまたどうして？」

「ヘイリーにかけて、彼女が出たら、つまり、彼女が家にいたら、どうでもいい質問をしてほしいの」

「きみの電話でかけてかまわないのかね？　この通話は極秘というわけではないのだね」

「ええ」セオドシアは番号をプッシュすると、ドレイトンのほうに電話を押しやった。「ふだんどおりにふるまって」

「しかし、なにを訊けばいいのだね？」彼はおろおろしていた。

「さあ。厨房に帽子を忘れたような気がするけど、知らないかとか？」

「もしもし？」ドレイトンはもごもごと電話に言った。「ヘイリーかね？」「厨房にわたしの帽子セオドシアが急いでというように両手をぐるぐるまわす仕種をした。「厨房にわたしの帽子が置き忘れていなかったかね？　なかったと思う？　ほう、そうか。わかった、起こしてしまってすまなかった」彼はセオドシアに電話を返した。「というわけで、ヘイリーは自宅にいた。もう寝ていたらしい。おまけに、わたしをばかだと思ったようだ。以上のことからなにかわかるのかね？」

「少なくとも、ヘイリーはいまの彼氏、ビリー・グレインジャーと出かけてないことはわかったわ」

ドレイトンははっとなった。「今度は、彼が今夜あの女性からネックレスを奪い、ご主人の頭を殴った犯人だと言うのかね？」

「それはなんとも言えないわ。あくまで、ひょっとしたらよ」セオドシアもその可能性は低いと思っている。でも、手がかりなんてどれも漠然としているものでしょう？　有能な捜査官の証しってそういうものじゃないの？　どんなささいな手がかりでも、ひとつ残らず検証しなきゃいけないはず。

しかし、ドレイトンはグレインジャーの線を追うことにあまり乗り気でなかった。

「グレインジャーが〈ハーツ・ディザイア〉で強盗を働いた犯人の一味ではないかと疑っているのだね？」彼は訊いた。「あの男がバイクに乗っているというだけの理由で」

「わからないのよ、ドレイトン。可能性がないわけじゃないわ。グレインジャーはブルックの店で開催されたジュエリー・ショーについてあらゆる情報を得られる立場にあった。だって、ヘイリーがビュッフェの準備をしてお茶を出すことになってたんだもの。だから、彼女とつき合っているのかもしれない。知り合ってそう長くはないみたいだし」

「それだけでは単なる状況証拠にすぎない気がするが」

「そもそも、証拠とも呼べないかもね。それでも、グレインジャーがいま自宅にいるかどうか、どうしてもたしかめたいの」

「では、どうやるのだね？　今度も電話作戦か」

「それより、彼の自宅まで行って、この目で確認してみたいわ」

「グレインジャーがどこに住んでいるのか、知っているというのかね？」

セオドシアはべつにたいしたことじゃないわ、というように肩をすくめた。

「住所なら知ってる」

「いったいどうやって突きとめた？　ヘイリーがみずから進んで打ち明けたとでも？」

「そんなわけないでしょ。頭のいい探偵なら誰でもすることをしたまでよ」

「というと？」

「ヘイリーが見てないときに、彼女の携帯電話をのぞいたの」

ビリー・グレインジャーはノース・チャールストンに住んでいた。空港からさほど遠くない、ファリデイ・ストリートだ。

セオドシアとドレイトンは車でしばらくうろうろし、何度か行き止まりに入りこんだのち、ようやく目的の住所を見つけた。三軒先に車をとめ、周囲を調べてまわろうとした。周辺の家はどれもまあまあで、少々みすぼらしい感じはあったけれど、なかには改修したらしき家も何軒かあった。しかも、極端に静かで、夜のジョギングを楽しむ人も、犬を散歩させている人もまったくいない。たぶん、もう時間が遅すぎるせいだろう。

「グレインジャーの家にはひとつも電気がついていないようだ」ドレイトンが言った。「テレビの光すら見えない」

「つまり彼は出かけているか、ベッドで寝ているかね」セオドシアは言った。

「電話をかけたほうがいいと思わんか？　それともこのまま、張り込むつもりかね？」

セオドシアはドレイトンをじっと見つめた。「おもしろがってるみたいね。楽しんでるでしょ」

ドレイトンの口の両端が、かすかにぴくっとした。「いささか妙だと思っているだけだ。こんな夜を過ごすことになるとは思ってもいなかったのでね」

「オペラを観にきていた人たちだって、あんなふうにけちがつくとは思ってなかったでしょうね」セオドシアは言った。

「そう思っているのかね？　けちがついたと？」

セオドシアは笑いを噛み殺した。ドレイトンはひどく真剣な顔をしている。

「ううん、ドレイトン。けちがついたのはあなたの気分だけよ」

彼はいかにも怒ったような顔をした。「ちょっと待ちたまえ――わたしはこうしてここにいるじゃないか、え？　わたしは……あれはなんと言うんだったか……きみの用心棒役をつとめているではないか」

「ええ、そうよ。そのことについては、一生、感謝する。だって、今夜やろうとしてることのなかには、ちょっと怖いこともあるんだもの」セオドシアは手をのばし、ドレイトンの腕をつかんだ。「だから、わがままを聞いてくれて本当にありがとう」

「どういたしまして。ついでに言っておくが、べつにけちをつけるつもりはなかったのだよ」

「そんなの、わかってる」セオドシアは言った。「このあとどうすればいいか、わたしが決めかねているだけ」

「セオドシア」ドレイトンは言った。「わたしの知るかぎり、きみは誰よりもやるべきことがわかっている人だよ」

「そう思う？」

ドレイトンは大きくうなずいた。「もちろんだとも」

五分ほどそのまま待ったのち、セオドシアは口をひらいた。

「もっと近くまで行ってみたいわ」セオドシアはルームライトのスイッチを切ってから運転席側のドアをあけた。

「あの家をこっそり見てまわるのなら」ドレイトンは言った。「わたしも一緒に行くよ」

「あらあら」セオドシアは小声で言った。「わたしの悪いところがうつっちゃったみたいね」

ふたりはビリー・グレインジャーのクラフツマンスタイルの家に向かって、ひび割れたセメントの歩道を進んだ。上から射す街灯のほのかな明かりが長い影を作り、それがふたりのあとをついてくる。裏庭のどこかから、犬の甲高い鳴き声があがった。

「気味が悪いな」ドレイトンは言った。

「家のことを言ってるの？　それともいまの状況？」

「両方だ」

すでにグレインジャーの平屋建ての家の前まで来ていた。家の所有者は、あまりまめな性格ではないようだった。雨樋《あまどい》は斜めに傾き、干からびた花壇には雑草が生え、玄関ポーチはたわんでいた。セオドシアとドレイトンは玄関につづくアプローチを忍び足で歩いていったが、ポーチにあがるのはためらわれた。それだと少し近づきすぎで、はらはらしそうな気がするからだ。そこでふたりは横にまわった。半分ほど進んだところに窓があった。

「のぞいてみましょう」セオドシアは小声で言った。

ドレイトンは両手でひさしを作って、なかをのぞいた。「なにも見えない」

「ブラインドがおりてるの?」

「わからん。真っ暗だ」

「ねえ。いまお隣さんが外を見て、のぞき見してるわたしたちに気づいたら、きっと警察を呼ぶわよね。しかも、わたしたちの恰好ときたら。あなたはタキシード、わたしはロングスカートなんだもの」

「高級な泥棒だと思うだろうよ」ドレイトンが言うと、ふたり揃って忍び笑いを洩らした。それからドレイトンは両腕を大きく振り、さっそうとクイックステップを踊ってみせた。「わたしを見よ」と大仰な仕種でささやく。「かの有名な怪盗紳士なるぞ」

「やだ、もう」セオドシアは彼の肩を叩いた。「笑いごとじゃないのよ」

ドレイトンは真顔になった。「ならば引きあげるべきだ」

セオドシアは片手をあげた。「そう急がなくてもいいでしょ。せっかくここまで来たんだから、ガレージくらい調べましょうよ。バイクがとまっているか確認するの」

ふたりは腰をかがめ、足音をたてないようにしてガレージに向かった。車一台分の大きさのガレージは、いまにも崩れそうに見えた。

「窓はあるのかね?」ドレイトンは訊いた。

「うーん……あるとは思うけど」

裏にまわるといちだんと暗さが増し、地面はやわらかくて、足をおろすたびに湿った音をたてた。セオドシアは靴を脱いだ。わざわざだめにすることはない。忍び足でガレージまで行くと、うっかり花壇のようなところに入ってしまった。腐葉土がたっぷり敷きつめてある。あるいは、ただの枯れ葉かもしれない。セオドシアはガレージの壁に手をつき、左に移動した。三歩進んだところで、膝が硬いものにぶつかった。木のベンチだった。そのすぐ上に小さな窓がある。

「上にあがるから手伝って」セオドシアは小声で言った。

ドレイトンは片手を差し出し、支えてやった。セオドシアがぐらぐら揺れるベンチの上に立つと、彼は声をかけた。「なにか見えるかね？」

「だめ、なかは真っ暗」

「では、もう引きあげよう」ドレイトンは言った。「もたもたしていたら、本当に捕まってしまう」

最後まで言い終わらないうちに、ブインブインという大きな音が聞こえた。

セオドシアは音をさせないようベンチから飛びおり、ドレイトンをぽかんと見つめた。

「いまの音は……？」

「バイクだ！」

一台のバイクが大きくバウンドしながら路地をやってくるのが見えた。ふたりがいるほうにまっすぐ向かっている。

「急いで」セオドシアは口の動きだけで伝えた。

低く身をかがめると、ヘッドライトが裏庭の枯れてもろくなった芝生を照らした。エンジンを空ぶかしする野太い音が響き、つづいてガレージのドアがあがるがらがらという音が聞こえた。

急いで逃げる？　このままじっとしてる？　判断がつかなかった。そのとき、唐突にエンジンがとまり、あたりが静かになった。こうなったら、ちょっとでも動くわけにはいかない。セオドシアとドレイトンは即座に動きをとめ、それから腐葉土を敷きつめた花壇のなかで、ゆっくりと慎重に、さらに体を小さくした。息をこらしてじっとしていると、セメントの床の上をブーツでせかせかと歩く音が聞こえ、つづいてガレージのドアが大きな音をたてながらおりた。

セオドシアは目を皿のように丸くして、十フィートしか離れていないところをビリー・グレインジャーが歩いていくのを見守った。鍵がじゃらじゃらいう音が聞こえたかと思うと、裏口のドアがあいた。数秒後、ドアはかちりという音とともに閉まり、家のなかの電気がついた。

セオドシアはゆっくりと息を吐き出した。間一髪だった。グレインジャーはもう家のなかだ。やれやれ、のぞき魔コンビよろしく、こそこそうろついているのを見られずにすんだ。

「いいかげん引きあげよう」ドレイトンが押し殺した声でせっついた。

セオドシアはうなずいた。「ええ」そう言うと、忍び足で家に向かった。家のなかは電気が煌々《こうこう》と灯っている。「でも、最後にちょっとのぞいてから」

「いかん！」

けれどもセオドシアはすでに家の側面に向かって通路を進んでいた。いまなら、さっきのあの窓からなかが見えるかもしれない。

ドレイトンは苛立《いらだ》ったように両手を振りあげたが、けっきょくあとをついていった。窓に鼻をくっつけるようにしてなかをのぞきこむセオドシアに、小声で尋ねた。「その部屋にグレインジャーがいるのかね？」

彼女はうなずいた。「部屋のなかを動いてるみたい。でも、窓が汚くて、よく……」こぶしで窓を小さく丸くこすり、汚れをぬぐった。

「どうだ？」ドレイトンが訊いた。「今度は見えたかね？」

セオドシアはもう一度のぞきこんだ。「まあ」緊迫した声が洩れた。「うそでしょ」

「どうした？　なにがあった？」

セオドシアはドレイトンの手を引っ張り、一緒に窓から遠ざかった。ふたりはそのまま、転がるように家の正面まで行き、中腰になって枯れた芝生を突っ切った。十五秒後、無事にセオドシアのジープのなかに戻った。

「なにが見えたのだね？」ドレイトンの好奇心は頂点に達していた。セオドシアが不審なものを目撃したのはあきらかだった。

「ビリー・グレインジャーがね……」セオドシアは息をはずませながら言った。「白いシャツに黒い蝶ネクタイという恰好をしてた」

「なんだと？」ドレイトンは文字どおり、言葉を失った。「なんだと？」

「だから、ビリーが……」

「いや、ちゃんと聞こえたとも。なんだとと言ったのは、どういう意味かと言いたかったのだよ」

「糊《のり》のきいた白いシャツを着てしゃれた蝶ネクタイを締めていたから、ビリー・グレインジャーは今夜のオペラ会場にまぎれこんでいたのかもしれないわ！」

18

木曜日の十時すぎ、インディゴ・ティーショップはお客でいっぱいだった。やかんの笛が甲高く鳴り響き、お湯がぐらぐら煮立つなか、セオドシアとドレイトンはフルスピードで働いた。ドレイトンが淹れたてのニルギリ、オーキッド・プラム、イングリッシュ・ブレックファスト・ティーが入ったポットを次々と並べていく。セオドシアはそれらのポットを、ヘイリー特製のクランベリーのブレッドやオレンジのスコーンと一緒に、席についたお客のもとへと大急ぎで運んだ。

忙しさが限界に達し、あとひとり分の席すらなく、これ以上テイクアウトの注文は受けられないという状態になったそのとき、派手な色をした乗り合い馬車が店の前でとまり、大勢の乗客を降ろした。

「まずい」ドレイトンがつぶやいた。「定員オーバーだ」

ぞろぞろとティーショップのドアをくぐってきた八人は、にぎやかにおしゃべりし、大声で笑い、けたたましい声でお茶がほしいと騒いだ。

ひとりだけ例外がいた。

あざやかな紫のワンピースを着た、まじめそうな感じの女性が両手を腰にあてて言った。

「わたし、お茶は飲みたくない」

その声に、騒々しい一団はおしゃべりをぴたりとやめた。茫然と突っ立ち、視線をあちこちに向けたり、足を踏み換えたりした。

せっかくのビジネスチャンスをふいにしたくなかったし、まもなく大きなテーブルがあくところだったので、セオドシアは雰囲気を取りつくろうと、あいだに入った。

「大丈夫です」と全員に言った。「当店には完全なるお茶のメニューがありますから」

紫のワンピースの女性は納得しなかった。「なんなの、それ?」と不信感もあらわな声で訊いた。

そこでセオドシアはお茶とハーブティーについて簡単に説明した。お茶はチャノキの葉で淹れるが、ハーブティーは基本的に果物や薬草を煎じたものだ。この店のハーブティーはお茶のように見えるし、美しい磁器のカップで出すけれど、ちゃんとプラムやラズベリー、ペパーミント、カモミールなどから淹れているので安心してほしいと説明した。

紫のワンピースの女性がフルーツティーを飲むことで話がまとまると騒ぎはおさまり、ひそひそ声のおしゃべりが始まった。

「あの女性の飲み物にはお茶は絶対に混ぜないでね。でないと、わたしがうそつきになっちゃう」セオドシアはドレイトンに念を押した。

「ふん。なにしろ、昨夜はのぞき見調査なんてものをやってしまったからな。罪のないささやかなうそのひとつやふたつ、どうってことはないぞ。きみが不審な行動をしていたと、テイドウェル刑事に電話で通報するべきかもしれんな」

セオドシアは振り返った。「そんなこと、しないわよね?」

「ああ、しないとも」ドレイトンは言いながら、チョコミント風味の茶葉を量り取った。「しかし、きみのおかげでヘイリーのボーイフレンドがそうとう好ましからざる人物に思えてきたよ」

「言いたいことはわかるわ。でも、オペラに行ったんじゃなければ、なんでタキシードなんか着てたのかしら?」

ドレイトンはティーポットに沸騰した湯をいきおいよくそそぎ、まわしてなかを温めてから捨てた。「さあ、それはわからんよ。仕事でそういう服を着ないといけないのかもしれないじゃないか」

「つまり彼はボーイ長か吸血鬼ってことね」

「笑えるね。しかし、ヘイリーのボーイフレンドが破廉恥な窃盗集団の一味だと非難したとして、あとでちがうとわかったらどうするつもりだね?」ドレイトンは訊いた。「ヘイリーがわれわれに腹をたて、ぷいと店を辞めてしまうかもしれないじゃないか」彼は店を埋めつくす客を見まわした。「たとえば、いまみたいなときだ。店が満杯状態のときに」

セオドシアは同意せざるをえなかった。「それはいろいろな意味で大変なことになるわ。わたしもあなたもヘイリーのことは大好きよね。このティーショップという家族の一員なんだもの」

「同感だ。しかも、きょうはこのあと、ロマノフ朝のお茶会がひかえている」ドレイトンは片方の眉をあげた。「たったひとりで厨房を受け持ちたくはないだろう?」

セオドシアの目が文字どおり、どんより曇った。「とてもじゃないけど、ヘイリーのようにはやれないわ。料理をすべて用意して、時間どおりに出すとか、ブリヌイを一から手作りするとか。わたしには……絶対に無理」

ふたりは見つめ合った。

「ならば、この問題は当面、放っておこうじゃないか」

すると、タイミングを見計らったように、ヘイリーが焼きたてのオレンジのスコーンがのったトレイを手に飛び出してきた。「なに、ふたりでこそこそやってんの?」彼女はトレイをカウンターに置き、眉をひそめた。「なにか内緒話をしてたでしょ」

「きみのことを話していたのだよ」ドレイトンは言った。

ヘイリーは少なからず興味をしめしながら、ガラスのパイケースのふたを取り、スコーンを積みあげはじめた。「ふうん、そう。あたしのなにを話してたわけ?」

「テーマのあるお茶会では、きみにかなりの負担を強いているのではないかと心配でね」ドレイトンは言った。「あれもこれもで大変なのではないかな」

ヘイリーはパイケースのふたを閉めると、ブロンドの髪をうしろに払い、冷ややかな目でドレイトンをにらんだ。「あれもこれもで大変だろうですって? ドレイトンたら知らないの？　あたしはミレニアル世代なんだから、あれこれ手を広げるのがあたりまえなの」彼女は芝居がかったように、片手を腰に当てるポーズを取った。「それに、必要以上に野心的でもあるのよ。知らなかった？　あたしはね、個性的な彼氏がいて、中国語を勉強するかたわら、ｉＰｈｏｎｅ用に斬新な料理アプリを開発する、すご腕シェフになるんだから」

ドレイトンはヘイリーの熱い気持ちに圧倒された。

「なんとまあ、ヘイリー。全部手に入れようとはずいぶんと欲張りなことだな」

ヘイリーはこぶしを高く突きあげ、にやりとした。

「あたりまえじゃない。世界征服への道も最初の一歩からよ」

十一時、セオドシアがランチはどうなっているのか確認しに厨房に駆けこもうとする寸前、ティドウェル刑事がふらりと店に現われた。セオドシアはぐるりと見まわしてあいているテーブルを見つけ、刑事を案内した。

「お茶をお飲みになる？」刑事が話をしにきたのはわかっているが、だからと言って、もてなしを受けるのがきらいというわけではない。というより、男の人は誰だって、食べるものを出されればうれしいものだ。

ティドウェル刑事は下顎の贅肉を揺らしながらうなずいた。「お茶はありがたいですな。それにスコーンもひとついただきましょうか」

「ええ、もちろん」

セオドシアが福建省産の白茶の入ったポットとスコーンを二個持って戻ると、ティドウェル刑事はカナリアをのみこんだ猫のようにほくそえんだ。

「お知らせすることがあります」刑事はぎょろりとした目をセオドシアに向けた。

セオドシアは店内に目をやって、時間があるのを確認してから、刑事の隣の椅子にすわった。「どんなお知らせかしら？　ゆうべオペラの会場にいた、あの気の毒な女性のこと？」

「いえ。〈ハーツ・ディザイア〉で発生した宝石強盗に関することです」

たちまち、安堵の気持ちが洪水のように押し寄せた。「まあ、事件が解決したのね？　宝石が見つかったの？」希望を抱いたっていいわよね？

「そうではありません」刑事は言った。「しかし、保険会社から連絡がありまして」

保険？　それがなんの関係があるの？

「それって、保険会社がブルックに保険金を支払うという話？」セオドシアは訊いた。

「ちがいます。ユナイテッド・インシュアランス&ギャランティ社にたいへん謎めいた電話がかかってきましてね。警察の専門部署に調べさせましたが、発信元は突きとめられませんでした。とにかく、窃盗犯一味は機を見るに敏であるらしく、盗んだ品の一部を買い戻さないかと持ちかけたのです」

「買い戻す？」そんなのは聞いたことがない。「どういうこと？　どうやって保険会社が買い戻すの？」

ティドウェル刑事は説明した。「そうめずらしくもない手口ですが、どちらかというと美術品に対しておこなわれることが多いのですよ。今回の場合、犯人一味は保険会社に連絡し、多額の金を払えば宝石を無事に返してやると提案したのです」

「本当？　そんなのでうまくいくの？」

「保険会社には盗まれた宝石をあきらめ、契約者に保険金を支払う道もあります。最終的には、ということですが」

「ちょっと待って」セオドシアは言った。「じゃあ、主犯だか窃盗団のリーダーだかは、ブルックが契約している保険会社に連絡してきたのね？」

「そういうことです。そして保険会社はＦＢＩに連絡した」刑事はナイフを手に取り、スコーンを横にスライスした。

「そしてＦＢＩはあなたに連絡した」セオドシアはあきれた。「保険会社は提案をのむつもりなの？　つまり、お金を払って宝石を取り戻すの？」

「その可能性は、まずないでしょう。人がひとり亡くなっていますから」

「ねえ、犯人はどうして、ブルックが契約している保険会社がわかったの？」

「新聞にでかでかと書いてありますよ。ユナイテッド・インシュアランス＆ギャランティ社のマスコミ対応に長けた広報担当者が、簡潔明瞭なメッセージを発しておりました。まめな犯人どもは、それを見たのでしょう」

「犯人は盗んだ宝石の一部を買い戻させようとしてると言ったわね。一部というのは具体的にどれのこと？」

「わたしにはわかりません。ただし、そのなかにダイヤは含まれていないでしょうな。ひじょうに高価なものですし、台座からはずしてしまえば持ち運びが簡単ですから」

セオドシアは椅子の背にもたれた。「ひどい話」

ティドウェル刑事はスコーンにジャムを塗って、口に入れた。「どのへんがお気に召さないのですかな？」そう言っておざなりにほほえみ、口をもぐもぐ動かした。

「なにからなにまでよ」

「まあ、犯罪ですから。刑事事件を扱っていれば、荒っぽいことがあっても不思議じゃありません」

「わかってるってば」セオドシアは言った。からかわれるなんて不愉快だ。「じゃあ、ゆうべの女性の件はどうなってるの？　エメラルドのネックレスは取り戻せそう？」

「おそらく無理でしょう」

セオドシアは頭を振った。「どうして無理なの？」

ティドウェル刑事はひとつため息をついた。「〈ハーツ・ディザイア〉のショーウィンドウ破りはいかにもプロの仕事でした。しかし、昨夜のオペラ会場での窃盗事件は……そう……一種の気まぐれでやった感じがするのですよ。暇つぶし……とでも言いましょうか」

セオドシアは刑事をじっと見つめた。「気まぐれ。暇つぶし。わかるように説明して」

「犯人一味のひとりがわれわれを翻弄しているのかもしれません。挑発しているとも言えますな」

「じゃあ、昨夜の犯人は〈ハーツ・ディザイア〉を襲った一味の誰かということ？」

「考えられないことじゃありません。また、この窃盗団のリーダーなり、〈ハーツ・ディザイア〉襲撃事件の首謀者なりは、当分のあいだチャールストンにとどまるつもりではないかと思います」

「いいお宝が揃っているからね」セオドシアはつぶやいた。〝ブロード・ストリートより南〟を意味する〝ビロウ・ブロード〟と称される地域には、裕福な人々が大勢住んでいる。わかりやすい言い方をするなら〝お金持ち地区〟だ。りっぱな家柄、すなわち、チャールストンの創設者たちの子孫が大勢住んでいる。住民はみな、曾祖母の宝石、ドレスデンの磁器、純銀のキャンドルホルダー、チッペンデール様式の家具、フランスのアンティーク、油彩画などを相続した恵まれた人々だ。その家宝のすべてがいまや、危険にさらされている。

もうひとつ、セオドシアの頭を悩ませているのは、お金に換算できないほど貴重なファベルジェの卵が、いまにもこの街にやってこようとしていることだった。今度の土曜の夜からヘリテッジ協会で展示される、宝石で装飾された豪奢な卵。美しい磁石としてガラスの展示ケースにおさめられたその卵は、この地域のすべてのこそ泥や犯罪組織集団を引き寄せることになるのだろうか？　おそらくそうだろう。

ティドウェル刑事が帰って五分とたたないうちにブルックが入ってきた。あわてた様子で、少し怯えてもいた。セオドシアがカウンターにいるのを見つけると、駆け寄ってきて言った。

「ねえ、聞いた？」

「買い戻しの要求の件？　聞いたわ」セオドシアは言った。「ほんの数分前までティドウェル刑事がいて、全部話してくれたから」

「次々にいろいろあって、もうどうなってるのかわからないわ」ブルックは言った。「強盗の犯人が保険会社に連絡してくるなんて。それに昨夜も恐ろしい強盗事件があったというじゃない。しかも場所はオペラの会場よ。何百人もの人が集まっていたのよ。いまさっき《ポスト＆クーリア》紙で読んだわ。チャーチ・ストリートじゅうが、その話題で持ちきりだし」

「わかってる」セオドシアは言った。「わたしもゆうべの現場にいたの」

ブルックは驚いて目を丸くした。「あなたが？　本当なの？」

「ドレイトンと一緒にね。わたしたちの席は、ネックレスが盗まれた女性から、ほんの三十フィートしか離れていなかったの」

「首にかけてたのを引きちぎられたんですってね。お気の毒に、ご主人は奥さんを守ろうとして殴られたそうじゃない。うちの店が襲われてケイトリンが殺されたあの晩と、まったく同じだわ。ねえ、セオ、いったいなにがどうなってるの？」

「わたしにもわからないのよ、ブルック。オペラ会場で強盗をはたらくなんて、あまりに突飛で大胆だわ。そして今度は買い戻しの要求……」

ブルックは沈んだ表情でうなずいた。「なんだか不安だわ……ぞっとする」

「犯人が保険会社に買い戻しを要求したジュエリーってどれのことかしら。わかる？」

ブルックは唇を嚙んだ。「ビンテージのティファニーとカルティエのブレスレット、タヒチ産真珠のセット、それに宝石のついた指輪とネックレスが何点か。売りさばくのがむずかしい品だから、そういう作戦に出たんだと思う」

「じゃあ、それ以外の品は？」

「ヴァン・クリーフのネックレスとイヤリングのセットや華やかなアレキサンドライトのネックレスのような、とても高価な品は買い戻しの提案すらされなかったわ」

「アレキサンドライト」セオドシアはゆっくりと言った。頭の奥に引っかかるものを感じたのだ。「そのネックレスのことをくわしく教えてもらえる？」

「えっと……そうねえ」ブルックはセオドシアの質問に少しあわてた表情になった。「知ってるかどうかわからないけど、アレキサンドライトはとてもめずらしい宝石なの。ロマノフ朝第十二代皇帝のアレクサンドル二世が名前の由来と言われているわ。最高品質のアレキサンドライトは青みの強い紫色をしているんだけど、それが最初に発見されたのがロシアのウラル山脈にある古いエメラルド鉱山だったそうよ」

セオドシアはなにか思うところがあるような目をブルックに向けた。「招待状なしで来たウォレン・シェプリー教授がどういう人か知ってる？」

ブルックは首を振った。「ううん、全然。警察からはなにも知らされてないわ。どうして、そんなことを訊くの？」

「シェプリー教授の専門はロシア文学なの」

「なんですって！」ブルックは驚きと怒りで顔をゆがめた。「まさかその人が……もしかして、シェプリーという人がうちの店に来たのは、アレキサンドライトが目当てだったの？」涙がひと筋、頬を伝い落ちた。「その人が首謀者だと思う？」

「なんとも言えないわ。でも、探り出してみる」

「探り出すって、どうやって？」

「まだわからないけど」

しかし、本当はわかっていた。もう一度ブルックを抱きしめ、ドアのところで見送るあいだにも、頭のなかで計画が形になりはじめていた。

「ドレイトン」カウンターから身を乗り出して声をかけた。「二分ほど出かけてくる」

ドレイトンの顔に動揺の色が広がった。「それはいかん。絶対にだめだ。店はお客さまでいっぱいだし、わたしひとりではとても……」

セオドシアは指を二本立てた。「二分だけ。すぐ戻るって約束する。うそじゃないわ」

ドレイトンがもっと効果的な反論を口にするより先に、セオドシアはドアから出て、チャーチ・ストリートを走り出していた。といっても、それほど遠くまで走る必要はなかった。目的の場所は三軒先の古書店だった。ドアを乱暴にあけて飛びこんだ。

ロイス・チェンバレンが稀覯書《きこう》の一部がおさまっているガラスのカウンターから顔をあげ、人なつこい笑みを満面に浮かべた。「いらっしゃい、セオドシア。やけに急いでいるじゃないの」ロイスは五十代後半の几帳面そうな女性で、元図書館員だ。紫色の半眼鏡をかけ、白いものの交じった髪をうしろでゆるい三つ編みにしている。

　セオドシアは胸に手を置いた。「ちょっとあわてちゃって。ねえ、これから少し変な質問をするわ。ウォレン・シェプリーという名前の教授を知ってる？　チャールストンで調査をしてるらしいけど、あなたのお店に顔を出したことがあるか知りたいの」

「あら、奇遇ね」ロイスは眼鏡をはずし、セオドシアをじっと見つめた。

「なにが奇遇なの？」

「きのう、その教授がうちに立ち寄ったの」

　セオドシアはロイスを指差した。「ロシア文学の本を探しに、でしょう？」

「十八世紀のね」ロイスは即座に言った。

「じゃあ、教授を知ってるのね」セオドシアは自分の幸運が信じられなかった。カルマでも偶然のめぐり合わせでも、呼び方はなんでもいい。

「名前と顔が一致するという程度よ」ロイスは言った。「教授は一時間かそこら店内を物色して、二冊買ったわ。一冊はピョートル大帝に関するもので、もう一冊はトレジャコフスキーの詩に関するものだったわね。悪い人じゃないみたいだけど、典型的な学者ね。ちょっと近寄りがたい感じで、本に顔をくっつけんばかりにして、いくつか質問をしたわ」

「ほかにはなにかない？」セオドシアは訊いた。

　ロイスはちょっと考えてから答えた。「そうねえ、これといったことはなにも。あんまり話し好きじゃないみたいだったし。言ってる意味、わかるでしょ？」

「どんな小さなことでも教えてもらえると助かるわ」

「うーん、宿泊先が〈ローズウォーク・イン〉なのは知ってるけど」

「ロイス」セオドシアは息をはずませながら言った。「もう最高。この事件が解決したら、すぐにでも〈プーガンズ・ポーチ〉でおいしいディナーをおごるわ」そう言うと、飛ぶようにして出ていった。

「事件？」ロイスはセオドシアが消えた方向に向かって言った。「なんの事件？」

19

セオドシアが約束どおり戻ると、ドレイトンは大喜びした。

「お帰り。よかったよ。ヘイリーまで注文取りに駆り出してしまうありさまでね。きょうのお客さまは空腹のあまり、気が急いているようだ」彼は店内を見まわした。「見てわかるとおり、こんなにも大勢来ている」

「だったら、急いで厨房に行って、注文の品を取ってくる」セオドシアは言った。

「助かるよ。それと、六番テーブルのミセス・ビアテクを忘れないでくれたまえ。娘さんのクリステンと友だちふたりと一緒だ。注文を取りにくるのを待っている」

「わかった」

厨房に入ると、パンが焼け、エビのガンボが煮えるいいにおいがただよっていた。ヘイリーはまたやってくれたようだ。

「うわあ、よかった。帰ってきてくれたのね」ヘイリーは言った。「心配になってきたところだったんだから」

セオドシアはふた皿あったエビのガンボを手に取った。「これはどのテーブル？」

「四番テーブル」ヘイリーはそれぞれの皿にウォルドーフサンドイッチをひとつずつのせた。「これを運んだらすぐ戻ってきて。そのあいだに、ほかのランチプレートを全部盛りつけて、すぐ出せるようにしておくから」

それからの二十分間、セオドシアは夢中で働いた。料理を出し、注文を取り、お茶を注ぎ、また料理を出した。どうにか、接客が一段落すると、カウンターに急ぎ、仕入れた情報をドレイトンに伝えた。

「シェプリー教授の滞在先がわかったわ」セオドシアははずんだ息で言った。

ドレイトンの両眉がさっとあがった。「シェプリーというのは、招待状なしで現われた謎の客かね？」

「そうよ。〈ローズウォーク・イン〉に泊まっているんですって」

「タイロン・チャンドラーが経営しているB&Bか。すると、シェプリーという人物も、短い容疑者リストに入ったわけだね？」

「リストはそんなに短くないわ」セオドシアは言った。「だんだんと増えてるもの」

「それで、シェプリー教授をどうするつもりなんだね？　訪ねていって、当地に滞在中の学者先生に接近するのかね？　国際的な宝石泥棒だと白状するよう迫るとか？」

「もっとずっといい考えがあるわ」セオドシアは言った。「〈ローズウォーク・イン〉に電話して、教授を無料で招待するの。今夜のロマノフ朝のお茶会に」

ドレイトンの顔に満足の笑みがじわじわと広がった。「いやはや、きみときたら、とんでもなく頭の切れる探偵だな」

セオドシアが同時にふたつのテーブルを片づけ、お皿を入れた灰色のプラスチックの桶を腰で抱えているところへ、デレインがふらりと入ってきた。

「セオ！」と大声で呼んだ。クランベリー色のスエードのジャケットに黒いタイトスカートを合わせ、ゴールドのチェーンネックレスを五、六本、首からさげている。手にした黒いスエードのシャネルのバッグは、家の頭金にも匹敵する値段にちがいない。

「デレイン」セオドシアは返事をした。「ただ顔を出しにきただけなの？　それともランチに寄ったの？」

デレインは小首をかしげて考えた。「ちょっとなにかいただいてもいいわよ。糖質の少ない料理なら」

「それならできるわ。作るのはヘイリーだけど」デレインはグレープフルーツ・ジュースとリンゴ酢のクレンズダイエットはやめ、ふたたび低糖質ダイエットを始めたらしい。

「でも、そのために来たんじゃないのよ」デレインは言った。

そう、じゃあ、なぜ来たの？

デレインは無理やりにほほえんだ。「あなたのために、特別なドレスを三着選んだって、伝えるため」

ちょっと待って。わたし、三着もドレスを注文した？　眠ってるあいだに買い物したのかしら？　お酒を飲んで電話したとか？　もしかしたら、一時的な記憶喪失に陥っているのかも。だって、ドレスを注文した記憶なんて全然ないんだもの。

「ドレスって？」セオドシアはひたすら頭をひねった。「それって……なんのためのドレス？」

デレインは神経質なサーカスのポニーのように頭を振った。「なんのためというより、どんな場に着ていくか、でしょ」セオドシアは黙っていた。「土曜の夜よ、まったくもう。ヘリテッジ協会で開催されるアンティーク展に着ていくドレスに決まってるじゃない」セオドシアの顔にようやく驚き（周章狼狽とまではいかないが）の表情が浮かんだのを見て、デレインは説明をつづけた。「また例の黒いカクテルドレスを着られたんじゃかなわないもの。だって、あのドレスはさんざん着たでしょうに」デレインは〝ドレス〟という言葉をかびくさいぞうきんの話をするような口調で発した。

「そんなことを言ったって……」

デレインは意味ありげにほほえんだ。「それに、またフリーになったわけでしょ。だったら、セクシーで男受けする恰好をして、チャールストンのすてきな独身男性のハートを射止めなくちゃ」

「そうなの？　それってあなたの役目だとばかり思ってた」

「まあ、たしかに、ふだんはそうだけど」デレインはささやかな突っこみにも動じず、平然と言った。「でも、いまのあたしはミスタ・ジャイルズとつき合ってるもの。言っておくけど、彼ひと筋よ」

「でも、あの人はチャールストンに住んでるわけじゃないんでしょ？」だとしたら、ひと筋というのはどこまで本気なのかしら？

「とりあえず、いまはこっちに住んでる」デレインは言った。「それで充分よ」そう言っておかしそうに笑った。「なにも理想の男で手を打たなくたっていいじゃない。その場しのぎの男のほうがいいことだってあるんだから」

セオドシアがデレインのテーブルにサラダ、鶏胸肉のグリル、茉莉花茶《ジャスミン》を運んでいくと、いつの間にか連れがいた。ふらりと入ってきたグレイス・ドーソンをデレインが一緒にランチを食べましょうと誘ったとのことだった。

「ようやく来てもらえたわね」セオドシアはグレイスに言った。会えてうれしかった。ドーベルマンが一緒でも、一緒でなくても。

「ええ、やっと来られたわ」グレイスは昂奮を隠しもせずに言った。「たくさんの人がインディゴ・ティーショップを褒めちぎるのを聞いて、とうとう訪ねる決心をしたというわけ」

彼女はデレインの前に置かれたランチに目をやった。「間に合ったのならいいけど」

「ええ、まだ大丈夫」セオドシアは言った。「エビのガンボとティーサンドイッチとオレンジのスコーンでどう？」

グレイスは目を輝かせた。「いますぐ持ってきて。どれも全部おいしそう」

セオドシアがお茶が入ったポットとグレイスのランチプレートを手に戻ってみると、デレインとグレイスの会話は昨夜、オペラの会場で起こった不幸な事件に移っていた。

「わたし、そこにいたの!」グレイスはセオドシアとデレインに大声で言った。

「リニカーさんと一緒だったの?」セオドシアは訊いた。事件があったときに彼がどこにいたか、はっきりさせるチャンスだ。

「ううん」グレイスは言った。「友だちとよ。ライオネルはお仕事で忙しくて。会議があったんじゃないかしら」

「あたしもいたわ」デレインがグレイスに言った。「しかも、幕間のときにセオドシアとドレイトンに鉢合わせしたんだから」

「じゃあ、三人ともいたのね」グレイスは言った。「うわあ、びっくり」

でも、だったらリニカーさんはゆうべどこにいたんだろう、とセオドシアは気になった。彼はいったいどこにいたの?

「実を言うとね」グレイスは言った。「あの事件のあと、ちょっと気分がふさいじゃって。だって……『ラ・ボエーム』で祝うオペラシーズンの初日、誰もが華やかに着飾って、期待に胸を高鳴らせていたのよ」グレイスはしばらく昂奮で顔を輝かせていたが、やがて肩をがっくり落とした。「あんなにもすばらしい第一幕のあとに、恐ろしい強盗事件が起こるなんて。あの場にいた全員が心底震えあがったと思うわ」

「そうなのよ」あのときのことがよみがえってきたのだろう、デレインは目を大きく見ひらいた。「あの事件は不吉な前兆なんだわ。これから悪いことが起こる前触れよ」

グレイスが体を小さく震わせた。「そんなこと言わないで、デレイン。大西洋から吹きつける風でオリーブの木の枝が寝室の窓にかさこそ当たるだけでも、ひとり暮らしが堪えるっていうのに」

「やだ、怖ーい」デレインが甲高い声をあげた。「エドガー・アラン・ポーの不気味な物語にそっくりじゃないの」

セオドシアがランチタイムも終わりだと判断し、夜のロマノフ朝のお茶会の準備に本腰を入れようと思ったとき、ＦＢＩがやってきた。

もちろん、捜査局総出でやってきたわけじゃない。ふたりの捜査官、ジマーとハーリーだけだ。

「お仕事を邪魔したのでなければいいのですが」ジマーが言った。セオドシアの記憶にあるとおり、整った目鼻立ちと鋭い目をしていた。興味深い人だけど、少し生真面目な感じがする。生真面目すぎるくらいだ。

「もちろん、暇をもてあましているわけじゃないですよ」セオドシアはにこにこと言った。「でも、とにかく奥へどうぞ。近況をお聞きしたいわ」

ジマーとハーリーはセオドシアの案内でテーブルに着いた。

「申し訳ないが、いかなる情報もお教えするわけにはいかないんです」ジマーが言った。

「捜査中の事件に関しては、一切口外してはならないというのがFBIの方針でして」

「だったら、買い戻しの件についてなにか進展があったかだけでも教えて」

「その件はご存じないはずでは」ハーリーが言った。

セオドシアはほくそえんだ。捜査官が少し驚いているのが感じとれた。

「いやだわ。《チャールストン・ポスト&クーリア》紙の編集長が、すべてつかんでいるじゃないの」

ハーリーは不快感を隠そうともしなかった。

「わかった。それじゃ、ルーク・アンドロスに関する捜査がどこまで進んでいるかは話してもらえる？」

ジマーとハーリーは顔を見合わせた。

「なぜアンドロスのことをご存じなんです？」ジマーが訊いた。

「ティドウェル刑事に推論めいたことをいくつか伝えたのはわたしだもの。おふたりは刑事さんから情報を提供されたんでしょう？」

ハーリーがジマーに目をやった。「どうしてこう、いろいろ知ってるんでしょうね」

「よく見てごらんなさいな」セオドシアは言った。「ここはティーショップよ。みんながお茶を飲み、ガードをゆるめておしゃべりする場所なの」

ジマーは弱々しくほほえんだ。「われわれももっと頻繁に足を運ぶべきかもしれませんね」

「そうしたほうがいいわ。ところで、ミスタ・クレメントとロック・クライミング用のハンマーについては進展があったのかしら？」

ジマーは両手をテーブルに置いて、強く押しつけた。「いまなんと？」

「それに、シェプリー教授の件はどうなってるの？」セオドシアはたたみかけた。「その人がブルックのジュエリー・ショーに招待状なしで現われたことはちゃんとつかんでるんですからね。彼は捜査対象になってるの？　彼には目に見える以上になにかあると考えているのはわたしだけかしら？」

「ミス・ブラウニング」ジマー捜査官の声には警告するような響きがにじんでいた。「いまおっしゃったことは、ぜひとも他言無用に願います」

「わたしが勝手に疑ってるだけでもだめってこと？」

「単なる疑惑の段階だからこそです。関係者全員に対し、公正をいちじるしく欠く可能性がありますので」

「そう」セオドシアは言った。「わかった。それじゃあ、あとひとつだけ」

捜査官ふたりはいぶかしげな目をセオドシアに向けた。

「なにを知りたいっていうんです？」ハーリーがおずおずと尋ねた。

「昨夜、オペラ会場でエメラルドのネックレスが盗まれた事件は、〈ハーツ・ディザイア〉の強盗事件と関係あると見ているの？」

「昨夜の事件をご存じなのは……どういうわけで？」ジマーが訊いた。

「わたしもその場にいたからよ」セオドシアは言った。「わたしと大勢のチャールストン市民がいたの。だから、たくさんの人がなにがあったのか気になってるはずよ。ふたつの事件は関係していのかどうか」

ＦＢＩ捜査官たちは怒りで顔を真っ赤にし、ひとことも口をきかなくなった。そっちがだんまりを決めこんでなにも教えてくれないなら、こっちだってお茶とスコーンをサービスする気になんかなれない。相手は完全な袋小路に入りこみ、なんの手も打てない状態におちいっていた。ていねいな言葉遣いながら、無愛想と言ってもいい会話を数分つづけたのち、彼女は捜査官たちを出口に案内した。

「いつもの柔軟性に富んだところをまったく見せなかったな」ジマーとハーリーが出ていくと、ドレイトンが言った。

「だって、向こうがなんにも話してくれないんだもの」

「彼らはＦＢＩなんだぞ」ドレイトンは言った。「なにを期待しているのだね？　あの連中は昔から秘密主義で無愛想と決まっているじゃないか。質問に答えろと強要しながら、なんの見返りも寄こさない連中なのだよ」

「それでも」セオドシアは言った。「ちょっとくらい思いやりの気持ちというものを持ってくれてもいいと思う」

「ふたりを今夜のお茶会に招待したらどうだね」ドレイトンはそう言ってにやりとした。「シェプリー教授の隣にすわらせるのだよ。あとは、火花が飛ぶのを高みの見物というわけだ」

「実を言うと、それはわたしも考えた。でも、そんなことをしたら、わたしがシェプリー教授から話を聞く楽しみがなくなっちゃうでしょ」

20

「ドレイトン」ヘイリーが歌うように呼んだ。「ロシアのサモワールは忘れずに持ってきてくれた？」彼女はティーショップの真ん中に立ち、期待するような目であたりを見まわしていた。

ドレイトンはカウンターから身を乗り出した。「ヘイリー、左に目をやれば、ペカン材のサイドボードにちゃんとのっているのが見えるはずだがな」

ヘイリーは首だけをまわし、細かな模様が入ったシルバーと真鍮のサモワールがあるのを確認した。「あった。ちゃんと覚えててくれたのね。それと、ブーケはどうなってるの？」

「わたしのオフィスにあるわよ」セオドシアが言った。「ガーベラと赤いカーネーション。なんだったら、もうティールームに運んでもいいけど」

時刻は午後の五時、ロマノフ朝のお茶会の準備もようやく終わりに近づいていた。ヘイリーはこの二時間というもの、厨房でてんてこまいし、なめらかなマッシュルームソースでビーフ・ストロガノフを煮込み、ブリヌイとボルシチを調理していた。セオドシアはピンク色のテーブルクロスを広げたり、コバルトブルーの網目模様が特徴のロモノーソフの磁器を並べたりと、テーブルの飾りつけに余念がなかった。

「ガラスのティーカップも借りてきたよ」ドレイトンがセオドシアに言った。

「見せて」セオドシアは言った。

ドレイトンはすかさず小さなグラスをひとつ出し、レース模様がついた金めっきのホルダーをはめた。「これと同じものが四十個弱ある。ロシアン・ティーを入れるのにぴったりだろう？」

「それにとても美しいわ。お客さまが食べちゃったりするかも」

「お料理と一緒にね」ヘイリーが言った。「本当に肝腎なのはそっち」彼女はテーブルをひとつひとつ見まわした。「で、ほかにやることは？」

「お花を飾らなきゃ」セオドシアは言った。「それから華やかな感じを添えたくて、マトリョーシカ人形を何個か借りてあるの」

「青銅でできたレーニンやトロツキーの胸像はないの？」ヘイリーは訊いた。「社会主義者のポスターを壁に貼ったりはしないわけ？」

「とんでもない」ドレイトンがカウンターからあざやかなピンク色の箱を取りながら言った。「今夜は帝政時代をテーマにしたお茶会なのだからね。だから、〈トゥールーズ・ベーカリー〉に頼んでファベルジェの卵を模したお菓子を作ってもらったのだよ」

ヘイリーは目をくりくりさせながら手をのばした。「うわあ、見せて」

ドレイトンは手にしていた箱を差し出した。「気をつけてくれたまえよ。どれも壊れやすいからね」

ヘイリーはふたをあけ、卵を一個、おそるおそる出した。箱のなかにはピンク、青、クリーム色の卵が全部で十二個入っていた。どれも着色したフロスティングや粒状の飴《あめ》を真珠や宝石に見立て、美しく飾りたてられている。「どれもすてき。各テーブルにつき、二個ずつ置けばいい？」

「そうだな」ドレイトンは言った。「何軒か先の〈レディバッグ・ギフト〉で仕入れたホフロマ塗りのボウルに入れて飾ってくれたまえ。黒地にあざやかな赤でベリーが描かれているロシアの器なら、より見映えがするはずだ」

「お茶はロシアンキャラバン・ティーを出すの？」セオドシアは訊いた。「それともほかのものを考えてる？」

「ふだん使っているティーポットでロシアンキャラバン・ティーを淹れようと思う」ドレイトンは言った。「それから、シナモンとクローブで風味をつけた紅茶をサモワールで出す」彼はほほえんだ。「片方はお茶を純粋に楽しみたい人向けで、もう片方は甘党向けというわけだ」

「つまり、みんなってことね」ヘイリーが言った。

セオドシアはドレイトンにちらっと目をやった。「今夜のお茶会はロマノフ朝のお茶会と銘打っているわけだけど、ヘリテッジ協会に展示されるファベルジェの卵についてはどのくらいまで話すつもり？」頭のなかで何度も練り直した質問だった。ファベルジェの卵が展示されるという話を耳にするずっと前から、ロマノフ朝のお茶会をしてみたいと思っていた。でも、いまや……いまや、展示会とお茶会は関連していると思われている。だから、触れないわけにはいかないだろう。

「メニューを紹介するときに」ドレイトンは言った。「ファベルジェの卵についても話すつもりだ」

「でも、あまり長々としゃべらないでね」セオドシアは言った。「だって……まあ、理由は言わなくてもわかるでしょ」

いちばんに到着したお客のなかにティモシー・ネヴィルがいた。濃緑色のドネガルツイードのジャケットで地方の名士のように装った彼は、ドレイトンと握手をしたのち、どこかそわそわしたように言った。「土曜の夜の警備員を増やしたよ」

「それなら安心だ」ドレイトンは言った。

セオドシアはすかさずふたりの会話に割りこんだ。「ファベルジェの卵はもう到着したの？」

「一時間ほど前、装甲車でやってきた」ティモシーは言った。

「だったら、いますぐ特別な警備態勢をしかないといけないわね」セオドシアは言った。

ティモシーは彼女に目を向けた。「そうなんだが、ファベルジェの卵はヘリテッジ協会にはないのだ」

「ではどこに？」セオドシアは訊いた。

「金庫でしっかり保管されている。銀行の金庫に」

「賢明だな」ドレイトンが言った。

「協会に置けないなんて残念だわ」ドレイトンがティモシーをテーブルに案内するのを見ながらセオドシアはつぶやいた。

驚いたことに、次にやってきたのはライオネル・リニカーだった。グレイス・ドーソンと一緒ではなく、はじめて見る男性を連れていた。

「あなたもロマノフ朝のお茶会のチケットを持ってらしたのね」セオドシアはリニカーに言った。

「そうじゃないんですよ」リニカーは言った。「友人のロビン・ウェストレイクがチケットを買って、一緒に行かないかと誘われましてね。ロビンとは初対面ですよね」

「ええ」彼女は頭の薄くなりかけた、ちょっと赤ら顔の中年男性と握手をした。「はじめまして、ウェストレイクさん」

「ふたりとも、今夜のお茶会をとても楽しみにしてたんです」ウェストレイクは力をこめて言った。

「うれしいお言葉、ありがとうございます。おふたりの席はこちらです」セオドシアはそう言うと、ふたりをテーブルに案内した。「今夜の料理はきっと楽しんでいただけると思います。でも、いちおう言っておきますけど、単なるクリーム・ティーやお茶会ランチよりもかなりボリュームがある内容になってます」

「うれしいね」リニカーは言った。「ぼくは独身でめったに料理をしないから、今夜はおいしいごちそうにありつけるってわけだ」

「きのうのチャンネル8での撮影はどうだった？」ふたりが席に落ち着くとセオドシアは尋ねた。

「うまくいきましたよ」リニカーは言った。「でも、時間がなくて五つの言葉を言うのが精一杯で……気がついたら、終わってました」

「最近のテレビってそれが普通みたい」セオドシアは言った。「わたしがマーケティング業界にいた頃は、テレビコマーシャルの制作というと三十秒のものがほとんどだった。いまは十秒のスポットCMができれば御の字らしいもの」

自由がきいたのはここまでだった。というのも、お客がものすごいいきおいでぞくぞくと入ってきたからだ。同じブロックで店を経営している友人たちが多く、歴史地区の住民や店の常連客が何人か、それにまったく新規のお客がちらほら。セオドシアとドレイトンは手短に出迎えをし、それぞれのテーブルに案内した。

ウォレン・シェプリー教授が入ってくると、セオドシアはすぐにわかった。戸惑ったような表情を浮かべた彼は、肘当てのついただぶだぶの茶色いジャケット姿で、革装の本を一冊、こわきに抱えていた。

「シェプリー教授ですね？」セオドシアは声をかけた。

相手はちょっと驚いた顔をした。「そうだが?」背はかなり低く、髪は縮れて真っ白、角縁の眼鏡をかけていた。長時間、外で過ごしたように顔は赤く、瞳の色は淡いブルーだ。

「セオドシア・ブラウニングと申します。わたしのティーショップへようこそ」

教授の顔がほころんだ。「招待くださった方ですね」

「きっと楽しんでいただけると思ったんです」なぜ招待されたのか、教授はいぶかしんでいるはずだ。「当店のロマノフ朝のお茶会は教授のご専門とぴったり一致するのではと思いまして」セオドシアは手を握りながら、相手を観察した。「近くで古書店を経営している友人のロイスから、教授がお得意さまだと聞いたものですから」

「そうでしたか」シェプリー教授は言った。疑問が氷解しはじめたようだ。「そういうことでしたら」

デレインはもちろん、新しい恋人、レナルド・ジャイルズの腕にもたれかかるようにしてやってきた。

「セオドシア」デレインは大声で言った。「ふたりともすっごくわくわくしてるの。レナルドにあなたのこと、これでもかと絶賛しておいたわ」彼女は恋人の腕を強くつかみ、星のように光る目でじっと見つめた。「そうでしょ、あたしのパンプキン?」

「うん、そうだね、ぼくのスイートポテトちゃん」ジャイルズはもごもごとつぶやいた。

「ここではチャールストンでいちばんのお食事ができると教えてあげたの」デレインはにやにや笑いながら言った。「もちろん、〈ペニンシュラ・グリル〉、〈ボーモンツ〉、〈カロライナズ〉なんかは別格だけど」

「ええ、わかってる」セオドシアはそう言うと、ふたりを先へと急がせた。

「あなたたちはふたりだけのテーブルにしておいたわ。ほら、そこよ」

「まあ、あたしたちだけの特別席」デレインはうれしそうな声を出した。「すっごくロマンチックだわ。お花は飾ってあるし、キャンドルはあるし」

「どうやら満席のようね」セオドシアは店内を見わたしながらドレイトンに言った。

ドレイトンは手もとのクリップボードに目を落とした。「ここに四十二人も詰めこんだとは信じられんよ。新記録かもしれないな」

「四十人よ。まだふたつ席があいてる」

「まいったな。まだ来てないのは……？」

ばたんと大きな音とともにドアがあき、サブリナとルークのアンドロス夫妻が飛びこんできた。

「どうやら、ふたつの空席はもう気にしなくてよさそう」セオドシアは口のなかでつぶやいた。

「本当にごめんなさい」サブリナがうろたえた声で言った。「遅れちゃって申し訳なかったわ。でも、ぎりぎりになってお客さまが来ちゃったものだから」

「ヨットを買いにきた人？」セオドシアはサブリナのコートを預かりながら訊いた。

ルークがうなずいた。「そうなんです。お金持ちの人たちというのはおかしなもので……

これがほしいとなると、それまでやっていたことを中断して、そっちにかかりきりになるんですから」

「よくわかるわ」セオドシアは言った。

全員のティーカップにお茶が注がれ、そこかしこで会話が飛び交い、暗くした店内にキャンドルの炎が魅惑的にゆらめくなか、ドレイトンが店の中央に進み出た。

「みなさま」と始める。「ロマノフ朝のお茶会にようこそ。今夜は時計の針を戻し、みなさまをロマンチックな帝政時代のロシアへとお連れし、すばらしい料理とお茶の数々で魅了いたします」

セオドシアも進み出てドレイトンの横に立った。「すでにお気づきと思いますが、最初のお茶は趣のあるホルダーにおさまった小さなガラスのカップでお出ししました。ロマノフ朝時代からの伝統的なお茶の出し方になります」あちこちから同意の声があがり、セオドシアは言葉を切った。「今夜はほかにも伝統的なロシアのごちそうを用意しています。前菜はビーツを使った熱々のボルシチに、スモークサーモンをはさんだブリヌイ、つづいてメインは濃厚な味わいのビーフ・ストロガノフとなります。デザートにはロシアンクッキーのほか、タルトタタン――キャラメリゼしたリンゴのタルトをお出しします」

「ロシアンキャラバン・ティーを選んだ方は」ドレイトンが言った。「ぜひとも、伝統的なサモワールに入った当店自慢のスパイス・ティーもおためしください。きっとお気に召すと思います。と申しますのも、古いロシアのことわざにあるように、〝お茶があるところ楽園あり〟ですから」

ドレイトンの音楽のような言葉がゆらめくキャンドルの明かりのなかにたゆたい、バラライカのメロディが音響システムから流れるなか、ふいにヘイリーが大きなシルバーのトレイを手に現われた。ドレイトンは彼女の手からトレイをさっと取りあげると、セオドシアとふたり、各テーブルをまわってひと品めをサーブした。

「いまお配りしているのは、伝統的なボルシチになります」ドレイトンはお客に説明した。「一緒に添えた冷たいサワークリームがスープの熱さと風味をいっそう引き立ててくれます」

それを境に、セオドシアとドレイトンは目がまわるほど忙しくなった。お客から絶賛の言葉を浴びながら、皿をさげ、ブリヌイとサラダを配り、またその皿をさげ、メインディッシュのサーブにかかった。

「まさに戦場だな」カウンターのところでセオドシアと顔を合わせると、ドレイトンは言った。「どうにかこうにか追いついている感じだ」

「ミス・ディンプルに応援を頼めばよかった」

「せめて、明日のフル・モンティのお茶会には来てもらえるよう手配しよう」

「異議なし」セオドシアは言った。「一週間に三つもお茶会をしようと決めた天才は、いったい誰かしら？」

ドレイトンはセオドシアを指差した。「きみだよ」

「じゃあ、今度同じことを言い出したら、わたしの頭を殴ってちょうだい。お願いよ。だって、正気の沙汰じゃないもの」

「よく覚えておこう」ドレイトンは言った。「とにかく急いでデザートを配らなくては」

デザートのロシアンクッキーとタルトタタンが配られると、全員から賞賛と褒め言葉があがった。フォークと磁器が触れ合う軽やかな音が響き、湯気のたつお茶がおかわりされ、会話がはずむなか、ドレイトンが最後の演説をしようと進み出た。

「一六三八年のことです」ドレイトンは言った。「ロシア大使がモンゴル人の隊商から上質の紅茶を百三十ポンド購入しました。大使がそのお茶をアレクセイ・ミハイロヴィチ皇帝のもとに届けたところ、ロシア皇室内でまたたく間に評判となりました。しかも皇帝は、この紅茶のすばらしさにいたく感銘を受け、購入先である隊商に感謝の印としてクロテンの毛皮を百枚、送ったと言われています」そこかしこからなるほど、という声が聞こえ、ぱらぱらと拍手が起こった。ドレイトンは説明をつづけた。「本日のロマノフ朝のお茶会に関連しまして、この週末にヘリテッジ協会にて貴重なファベルジェの卵が展示されることを申し添えます」

ドレイトンが話をつづける横で、セオドシアは不安になりはじめていた。ドレイトンがファベルジェの卵を大々的に宣伝しすぎている気がして心配だった。すぐそこでうっとりと話に聞き入っているサブリナとルークのことも気になる。話を聞きたい相手、シェプリー教授も好奇心をあらわにしている。けれどもなによりも心配なのは犯行が繰り返されること、つまり強盗一味がヘリテッジ協会の大広間に押しかけ、ケースを破壊し、宝石をちりばめた貴重な卵を奪うのではないかということだった。

そんなことは絶対にさせない、とセオドシアは心のなかでつぶやいた。どうすれば国際的な宝石強盗のたくらみを阻止できるのかはわからないが、やるしかない。それができれば、ささやかながらもブルックのために正義を果たせることになる。

「セオドシア？」ドレイトンが呼んだ。

セオドシアはわれに返った。「え？」

お客が一斉にくすくす笑いを洩らした。

ドレイトンが期待をこめた目で彼女を見つめている。多くのお客も同じだ。「ここでひとこと、言う予定だったろう？」

「ええ、そうね」セオドシアは頭を切り換え、木の床に靴の音を鋭く響かせながら、ドレイトンのそばへと急いだ。「ええっと、とにかく、今夜いらしてくださったみなさまに感謝します。今回のような特別なお茶会を企画しても、どのくらい好意的に受けとめられるかはまったくの未知数です」顔にほほえみを浮かべながら、その場でくるりとまわった。「あるいは、来てくださる方がいるのかどうかも」

「セオ、大好き！」デレインが大声で言った。

「でも、わたしの懸念にはなんの根拠もなかったようです」セオドシアはつづけた。「そういうわけで、来てくださったみなさま、本当にありがとう。きょうの料理を楽しんでいただけましたでしょうか。インディゴ・ティーショップが開催する次の特別イベントにも参加していただけたら幸いです」

万雷の拍手が店内を揺るがし、セオドシアとドレイトンは笑顔で感謝の気持ちを表わした。やがて椅子が次々と引かれ、お客たちは懇親を深めようと一斉に立ちあがった。

「これでは身動きが取れないな」あっという間に大勢に取り囲まれ、ドレイトンは苦笑いした。

「これだけの人に店内を歩きまわられたら、テーブルの片づけはとてもじゃないけどできないわね」セオドシアは肩をすくめた。

「だったら、しばらくはこのままにしておこうではないか。全員にお休みの挨拶をしたあとで片づければいい」

「お客さまのコートは持ってきてくれるでしょ?」セオドシアはドレイトンに訊いた。「わたしのオフィスにしまってあるの」

「いいとも」ドレイトンは言った。「しかし、きみはつかまえられるときにあの教授をつかまえて、ゆさぶりをかけたほうがいいんじゃないのか」

「そのつもり」

シェプリー教授が正面ドアからこっそり出ていこうとしたところをつかまえた。「ゆっくりお話しできなくて本当に残念でした」セオドシアは教授の袖をがっちりつかみ、針にかかって暴れる紅ザケを釣りあげるように引き寄せた。

「すてきなディナーでした」シェプリー教授は言った。「うれしいことに、チャールストン在住のすてきな方々とも知り合えましたし」

「みんな気さくな方ばかりですもの。それは保証します。でも、そんなことはとっくにご存じですよね。〈ローズウォーク・イン〉に滞在されていることですし」

シェプリー教授はうなずいた。「ええ、でもそういつまでもというわけじゃないんです。ここでの仕事はほぼ終わりましたから」

セオドシアはにっこりほほえみ、教授の腕をぎゅっとつかんだ。

「お仕事というのはどんな？」

教授は少しとまどった表情になった。「バロックおよびロココが十八世紀のロシア文学にあたえた影響に関する本を書いています」

「まあ、すごいですね。いつ、お発ちになるんですか？」

「月曜日にサヴァナに戻るつもりでいます。もしかしたら日曜日になるかもしれません」

「土曜日はなにかご予定でも？」しつこすぎるのはわかっているし、もしかしたら少し怯えさせているかもしれないが、そんなことなど気にしていられなかった。

「それが、その……そうですね、あると言えばあるかもしれません。ヘリテッジ協会にファベルジェの卵が展示されると、いまうかがったので」

「まあ、そうですか」

「お店の方がさっきおっしゃるまで知らなかったんですよ。あの方は、ドレイトンさんでしたっけ？」

セオドシアは歯をぎりぎりいわせた。「そうです」シェプリー教授の腕をつかんだ手に、また少し力をこめた。

「オープニングパーティにちょっと顔を出してみようかと。招待客としてもぐりこんでみるつもりです。学術機関同士の、持ちつ持たれつというやつで」

「あら、いいですね」セオドシアは不機嫌に言った。

「とにかく……」教授が乱暴に腕を引っ張り、ようやくセオドシアの手から上着の袖を抜いた。「本当にもう帰らなくては」

セオドシアは教授の背中に手を振った。「さよなら。またお待ちしています」

「これをどう言えばいいのだろうね」ドレイトンが言った。「記憶に残るイベントになった、とか？」

ふたりは薄暗いティールームに立っていた。ピューターのホルダーのなかでキャンドルが細々と燃え、汚れた皿がテーブルに山と積まれている。ガラスの花瓶のなかで花がぐったりし、ファベルジェの卵を模したお菓子は大半がなくなっていた。お客が持ち帰ったのだ。このささやかな盗みが悪い兆しでなければいいけれど。

「あたしなら、お茶会は大成功だったと表現するな」ヘイリーが言った。彼女はひとつのテーブルのところで皿を積みあげているところだった。「だって、みんなテーブルに置いたものは全部食べてくれたもの。それに楽しんでくれたみたいだし」

「たしかに成功だったな」ドレイトンは言った。なにも言わないセオドシアに目を向ける。

「きみもそう思わないかね、セオ？」

「大成功《スマッシング》だったわ」言ったそばから眉をしかめた。叩き壊す《スマッシング》はふさわしい言葉とは言えない。だって思い出してしまう……。

「大丈夫、セオ？」ヘイリーがおずおずと訊いた。「一瞬、変な顔をしてたけど」

「疲れてるだけよ」セオドシアは言った。本当は疲れてなどいなかった。ブルックとケイトリンのことを考えていただけだ。

「まさか、なにかに怒ってるわけじゃないよね？　あたしに怒ってたりする？」

セオドシアは振り返ると、ヘイリーの肩に手を置いた。「そんなわけないでしょ。それどころか、あなたがわたしたちの仲間でいてくれる幸運に感謝しなきゃと思ってるくらい。きょう一日、厨房にこもって、最後の最後までひたすら働いてくれたんだもの」

ヘイリーは首をすくめた。「いいのよ、そんな。それがあたしの仕事だもん。好きでたまらない仕事なんだもん」

「そういうわけだから、あなたはもう上にあがって、ゆっくりくつろいでちょうだい。片づけはわたしとドレイトンでやるから」店の二階は以前セオドシアが住んでいたが、そのあとヘイリーが移り住んでいた。

ヘイリーは驚いた顔をした。「本当に？　あたしも残って片づけを手伝わなくていいの？」

「大丈夫」セオドシアは言った。「あなたはあがってちょうだい、いいわね？」

「そうとも」ドレイトンも加勢した。「ここから先はわたしとセオでなんとかするよ」

「そう……わかった」ヘイリーは言った。「ねえ、ふたりともありがとう」


「それで、シェプリー教授からなにか聞き出せたのかね？」ドレイトンが訊いた。ヘイリーはけっきょく二階にあがり、セオドシアとドレイトンとで皿を食器洗い機に入れていた。

「日曜か月曜まではチャールストンに滞在するみたい」セオドシアは言った。

「その根拠は……」

「本人がそう言ったから。それと、これもまた本人が言ったんだけど、ヘリテッジ協会のビッグな展示会に〝招待客としてもぐりこんでみる〟そうよ。それに、ファベルジェの卵が展示されることは、あなたが今夜、絶好のタイミングで持ち出すまでは全然知らなかったと言ってた」

「本当にそうかもしれんな」

「そうじゃないかもしれない」セオドシアは言った。「そういうわけで、シェプリー教授は、急に軌道をはずれた人工衛星みたいに、わたしのレーダー画面で光ってる状態」

「しかし、きみはアンドロス夫妻とライオネル・リニカーも疑っているのだろう。それにビリー・グレインジャーの存在も忘れてはいかんぞ。気のいいバイク乗りのビリーをな」

「もうひとり、くわしく調べたい人がいるの」

ドレイトンは驚いた顔をした。「冗談はよしたまえ」そう言いながらも、本当は好奇心旺盛な彼はこうつづけた。「誰なのだね？」

「ロックハンマーを買った人。名前はマーカス・クレメント」

「ティドウェル刑事からハンマーの画像を見せられたのがきっかけだね？」

セオドシアはうなずいた。「ええ。クレメントという人はロック・クライマーなの。その人が持ってるロック・クライミング用のハンマーと同じものが、強盗事件でも……」

「ショーケースを破壊するのに使われたというわけか」ドレイトンは言った。

「ええ」

「いったいどこからその名前を知ったのだね？」

「わたしなりの方法を使ったの」

「セオドシア」ドレイトンは片目を半分閉じ、納得しかねるという顔を向けた。

そこでセオドシアはクレメントについてざっと説明した。その人物がロックハンマーを購入した事実は、ティドウェル刑事が確認済みだということも。

「ちょっと待ちたまえ。話がよくわからないのだが。誰がハンマーを買ったって？」

「彼よ」セオドシアはちょっと口をつぐんだ。「クレメントという人。そのあとわたしも買った」

「なんだって？」

そこで〈トリプル・ピーク〉を訪れ、クレメントが購入したのとまったく同じロックハンマーを買ったのだと説明した。買ったハンマーをクレメントの自宅に送ったことも。

「なんだってまたそんなことを？」

「だって……そうすれば住所を盗み見できると思って」

「そうだな、ばかなことを訊いたよ。さて、クレメント氏の自宅の住所がわかったわけだが、このあとはどうするつもりだね？　尋ねないほうがいいのかな？」

「訊くのはかまわないわ。でも、できればなにも言わず、わたしについてきてほしい」

「きみに？」ドレイトンはかなりうんざりした顔で天を仰いだ。「つまりわたしに……」

「一緒にクレメントの自宅を探りにいってほしい。そういうこと」

ドレイトンは頭のてっぺんをなでつけた。「そのようなばかげたまねをするには、わたしはもう歳を取りすぎているのだが」

「そんなこと言わないで、ドレイトン。あなたはわたしの理性の声なんだから」

「どうしてそうなるのだね？　わたしの助言になど、めったに耳を傾けないくせに。あるいは警告に」

セオドシアは腰に手を当て、唇にいたずらっぽい笑みを浮かべた。

「わかった。それで一緒に来るの、来ないの？」

「行くとも。そうしないといけない理由がひとつあるからだ」ドレイトンは言った。「きみが捕まったら、保釈金を払うことになるかもしれないからな」

21

マーカス・クレメントの家の前まで来たのは、あと少しで十時半になる頃だった。セオドシアはメモしてきた住所とその家の番地を照らし合わせた。それから再度確認した。ふたりは下見板張りと化粧漆喰仕上げの、ごく平凡な一戸建てが並ぶ界隈に来ていた。アスファルトの道路は穴だらけ、芝生も木もいくぶん貧相に見える。

「これが目的の家かね？」ドレイトンが訊いた。

「ええ。ところで、来てくれてありがとう。あなたがいてくれて助かるわ」

「わたしに選択肢はほとんどなかったように思うが」

「もう、なに言ってるの、ドレイトンたら。冒険の精神はどこに行っちゃったの？」

「どうしても知りたいなら教えるが、自宅の靴下の抽斗にしまってある」

「でも、この家の住人が〈ハーツ・ディザイア〉を襲撃し、結果的にケイトリンを殺した強盗一味のリーダーだとわかったとしたら？」

ドレイトンは口をすぼめた。

セオドシアはハンドルを握る手に力をこめた。「どうなの？」気合い充分で、すぐにでも探索したくてうずうずしていた。

「その場合は、連邦捜査局が追いつめ、しかるべき手続きを踏んで強盗殺人で起訴されればいい。少女探偵ナンシー・ドルーと老いぼれのハーディ・ボーイが調査するのではなく」

セオドシアは運転席側のドアをあけた。「さあ、調べにいきましょう」

ドレイトンはそろそろと車を降りた。「外からざっと見るだけにしたほうがいい。ゆうべのように敷地に入って調べるのはやめよう。いいね？」

暗いなか、セオドシアのひそめた声がドレイトンの耳に届いた。「行くわよ」

ふたりは冴えない感じの小さな平屋建ての前をゆっくりと歩いた。おそらく以前はカリビアンブルーに塗ってあったのだろう。しかし、風、強い陽射し、湿気、そして雨――どれもチャールストンの気候に特徴的なものだ――によってペンキが剝げ、すっかり白茶けている。明かりがひとつもついていないことからすると、家は留守のようだ。

「いい家じゃないか」ドレイトンがおどけた声で言った。「いかにもわが家という感じがする。あとは、正面の芝生に旧式の洗濯機が置いてあれば完璧だ。もちろん、壊れたやつにかぎるがね」

「上から目線でものを言わないの」セオドシアは言った。

家の前を通りすぎると、角を曲がり、砂利敷きの路地を経由して引き返しはじめた。

「もう少しじっくり調べたいわ」家の真裏まで来ると、セオドシアは言った。

「それはまずい」

「ちょっとのぞくだけだから」セオドシアは忍び足で裏のスクリーンを張ったポーチに近づき、なかをのぞいた。

「ほら見ろ」ドレイトンは聞こえよがしにささやいた。「誰もいないじゃないか。さあ、帰ろう」

「クレメントが家にいないのはわかったけど、ほら見て」セオドシアは昂奮した声を出した。「なかに小包がある。宅配業者が置いていったみたい」

ドレイトンは近づいてきて、スクリーンドアに顔をくっつけた。「中身はなんだろうな？」

「わたしが彼に送ったロックハンマーじゃないかしら」

ドレイトンは顔をスクリーンドアから離した。「それではなにか、その話は本当だったのかね？　わたしをここに誘い出すために荒唐無稽な話をでっちあげたのだとばかり思っていたよ」

「わたし、ちょっと見てくる。あの小包がロックハンマーかどうか確認する」

ドレイトンは彼女の腕をつかんだ。「それはいかん」

「心配しすぎよ、ドレイトン」

「きみは心配しなさすぎだ」

「調査の一環だと思えばいいじゃない」

「きみがやろうとしていることはＦＢＩと同じなんだぞ」

「とんでもない。電話の盗聴なんかしないし、人間の権利をことごとく踏みにじるようなまねだってしてないわ」

「人様の裏のポーチに勝手にあがるのはかまわないのかね」

セオドシアはスクリーンドアをあけた。「それは言わないでほしかったわ」そう言ってなかに入った。

「セオ！」ドレイトンは押し殺した声で呼んだ。

「静かに。いま小包を調べてるところ」セオドシアは前かがみになってラベルに目をこらした。「当たり。わたしが送ったものだわ」

「早く戻りたまえ」

「あと少し……調べさせて」クレメントはどこに鍵を隠しているのだろう。ロック・クライマーだから気さくで、お人好しよね、きっと。ドアの近くに掛けてあるのかも……？　側柱に手を這わせて確認する。ない。ドアマットの下かしら？　ゴムのマットをめくると、きらりとなにか光った。鍵だ。「鍵があったわ、ドレイトン」やるべき？

ドレイトンは彼女に背中を向け、落ち着かない様子で蝶ネクタイをいじった。

「きみがなにをするつもりか、知りたくはないね」

「だったら、せめてあなたのハンカチを貸して」

「よろしい」ドレイトンは上着のポケットからハンカチを出し、それをセオドシアに渡した。「そいつで涙をかんだら、さっさとここを出よう。これ以上、一緒に行くのはごめんこうむる」

「ハンカチは指紋を残さないために使うの」セオドシアは鍵を錠前に挿しこんだ。「それと、あなたは一緒に来なくてもいいわ、ドレイトン。見張りをしててちょうだい」

「まったく、正気の沙汰じゃない」

鍵をまわすと、小さくかちりと音がした。あっと言う間だった。ひらけ、ゴマ。簡単迅速。造作もない。「入るわね」いかにも楽しんでいるらしく、うっすらほほえみながらささやいた。

「頼むからやめてくれたまえ」ドレイトンは小声で訴えた。けれども彼女の姿はもうなかった。

なかに入るとそこは、小さなキッチンだった。複雑に入り交じった料理のにおいがただよっていた。油で揚げたハンバーガー、オニオンフライやポテトフライ。なかは暖かくて暗く、息が詰まりそうだったが、古いホットポイント社のコンロの上に小さな明かりがあり、おかげで、いる位置を確認するのがいくらか楽だった。あたりを見まわしながら思う。ビンテージもののキッチンに足を踏み入れたみたい。

ううん、ビンテージなんかじゃないわ、とセオドシアは心のなかでつぶやいた。リフォームしたことのないキッチンというだけ。古い設備に古いカーテン。なにもかもが……悲しいくらいに古びている。

いまやるべきことに頭を切り換えた。あたりをよく見なくては、と自分に言い聞かせる。

クレメントが宝石泥棒だとしめす証拠がないか調べなくては。

さてと、宝石を持っていたら、どこに隠すかしら？

冷蔵庫の上部の冷凍室に目が向いた。きびきびとキッチンを進み、冷凍室の扉をあけた。中身はほとんどなかった。霜がついた氷のトレイ、冷凍スパゲッティが二箱、ガーリックブレッドが半斤、カートン入りのイチゴのジェラート。

ジェラートのカートンを出して、ふたをあけた。ピンク色が渦を巻いたジェラートが入っているだけだった。ちょっと冷凍焼けしている。

ジェラートを戻して冷凍室の扉を閉め、向きを変えた。ほかには？　ほかに隠せる場所はある？　リノリウムの床をそろそろと進むと、足もとから小さなパリパリいう音が耳に届いた。手探りで進んでいき、小さな居間に出た。安売り家具店で二百ドルで売っているような趣味の悪い張りぐるみのソファ、それと同程度の椅子が一脚、壁にかかった薄型テレビ、小さな机。

机のところに行き、抽斗のなかをあらためはじめた。

たいしたものはなかった。紙、鉛筆、切手が数枚、サウス・カロライナ州の地図、支払い済みの小切手でぱんぱんになった封筒。小切手を一枚一枚調べたが、不審なものも不自然なものもなかった。マイアミの故買屋から多額の支払いがあったことをしめすものもなかった。

「セオドシア」絞り出すような声がした。ドレイトンが呼んでいた。

キッチンまで戻ると、ドレイトンがやきもきした様子でスクリーンドアからなかをのぞきんでいた。

「帰ろう」彼は小声で言い、腕時計を軽く叩いた。「もう時間がない。これ以上いたら危険だ」

「あと一分待って」こうもあっさりあきらめるのは不本意だった。そのとき、ドアがあるのに気がついた。近寄ってあけてみる。暗い階段が地下室へとつづいている。「一分だけだから」もう一度言うと、地下室のドアをあけ、階段をおりはじめた。

地下室は驚くほどきれいで、明るく、山登りやキャンプの道具がいたるところに置いてあった。けれども、無造作に見えるなかにも秩序があった。ハンガーボードにはロープ、棚にはテント、リュック、調理器具という具合だ。

でも、ロックハンマーはどこ？

あちこち見てまわり、箱をあけ、リュックのなかを探りもしたが、見つからなかった。

マーカス・クレメントが自分のロックハンマーで〈ハーツ・ディザイア〉のガラスのショーケースを叩き割ったのなら、もう処分したんじゃないの？　割ったガラスの細かな粒子がついているような証拠品など、手もとには置かないはず。きっとそうだ。それに、宝石に関して言えば、すでに故買屋に売ったか、万が一のことを考えてどこかに埋めたか、州内の貸金庫に預けてあるのだろう。

あるいは、マーカス・クレメントはまったくの無実とも考えられる。つまり、わざわざここまで来たのも無駄足だったということになる。考えすぎのなせるわざだ。

しょうがない。ドレイトンが正しかった。もう出よう。誰か帰ってくる前に急がないと。ドレイトンともどもあやしい者と見なされ、警察が呼ばれる前に。

「あんなにいつまでもなかにいたとは、まったく信じられんよ」ドレイトンは言った。「きみがやったことは不法侵入そのものなのだぞ」セオドシアのジープに戻ったふたりは、神経をぴりぴりさせながら暗いなかにすわっていた。「へたをしたら重罪に問われかねんのだぞ」

「ふと思ったのよ、もしかしたら……」セオドシアはそこで言葉を切った。あのとき、どう考えたんだったかしら？ アマチュアのロック・クライマーがプロの宝石泥棒かもしれない？ あのときのわたしは藁《わら》にもすがろうとしていただけ？ それとも、きちんと手がかりを追っていたの？ エンジンをかけ、ギアを入れ、そろそろと道路に出た。手がかりが思うような結果をもたらさなかったからといって、必ずしも……。

「あぶない！」ドレイトンが叫んだ。

セオドシアはブレーキを踏みこみ、車を急停止させた。「今度はなんなの？」

ドレイトンは首を前にのばすようにしてフロントガラスの向こうに目をこらし、それから身をよじってサイドウィンドウから外を見やった。「あとちょっとで犬をひくところだったのだよ」

セオドシアの心臓が喉もとまで迫りあがった。「そんな。全然見えなかった」悪夢だった。気が散って、前方の道路をちゃんと見ていなかったのだ。そのせいで、なんの罪もない動物をひいてしまうところだった。「どこに……？」セオドシアはドレイトンが見ているほうに目をやった。

「ほら、あそこだ」ドレイトンが言った。

セオドシアはまばたきをした。いた。ヘッドライトが当たっている隅に、茶色と白の毛むくじゃらの子犬が縮こまっている。怯えているうえに、お腹をすかせているらしく、道路の真ん中をふらふら歩いていたようだ。「どうしよう。怪我してないかしら？」

「かわいそうに」ドレイトンはすぐさま車を降り、犬に駆け寄った。

「ドレイトン」セオドシアも車から飛び出した。「その子、大丈夫？」

「たぶん」ドレイトンはズボンが汚れるのもかまわず、道路に四つん這いになっていた。犬をそっと抱きあげる。「かわいそうに。首輪をしていない。それに、ほら見てごらん。毛が汚れて固まっている。まずまちがいなく野良犬だな。路上で必死に生きてきたんだろう」

セオドシアは膝をつき、子犬の頭にそっと手をのせた。まだ小さくて、体重はおそらく十五ポンドくらいだろう。耳が垂れていて、大きな茶色い目をしている。「見た感じ、キャバリア・キング・チャールズ・スパニエルみたいね」

子犬は哀れをもよおす茶色の目でセオドシアを見あげ、体を震わせた。次にドレイトンに目を向け、彼の胸に体をさらにすり寄せた。

「お友だちができたみたいね」セオドシアは言った。

「家に連れ帰って、体を洗ってやろう」ドレイトンは言った。「そのあと、どうするか考えるよ」

「ええ」セオドシアは言った。「そうするしかないわね」

ドレイトンの家のキッチンは暖かくて居心地がよく、設備が整っていた。何年もかけてリフォームを繰り返し、ペカンの古材の調理台、打ち出して作った銅の流し、ビンテージの調理器具をひとつひとつ揃えていった。対になったチッペンデールのハイボーイ型チェストにはお茶の缶がおさめられ、ティーポットの膨大なコレクションの一部が見られるようになっている。

ドレイトンは流しに湯をため、温度をたしかめてから、子犬をそろそろとつけた。「ほうら、いい子だ。そんなに熱くないだろう？　ちょうどいい湯加減ではないかね」そう言いながら、食器用洗剤が入った小さなスクイズボトルを手に取った。「この洗剤を使っても大丈夫だろうか？　犬用シャンプーなどというものはこの家にはなくてね」

「どこの洗剤？」セオドシアは訊いた。

「〈ドーン〉だ。流出した油にまみれた海鳥を洗うのにも使っているらしい」

「だったら大丈夫なんじゃない？」

ドレイトンは湯のなかに洗剤を絞り出してかきまわし、たっぷりと泡立てた。「きれいになったら」彼は犬に言った。「なにかおいしいものを見つけてあげよう」

「その子、がりがりに痩せてるわね」セオドシアは言った。

「きっと、ごみ箱で残飯をあさっていたんだろうな」ドレイトンは片方の前脚を持ちあげ、ペディキュアをしてやるみたいにやさしくこすり洗いした。「これからは、わたしたちが太らせてやるからな」

「ひととおりのことが終わったら、地元のシェルターに連れていかなくちゃね」

ドレイトンはその提案にぎょっとしたのか、思わず体を起こした。

「そして、この子をセメントでできたおぞましい小部屋に監禁しろと？　とんでもない。ハニー・ビーをそんなところに入れるわけにはいかないね」

「わたしは保護施設という意味でシェルターと言ったのよ。サン・クエンティン刑務所なんかじゃないわ。ちょっと待って……いま、ハニー・ビーって言った？　もう名前をつけたの？」動物に名前をつけると、ひとつの個体として認めたも同然になるとセオドシアは常々思っている。と同時に、重い責任も生まれる。要するに、その動物が自分のものになるということだ。これから先ずっと。

ドレイトンは犬の背中に石けんの泡をのばしながら、不安をやわらげてやろうと小さな声でささやきかけている。

「もう名前をつけたのね」セオドシアは同じことを言った。

「そうとも」ごしごしと洗ってやりながらドレイトンは答えた。「うちの子にするからだ」

「この犬を飼うの？」

ドレイトンはセオドシアを横目でちらりと見た。「わたしらしくないと思われるのは心外だな」

セオドシアの顔にゆっくりと笑みが広がった。「信じられない！　ドレイトンが犬を飼うなんて。ドレイトンでもこんなにかわいがることがあるなんて、うそみたいだわ」

ドレイトンは泡だらけの指を口の前に立てた。「シーッ。誰にも言ってはいかんぞ」

夢見るラベンダーのお茶会

　昼食会にしろアフタヌーン･ティーにしろ、ゆったりとした優雅な雰囲気の会にします。テーブルにはラベンダー色のクロスをかけ、お好みの紫色の花をクリスタルの花瓶にいけましょう。乾燥させたラベンダーをそこかしこに置けば、上品な香りがただよいます。メニューはラベンダーのスコーン、チキンサラダをナッツ入りパンにのせたオープンサンドとラベンダー入りショートブレッドかティーブレッド。お茶はアッサムかアールグレイがぴったりです。小袋にラベンダーの種をいくつか入れれば、お茶会の記念品にいいですね。クラシック音楽を流すのを忘れずに。

22

「セオドシアにゆうべなにをしたか訊いてごらん」ドレイトンが言った。金曜の朝、彼は入り口近くのカウンターに立ち、マドゥーリー茶園の紅茶を淹れているところだった。ヘイリーがぜひにとリクエストしていた特別なアッサム・ティーだ。

ヘイリーは興味を惹かれたようだった。「なにをしたの？」

「内緒」セオドシアは言った。「ややこしいことになるから言わないわ。それより、ドレイトンがゆうべなにをしたか訊いてみて」

「ねえ、ふたりでなにこそこそやってんの？」ヘイリーは訊いた。「なにか大変なことになってるなら、教えてよ」

「セオドシアが他人の家に忍びこんだのだよ」とドレイトン。

「ドレイトンが野良犬を拾ったの」とセオドシア。

ヘイリーはかぶりを振った。「あなたたちときたら。いつもあたしをいらいらさせるし、ばかみたいな話でおたがい競いあってるし。でもね、きょうはそんなことをしたって無駄ですからね。あと、そうね、二十分もしたら、あたしは大忙しになるから、遊びになんかつき

合ってられないの」彼女はドレイトンがティーカップにお茶を注ぐのを待ち、てのひらで上を覆い、急ぎ足で厨房に引っこんだ。

「思ったように話が進まなかったわね」セオドシアは言った。

「このところ、ヘイリーは少しかりかりしすぎていないか？」

「日曜の夜の事件がまだ尾を引いてるのよ。せっかくケイトリンと仲良くなったのに、目の前で彼女が命を落とすところを見たんだもの。まだ強盗事件とケイトリンの死を受け入れられずにいるんだわ」セオドシアは少し考えてから、ふたたび口をひらいた。「若い人ほど、うまく死に対処できないそうだし」

ドレイトンは自分とセオドシア、それぞれのカップにお茶を注いだ。

「では、きみはどうなのだね？　きみだって若くはないというほどの年齢にはなっていないぞ」

「ショックだったのは火曜日までね。そのあとは一気に怒りがこみあげて、いまは復讐してやりたいという気持ちに変わりつつある」

ドレイトンはお茶の入ったカップを差し出した。「復讐は七つの大罪のひとつではなかったかな？」

セオドシアはお茶をひとくち含んだ。「ちがうと思う。でも、そうであるべきだわ」

そのあとはふたりとも店の準備に追われた。レース模様のランチョンマットを敷き、ロイヤルアルバートのカントリーローズ柄の食器と、アレクサンドラ模様の純銀のナイフとフォークを並べていく。ドレイトンは昨夜飾った花から赤いカーネーションを数本選び、それを小さくまとめてクリスタルの花瓶にいけていた。

「きみのシェプリー教授が昨夜、わたしになんと言ったかわかるかね？」ドレイトンは訊いた。

「いつの間に、わたしのシェプリー教授になったのかしら」

ドレイトンは花の茎をはさみで切った。「だってそうじゃないか」

「それで、教授はなんて言ったの？」

「赤いカーネーションは、ロシアでは戦争と軍事力のシンボルなのだそうだ」

「ふうん。そのこと、花を注文した時点で知ってたの？」

ドレイトンはべつの花の茎を短く切った。「知っていたわけがないだろう」その顔にはかすかな笑みが浮かんでいた。

インディゴ・ティーショップでは午前中はたいていクリーム・ティーを出しているが、この日も例外ではなかった。ヘイリーはレモンと芥子《けし》の実のスコーンを焼き、ドレイトンはクロテッド・クリームとイチゴジャムをのせた小皿を何枚も用意した。イギリスでは、スコーン、クロテッド・クリーム、ジャム、そしてお茶で楽しむクリーム・ティーは午後に出すのが一般的だ。でも、ここインディゴ・ティーショップでは午前中のメニューとして親しまれ、堅苦しいことを言う人なんかひとりもいない。

「きょうは忙しくなりそうかね？」ドレイトンが訊いた。すでに六人ほどが席に着き、注文を終えている。

「ええ」セオドシアは答えた。「金曜日は一週間でもいちばん忙しい日だもの。それに、今夜はルミエール・フェスティバルがあるから見物客がチャールストンに大勢押し寄せるはず」

「そのフェスティバルには一度も行ったことがないのだよ。楽しいのかね？」

「ルミエール・フェスティバルは目と心を思いっきり刺激してくれるイベントよ。建物の壁を使った光のショーがおこなわれるし、サイリウムを手にしたダンサーの踊りも見られる。色とりどりの光の投影、光の彫刻、芸術家によるＬＥＤを使ったインスタレーションなど、とにかくなんでもあるの」

「つまり、絶対に見る価値はあると？」

「そう思うけど、好みでない人もいるかもね」

「それはわたしのことだな」

セオドシアは言葉に詰まった。「うん、まあ……あなたの好みはちょっと高尚だもの」

「なにを言う。わたしはみんなと同じように地に足がついた人間だぞ」

「そうかしら」セオドシアは言った。けれどもその言い方には思いやりがあふれていた。

ドレイトンは布を手にし、スプーンを一本、ぴかぴかになるまで磨きあげた。それを慎重にテーブルに置いた。「このあたりでも光のインスタレーションとやらは見られるのかね?」

「ええ。たしかホワイト・ポイント庭園でいろいろやるはずよ。それにヨットクラブの近くでも。一部のボートが電飾で彩られるらしいわ」

ドレイトンは関心をしめした。「ヨットだって?」

セオドシアはすぐにその質問の要点を察した。「あなたが興味を持つとはおもしろいわ。今夜、一緒に出かけてちょっと見てみましょうか」

「〈ゴールド・コースト・ヨット〉を、だな」

「わたしが言おうと思ったのに」

ドレイトンはオレンジペコの缶をおろし、心配そうな顔でそれをながめた。

「ミス・ディンプルにはきょうの応援を頼んだかね?」

「朝いちばんに電話したわ。ふたつ返事で受けてくれたし、とてもうれしいって言ってた」

「助かったよ。なにしろ、午後のフル・モンティのお茶会を仕切るのが楽しみだとは言えないからね」

「わたしだって、いつ気持ちがへこんでもおかしくないわ」セオドシアは言った。「もう絶対にやらない。一週間に大きなお茶会を三回も企画するなんて、二度とごめんよ」

「まったく、われわれはなにを考えていたんだろうね」ドレイトンは不器用なカラスのように両腕をはためかせた。「今週は一週間ずっとばたばたしていた気がするよ」

「決めたときは、〈ハーツ・ディザイア〉で大きな強盗事件が起こるなんて思わなかったんだもの。あるいはブルックの姪御さんが亡くなるなんて」セオドシアは言った。「それに、国際的な強盗集団がこの街を襲うなんて知らなかったし」

ドレイトンの片方の眉が小刻みに震えた。「不測の事態に備え、最悪の事態を想定せよと言うではないか」

「ずいぶん厳しいことを言うのね」

「わたしはずいぶんと厳しい人間だからね」

「そんなことない」セオドシアは言った。「そういうふりをしてるだけじゃない。ところで、けさのハニー・ビーはどんな様子？」

ドレイトンは目をぱっと輝かせ、うれしそうに顔をほころばせた。

「ずいぶんと元気になったよ。栄養満点のドッグフードを食べ、わが家の裏庭をにおいを嗅ぎながら探検したのがよかったのかもしれん。わたしが家を出るときには、居間のソファに丸くなってすやすやと眠っていた」

「サザビーで多額のお金を払って手に入れた、ヴィクトリア朝様式のアンティークのソファに？」

「ああ、それだよ」

セオドシアが片手にアイリッシュ・ブレックファスト・ティーが入ったポットを、もう片方の手に茉莉花茶のポットを持って店内をまわっていると、ミス・ディンプルがせかせかと入ってきた。五フィートあるかないかの身長、ふくよかというレベルを超えた体形、ピンクがかったブロンドの巻き毛という彼女は七十過ぎという年齢ながら、あいかわらず元気いっぱいだ。振り出しはこの店の帳簿係だった――正確に言うなら、いまも月に二度、仕事に来ている。けれども、本当に好きなのはインディゴ・ティーショップの手伝いをすることだった。

「電話をありがとう」ミス・ディンプルはセオドシアの腕に手を置き、親しみをこめてぎゅっと握った。「わたしがこのお店で働くのがどれだけ好きか、よく知ってるのね」そう言うと、彼女の背を一インチだけ高くしているローヒールでくるりとまわり、ドレイトンにほほえんだ。「こんにちは、ドレイトン。おひさしぶり」

「わがいとしのレディ」ドレイトンは最大級の礼儀正しさで出迎えた。「忙しいなか、わざわざ時間を割いて、応援に駆けつけてくれて感謝するよ」

ミス・ディンプルはひらひらと手を振った。「こんなチャンスはなにがあっても逃しませんよ。ひとり者の弟と、二匹の老猫サムソンとデリラと暮らしているんですから、楽しみは積極的に見つけていかなくてはね」

「つまり、わたしたちの店が楽しいということかな?」ドレイトンはわざとらしく驚いてみせた。「なんとまあ」それから笑顔になって言った。「さあ、こっちに来たまえ。エプロンを着けてあげよう」

店のほうは有能な人たちにまかせ、セオドシアはべつの仕事をするためオフィスに引っこんだ。念のために言っておくと、ティーショップの仕事ではなく、ブルックのためにやっている調査の仕事だ。それから三十分ほど、容疑者リストにある名前をインターネットでしつこいくらいに検索した。その結果、ライオネル・リニカー、サブリナとルークのアンドロス夫妻、マーカス・クレメント、ウォレン・シェプリー教授の写真と記事がいくつか得られた。

セオドシアは鼻歌を歌いながら、それを全部プリントアウトし、革のメッセンジャーバッグに突っこんだ。それを持ってブルックのもとへ行き、これらの情報のなかにぴんとくるものがないか尋ねるつもりだ。

「出かけるのかね？」スエードのジャケットに袖をとおしていると、ドレイトンが訊いた。「お茶を出している最中だぞ。またかね？」

「ブルックに確認しなきゃいけないことがあるのよ」セオドシアは説明した。「でも、店のほうは大丈夫でしょ。ミス・ディンプルが来てくれたんだから」

ミス・ディンプルは、大丈夫ですよというようにドレイトンの腕を軽く叩いた。

「そのとおり。このわたしがいるじゃありませんか、スイーティー。心配いりませんって」

「ドレイトンはいつも心配ばかりしてるのよ」セオドシアは言った。

ミス・ディンプルはしたり顔でうなずいた。「そこが彼の魅力のひとつですけどね」

〈ハーツ・ディザイア〉はあいかわらず板でふさがれた状態だったが、セオドシアはかたかた音がする厚板の上を歩いていって、間に合わせの木のドアの前まで行き、強くノックした。

「はーい。ちょっと待って」ブルックの声が聞こえてきた。「どなた?」

「わたし。セオドシアよ」

ドアがいきおいよくひらき、目の前にブルックが現われた。ブルージーンズに紺色のTシャツ、髪を赤いバンダナでまとめている。見た感じ、若々しく元気そうで、なによりも、以前よりずいぶん落ち着いていた。数日前までは深く刻まれていたストレスによるしわも薄くなってきたようだ。

「怖くなければ、作業中だけど入って」ブルックは言った。「ヘルメットを貸してあげられなくて申し訳ないけど」

「かまわないわ」セオドシアは店内に足を踏み入れ、見まわした。割れたガラスはすべて掃除され、破損したケースは処分され、古い絨毯は剝《は》がされていた。ロール状に巻かれた新しい敷物が隅に重ねてあり、ひとつだけある陳列ケース——おそらく唯一無傷だったものだろう——が店の奥に押しやられていた。

「少しずつ元どおりに戻しているところ」ブルックは言った。

「壁を塗り替えたのね」

「きのうペンキ屋さんが来て、やってくれたの」ブルックは満足そうに見まわした。「ええ、全部新しくしようと思って。最後には新築みたいになるはずよ」そう言ったとたん、顔から笑みが消えた。「というか、ほとんど新築みたいにね」

セオドシアは心をこめてブルックを抱き寄せた。「あなたならきっと乗り越えられる。わたしはそう信じてる」

「乗り越えるしかないわ。だって、ほかにどんな選択肢があるっていうの？」ブルックは手をひらひらさせた。「でも、わたしの愚痴を聞くために来たんじゃないんでしょ。容疑者の絞り込みのほうはうまくいってる？　警察もＦＢＩも全然、うまくいってないみたい。なにか進展があったにしても、もうわたしには話してくれないし」

「ちょっと多すぎるくらいの情報を持ってきたの」

ブルックはうれしそうな顔になった。「盛りだくさんの情報？　本当に？」

そこでセオドシアはリストにあがっている容疑者を、ひとりひとり列挙していった――ライオネル・リニカー、ビリー・グレインジャー、サブリナとルークのアンドロス夫妻、ロック・クライマーのマーカス・クレメント、最後にウォレン・シェプリー教授。リストを読みあげながら、なぜ彼らを有力な容疑者と見なすのか、その理由も説明した。

ブルックはセオドシアが作ったリストに愕然とした。それに少し、感動もしていた。

「警察もリニカーさんとシェプリー教授に注目しているのは知ってたわ」ブルックは言った。「でもアンドロス夫妻を真剣に捜査しているなんて話は聞いてないわ。あなたがあげた、ほかの人、グレインジャーとクレメントという人も。そのふたりは名前すら聞いたことがないもの。ちょっと待って。そのふたりを容疑者と見なした理由をもう一度教えて」

「短いバージョンで説明するわね」セオドシアは言った。「グレインジャーはバイク乗りだからで、クレメントはロックハンマーを持ってるから」

「なるほど」ブルックの顔を笑みがよぎった。セオドシアの頬にやさしく触れる。「あなたって、本当に頭がいいのね」

「ありがとう。でも、言っておくけど、まったくの的外れということもあるわ。さっきあげた人たちのほとんどについては、的外れな指摘なわけだし。でも――」セオドシアはメッセンジャーバッグに手を入れ、紙束を出した。「――インターネットで集めた情報があるんだけど、目をとおしてくれないかしら」

ブルックはセオドシアが抱えた紙束のほうに頭を傾けた。「これはいったいなんなの?」

「報道関係者向けの発表資料、新聞記事、写真、いろいろあるわ。ざっとでいいから全部に目をとおして、このなかの誰かにぴんときたら教えてほしいの。以前にどこかで会った人がいるかもしれないし、あなたの店に来た人がいるかもしれない。あるいは、このあいだの襲撃の際になんとなく記憶に残ってる人がいるかもしれない」

「いますぐやったほうがいい?」

「ええ、できれば」

ふたりは奥のブルックのオフィスに行った。ブルックはデスクに着き、セオドシアはその正面にある椅子に腰をおろした。

「ずいぶんしっかり調べてくれたのね」ブルックは言いながら、プリントアウトをぱらぱらめくった。

「どれかひとつでも役にたつなら、やった甲斐があったというものよ」

ブルックはひとつひとつ、つぶさに調べながら、紙束に目をとおした。それからもう一度、見直した。最後の紙を裏返しながら、言った。「名前と顔が一致するのはサブリナとルーク、ライオネル・リニカーさん、それにシェプリー教授ね」彼女はセオドシアをじっと見つめた。「でも、リニカーさんはヘリテッジ協会にいるところを見かけただけで、うちの店には来てないわ。それにもちろん、シェプリー教授はこのあいだのパーティにもぐりこんでいたから知ってるだけだし」ブルックはリニカーの粒子の粗い写真に触れた。「でも、この人はどこか……気になるのよね。強盗集団の一員かもしれないの?」

「ひょっとしたらね」セオドシアは言った。「強盗なんかやって逃げ切れる人がいるとしたら、彼じゃないかという気がするの」FBIがひょっこり訪ねてきたと言って高笑いしていたリニカーを思い出した。犯人は誰なの? 大胆で冷静な犯人は誰?

「どうすれば解決するのかしらね」ブルックが言った。

セオドシアは弱々しくほほえんだ。「くじで決めるとか?」

「まじめに言ってるのよ」

「まだなんとも言えないわ」セオドシアは言った。「容疑者はたくさんいるけど、状況証拠しかないんだもの。もっとがんばって調べないとだめね」明日の夜、ヘリテッジ協会で開催されるアンティーク展でなにかわかるかもしれないという、いやな予感があった。

インディゴ・ティーショップに戻ったセオドシアは、いいかげんヘイリーと正面から向き合わずにいるのはやめるべきだと覚悟を決めた。正直になにもかも話すしかないと肚《はら》をくくった。

「ヘイリー」セオドシアは厨房にするりと入りながら言った。「ちょっと話せる?」

ヘイリーはオーブンからポップオーバーを出したところだった。キツネ色に焼け、小型のコック帽かと思うほど大きくふくらんでいる。「うん。きょうのメニューのこと?」

「実を言うと、それよりいくらか深刻な内容なの」

ヘイリーはポップオーバーがのった天板をおろした。「え、そうなの?」

「ブルックがわたしに助けを求めたことは知ってるわね」

ヘイリーはうなずいた。「もちろんよ。あたしもその場にいたもん。忘れたの? 賛成にまわったでしょ」

「ええ、そうだったわね。ドレイトンとわたしが数人の容疑者についてこそこそ話してるのも……」

ヘイリーはイチゴのジャムが入った瓶を手にとり、エプロンのへりでふたを拭いた。

「このところふたりでこそこそしてたのはそれだったのね。今週になってずっとそうだったじゃない」

「わたしたちが容疑者と見ているうちのひとりが……いちおう言っておくけど、彼は参考人程度だから」

ヘイリーはセオドシアのほうに身を乗り出した。「それで？」

セオドシアは唾をのみこんだ。

「いいからさっさと言ってよ、セオ」

「わかった、言うわ。境界線上にいる容疑者のひとりが、お友だちのビリー・グレインジャーなの」

「思ったとおりだわ！」ヘイリーは寄せ木のカウンターを片手でぴしゃりと叩き、そのせいでフロスティングが入ったボウルが揺れてスプーンが床に落ちた。「セオたちがいまだに彼を疑ってるのはわかってた。調べるのは断念するみたいなことを言ってたけどね。それって、ビリーがバイクに乗ってるからなんでしょ？」

「それ以外にも理由があるの」セオドシアは言った。

「でも、彼のことは誤解よ」ヘイリーは言った。「あまりに的外れで滑稽なくらい」怒っているというよりは、むきになっている感じだった。

「それを聞いて、ほっとしたわ」

「的外れもいいところだから、心配する気にもならないもん」ヘイリーはそう言うとほほえんだが、セオドシアはその笑顔の奥に苦悩の色が見えた気がした。

「だったら、これ以上、なにも言わない」セオドシアは言った。「あとはすべて成り行きにまかせる」

「そうするのがいちばんかもね」

「悪く思わないで」

ヘイリーはうなずいた。「うん。でも、ひとつ訊きたいことがあるの。ビリーを容疑者だと思ってること、ティドウェル刑事に話した？」

「ううん、話してない」

「本当？」

「信じて、ヘイリー」

「だったらいいの。心の重荷がちょっとだけおりた。ティドウェル刑事がビリーのあとをつけまわすなんて、考えただけでもいやだもん」

「じゃあ、このことは水に流すってことでいい？」セオドシアは訊いた。

ヘイリーは指を一本立てた。「二度と持ち出さないならね」

「あなたがそれでいいなら」

ヘイリーは大きくうなずいた。「それでいいの。二度と、この話はしないって指切りできる？」そう言って小指を立てた。

セオドシアはそこに自分の小指をからめた。「指切りしましょう」

「これでよし、と」ヘイリーは言った。「さあて、ランチのメニューが何か知りたい？」

セオドシアは安堵のため息を洩らした。ヘイリーは怒っていない。というか、この話題を打ち切ることを望んだだけだ。「ええ、ヘイリー。知りたくてうずうずしてる」

23

「きょうのお昼のメニューはグリーンサラダ、ペッパージャックチーズを使ったキッシュ、それとカニサラダのクロワッサンサンドよ」セオドシアはドレイトンとミス・ディンプルに伝えた。「デザートにはシナモンアップル・スコーンとチョコレートケーキを用意してあるわ」

「すばらしい」ドレイトンは満足そうな声を出した。「ヘイリーがいくらか楽なメニューにしてくれたのはありがたい。なにしろランチのあとはフル・モンティのお茶会に向けて大急ぎで準備しなくてはならないからな」

「そのお茶会は何時に始まるんですの？」ミス・ディンプルが訊いた。

「二時よ」セオドシアは答えた。

「そっちのメニューはどうなっているのだね？」ドレイトンが訊いた。

「ヘイリーによれば、ランチのメニューにちょっと手をくわえたものに、いくつかメニューを追加するんですって」

「まあ、いいですね」ミス・ディンプルは手を叩きそうないきおいで言った。

「テーブルのセッティングをするには、ランチのお客さまには遅くとも一時半までに気持ちよくお帰り願わないといけないわ」セオドシアはふたりに言った。

ミス・ディンプルはうなずいた。「どうすればいいんでしょう。シッ、シッと追い払うとか？」

「そんな露骨なことはできないわ」セオドシアは言った。「でも、ドレイトンににらんでもらうと効果てきめんかも」

「ドレイトンはにらんだりしませんよ」ミス・ディンプルは言った。「あれは真剣な表情をしているだけ。きまじめな殿方なんですから」

「殿方」セオドシアは苦笑した。「変わった言葉を使うのね。ちょっと古めかしい感じがするわ」

ミス・ディンプルはうれしそうな顔をした。「でも、ドレイトンにぴったりじゃありませんか。優雅であか抜けていて、ちょっと昔気質《かたぎ》で」

ドレイトンはブラウン・ベティ型のティーポットのふたをあけた。

「なんとでも言ってくれたまえ」

ランチタイムの時間中、セオドシアはひたすら力仕事を担当した。具体的に言うなら、小走りで行ったり来たりを繰り返し、料理を運び、お皿をさげてまわった。ミス・ディンプルには、お茶のポットを手に店内をまわって、お客を褒めたり、アドバイスをしたり、お茶を注いだりする役を割り当てた。

「午後に出すお茶は決めた？」セオドシアはドレイトンに訊いた。彼はイベントごとに、どのお茶がぴったり合うか吟味するのが大好きなのだ。

「プリンス・オブ・ウェールズ・ティーとアイリッシュ・アフタヌーン・ティーの二種類にしようかと思う」ドレイトンは言った。「プリンス・オブ・ウェールズはイギリスで大変好まれているお茶だし、口あたりが軽くて、上品な味わいがある。アイリッシュ・アフタヌーン・ティーのほうはもっとコクがあり、はっきりした味が特徴だ」

「どっちもミルクや砂糖との相性がばっちりだものね。さすがだわ」

セオドシアはスタッフォードシャーの皿とリモージュ焼の人形を二個出した。ランチのお客が思ったとおりに帰ってくれるか心配する必要はまったくなかった。おもしろいようにいなくなった。一時半までには、ヘイリーが落ち葉を正面入り口から掃き出したみたいに、ひとり残らず店を出ていった。

「ガラスのティーウォーマーを出しましょう」セオドシアはミス・ディンプルに言った。「そのあと、なかにセットする小さなキャンドルを持ってくるわ」

「お花はどうしますか？」ミス・ディンプルが訊いた。「茎を短く切って、背の低い白い陶器の花瓶に入れましょうか」

「やってみて」

ティールームがしだいに整えられていく様子に、セオドシアの心は躍った。えーと、お客さまは……何人だったかしら？　たしかきょうは二十八人の予定だった気がする。昨夜ほど大勢ではないけれど、その数でも忙しく動きまわらなくてはならない。そのかわり、利益はちゃんと出る。だって、そのためにティーショップをやっているんだもの。

でも、本当にそう？　セオドシアは自問した。そのためにこの仕事をやってるの？

本当はそうじゃない。目的は、みずからの運命の主人となって、上司からあれこれ言われることのない小規模事業主という自由な立場を楽しみ、心から打ちこめることを仕事にすることだ。

セオドシアはインディゴ・ティーショップの仕事に心から打ちこんでいる。他人には想像もつかないほどに、この店を愛している。まさに夢そのものだ。将来の青写真を描き、その青写真をもとに設計し、それを実現するために懸命に努力してきた。

正面のドアがきしみながらあき、物思いからわれに返った。入ってきたのはティドウェル刑事だった。

刑事は店内を見まわすと、客がひとりもいないのにお茶の用意がしてあるのを見てとり、大きな顔に驚きの表情を浮かべた。「営業しているのですか？」彼の野太い声が無人の店内にいくらか大きく響きわたった。

セオドシアは片手を腰にあてた。「それは事情によりけりだわ。遅めのランチを食べにいらしたの？　それとも、フル・モンティのお茶会に来るのが早すぎたのかしら？」

ティドウェル刑事は期待で目をきらきらさせ、興味津々の顔になった。

「特別なお茶会があるのですか？　フル……すみません、いまなんとおっしゃいましたかな？」

「フル・モンティのお茶会」

「なるほど、その名前はイギリスの偉大なる陸軍元帥、バーナード・モントゴメリーにちなんだものですな」

「まあ、そんなところね」

「わたしでも楽しめそうです」

「ええ、それはもうお約束できるわ。ヘイリーが食べるものをたっぷり用意していることだし」

刑事はいまにも舌なめずりし、ナプキンを襟からかけそうないきおいだった。

「われらがモンティ元帥は朝から野戦食のフルコースを楽しんだと聞いています」

「ティータイムのときもね」セオドシアは言った。「戦場で部隊を率いているときもそうしていたらしいわ」

「安全な後方にいるときもです」

セオドシアはティドウエル刑事をテーブルに案内し、椅子を引いてすわらせた。

「刑事さんは歴史にくわしいようね」

「そう言ってもいいでしょうな。とりわけ、第二次世界大戦に興味がありましてね」

「てっきり、南北戦争のマニアとばかり思ってたわ」セオドシアは言った。「金属探知機を持って昔の戦場を歩きまわり、軍服のボタンやミニエー弾を探しているタイプかと」

ティドウェル刑事は顎の贅肉をゆさゆさと揺らした。「そういう趣味はありません」

セオドシアは刑事にお茶を出し、隣に腰かけた。「それでなにかあったの？　ロックハンマーを買った人のことで進展があったの？」

ティドウェル刑事はお茶に角砂糖をひとつ入れ、さらにもうひとつ入れた。

「あなたのＦＢＩのご友人が、二分ほど調べたそうです」

「つまり、ＦＢＩでは有力な容疑者とは見なさなかったということ？」

刑事は満足そうな顔をした。「見なしていたら、よっぽど切羽詰まっているんだなと思うところです」

「たしかな証拠が充分にないから？」

「いやいや、そもそも証拠などないにひとしいのですよ」

「せっかくハンマーの話をしたのに、役にたたなかったなんて残念。刑事さんだって期待してたじゃない」

「捜査というのは生き物と同じでしてね。流動的で、情報は常に変化するんです」

「たとえば？」セオドシアは訊いた。「なにか事情が変わったの？」

「そういうわけではありません」

「じゃあ、ほかの容疑者についても話して。ＦＢＩは特定の誰かを厳しく追及しているの？」

「厳しくというほどではありませんな」

「そう、あなたなら誰がいちばんあやしいと思う？」

「わたしの口から言えないことはおわかりでしょう」

「そうだけど」

「むやみに突っ走って、とんでもないことになってほしくないんですよ」

「そんなことしないわ」セオドシアは両手を膝に置いたまま二秒ほどすわっていたが、また口をひらいた。「だったら、ちょっとしたヒントくらいは教えてくれてもいいでしょ。うんと大きなヒントでもいいけど」

「今度はボディブローを打ちこんできましたか。あきらめの悪い人ですな、まったく」

「ええ、そうよ。とことん食いさがるわ」

ティドウェル刑事はしばらくセオドシアの言葉を嚙みしめていたが、やがて口をひらいた。

「FBIは重要視していないようによそおっていますが、シェプリー教授にはそこそこ関心を持っているようですね」

セオドシアはその答えに飛びついた。

「シェプリー教授がブルックの店のイベントに無断でもぐりこんだから？　アレキサンドライトのネックレスに関心を持っていたから？」

「それもありますが、教授がロシアについてあらゆることを学んでいるからでもあります」

「ロシア文学だけじゃないの？」

「あの男はロシアに滞在していたことがあります」刑事は言った。「多方面に造詣が深いようです。芸術、文化、それに……」

「政治にも？」セオドシアは言った。「FBIは彼の政治理念について神経を尖らせてるわけ？」

刑事は椅子の背にもたれた。「シェプリーがマルクスの『共産党宣言』を愛読しているとは思いませんが、その内容をまったく知らないとも思えません」

「まるで冷戦時代に戻ったみたい」

「しかも、昨今の大胆不適な宝石泥棒の多くは、東ヨーロッパ諸国から来ております」

「興味深いわ」セオドシアは言った。「つまり、シェプリー教授には窃盗集団を雇う手段があったとあなたは言ってるわけね」

「いいえ」ティドウェル刑事はほほえんだ。「言ったのはあなたですよ」

フル・モンティのお茶会は二時ぴったりに始まり、ドレイトンの言葉を借りるなら〝とてつもなくイギリス的〟な料理が次々と出された。ヘイリーはとことんこだわって、四段のトレイに料理をきれいに盛りつけた。いちばん上の段にはフルーツのスコーン、二段めには小ぶりのキッシュ、三段めはクリームチーズとキュウリのティーサンドイッチが占め、いちばん下の段には薄く切ったチョコレートケーキに生のラズベリーをのせたものが並べられていた。

ミス・ディンプルはお茶を運んだり、知り合い全員、すなわちお客のほぼ全員に愛想よくあいさつしたりで、忙しく動きまわった。

お客がひと品めのフルーツのスコーンを味わうなか、セオドシアは〝フル・モンティ〟という言葉の由来を説明し、つづいてドレイトンが登場した。

ハリス・ツイードのジャケットをスマートに着こなした彼は店の中央に進み出ると、ひとつ咳払いをしてから口をひらいた。

「本日は正統なイギリス風のお茶会をお楽しみいただだいていることから、詩をひとつご紹介します。お聞きいただきますのは、ロンドンの無名の詩人による作品でありますが、イギリスのお茶の伝統をたいへんうまく描写していると思います」

水を打ったような静けさのなか、ドレイトンは朗唱を始めた。

東方と西方のかぐわしい植物よ！
あるいはアラビアの海岸の。
香り豊かな枝と果実が放つ香り。
それこそ、われわれの妻と政府がこよなく愛するもの。
やさしき大地よ！　豊かな恵みをあたえ、なんの見返りも求めない。
そして黄金色の葉は金箔のよう。
われらの活力を脅かす災いと、われらの税の源に、
　国の強さと弱さがある。

「ブラボー！」ティドウェル刑事が大声で叫んだ。「すばらしい」

彼は四人掛けのテーブルに女性ふたりとすわっていた。刑事は最初から女性を無視しつづけていたし、女性陣のほうも最初のうちこそ打ち解けようと声をかけていたが、けっきょく刑事を無視することに決めたようだった。一種の不可侵条約を結んだにひとしかった。

わき起こった拍手がやむと、入り口のドアが突然、いきおいよくあき、デレインが駆けこんできた。彼女は美しい顔を不安でくもらせ、店内を見まわした。やがてセオドシアがカウンターに立っているのに気づくと、話があるとばかりに一目散に駆け寄った。

「セオ！　ここにいたのね」

「ここ以外にどこにいるというの？」セオドシアは眉をひそめ、青と白の更紗のカバーをティーポットにかぶせた。「ちょっと待って。ひょっとしてわたし、べつの約束をしてた？」

デレインは首を振った。「ううん、そうじゃないの。ただ、あたしのほうがきょうのお茶会に出るつもりでいたのに、なぜだかわからないけど、始まる時間をすっかり忘れてただけ」彼女は頭を前後に動かし、目をわざとらしく大きく見ひらいた。

「じゃあ、本当にお茶を飲みに来たのね？」

「ええ、そうよ」デレインは言った。「しかも、記念すべきお茶会だし」

「記念すべきって……？」

デレインはチェシャ猫のようににやりと笑い、まつげをぱちぱちさせた。

「レナルドがあと何日かチャールストンにいることになったの！」

「よかったわね」

「でしょう？　今夜はすてきなディナーに連れていってくれるし、明日はアンティーク展に一緒に行こうって言ってくれたの」

セオドシアははっとしてデレインのほうを向いた。

「あなたのボーイフレンドはどこの国の人だったかしら？」

「具体的な国の名前をあなたに話したことはないはずだけど」デレインは言った。「でも、興味があるなら教えてあげる。レナルドはフランス南部のニースの近くの出身よ。ボーリュー＝シュル＝メールって名前の小さな町にお城を持ってるの」

「モンテ・カルロに近いところ？」セオドシアは訊いた。レナルド・ジャイルズもチャールストンに来て間もないことに、ふと気づいたのだ。強盗事件が発生する直前に来たことに。

「そうねえ、モンテ・カルロからそんなに遠くはないと思うけど。とにかくフランスのリヴィエラ地方にあるのはたしかよ」

デレインが指先でカウンターをとんとん叩くと、いくつもはめた指輪が光を受けてきらめいた。それを見たとたん、セオドシアは〈ハーツ・ディザイア〉に展示されていた蝶々の形のブローチを思い出した。ガラスが割られる前、まだ悲惨な出来事が起こる前のことを。それからすぐに頭をいまのことに戻した。

「レナルドとはどのくらいのつき合いなの？」

「まだほんの数週間よ」デレインは言った。「でも、不実で粗野で鼻持ちならない男ばかりの世の中で、ようやく運命の人に出会ったせいかしら、ずっと前から一緒にいるような気がするわ」デレインは両手を握り合わせると、それを自分の心臓があるあたりに持っていき、大きく顔をほころばせた。

「運命の人」セオドシアは言った。「まあ、それはビッグニュースね」デレインはこれまでに何度も運命の人を探し当ててきた。最初はクーパー、それからチャールズ、次はロジャー、それにたしかベントリーという名前の人もいたはず。でも、それをひとつひとつほじくり返すにはおよばない。「そう言われてみれば、なんだか顔が輝いて見える」

デレインはさりげなく頬に手を触れ、カウンターにもっと近づいた。

「〈シルバームーン・スパ〉でキャビアのパックっていうのをやってもらったばかりなの。燃えたつくらいにきらきらしてるのが自分でもわかるくらい」

「人にうつるようなものじゃないといいけど」セオドシアはくすくす笑いながら言った。

「〈シルバームーン〉ってものすごくすてきなスパなの」デレインのおしゃべりはまだつづいた。「あちこちに生花が飾ってあるし、バスタブに張ってあるのはミネラルを含んだ温泉だし、建物はギリシャの寺院みたいだし、しかもちょっとした思いつきでもちゃんとかなえてくれるの。もう徹底的に甘やかしてくれるんだから。あたしにぴったりの場所だわ。それでね、チェックアウトの手続きをしてたら、グレイス・ドーソンにばったり会ったの。彼女のこと、覚えてるでしょ？　きのう、あたしが一緒にランチをした相手」

「ええ、もちろん。ドーベルマンを飼ってるすてきな女性でしょ」口ではそう言ったものの、本当はライオネル・リニカーと交際しているお金持ち女性として記憶していた。

「グレイスが個人助手を雇ってるって知ってた？」デレインはうっとりした表情で訊いた。「すごいと思わない？　スパで会ったとき、その助手も一緒にいたの。メモを取ったり、使い走りをしたり、とにかくグレイスに言われたことをすべてやってたわ。まるで映画スターのお付きの人って感じ」

「うらやましい話ね」誰かに四六時中ついてまわられたら気が気じゃない。必要もないのに仕事を言いつけることになりかねない。

「グレイスはまさしく上流階級の人って感じ。ブルーチップ（一流品という意味）っていうのが、アボカドディップのボウルに添えてある青いトルティーヤチップとはちがうって、ちゃんと知ってるの」デレインはなんとなく髪に手をやってふわりとさせた。「とにかく、スパに行ったのは、レナルドと過ごす夜にそなえて全身をぴかぴかにしておきたかったからなの」

「ねえ」セオドシアは言った。「レナルドはどんな仕事をしているの？」

「貿易関係よ。あれを少し、これを少しって感じ」デレインは手をあいまいに動かした。「フランスの香水、イタリアの靴、シルク、その他いろいろ。最高級の贅沢品を扱ってるの」

「どこで出会ったの？」

「マイアミでおこなわれたファッション展示会」

「ふうん。彼のこと、もう少し知りたいわ」

レナルド・ジャイルズはデレインの運命の人で、貿易商かもしれないけれど、彼が、ヘリテッジ協会からお宝を運び去るつもりでないことをセオドシアは心から祈った。

マハラジャのお茶会

こんなお茶会をひらいて、インドの豊かさとボリウッド映画のバイタリティを伝えてみませんか。テーブルにはインド風の柄のクロスをかけるかナプキンを敷き、真ん中には大きくて派手なボウルを置いて、フローティングキャンドルと花を浮かべます。象の置物を添え、パーティグッズのお店で売っているカラフルなアクリル宝石を散らしましょう。メニューはラズベリーとローズウォーターのスコーン、生のパパイヤ、クリームチーズとキュウリをはさんだティーサンドイッチ、インド風ビスケット。合わせるお茶は、なんといってもダージリン・ティー。そうそう、お客さま全員に水で落とせるヘナのタトゥーをお渡しするのを忘れずに。

24

うってつけの夜だった。インクを流したような黒い空のそこかしこで、無秩序に散らばった星がまたたいている。潮のにおいをかすかに含んだ風が大西洋から吹きつける。気温はまだ十五度ちょっとを保っている。腕と脚の部分全体にきらきらした小さなものをつけた黒いレオタード姿のダンサー二十五人が、ボリュームいっぱいに鳴り響くロックに合わせて飛んだり跳ねたりしている。ルミエール・フェスティバルはいまがたけなわで、セオドシアとドレイトンはチャールストン図書館協会の正面階段に立ち、キング・ストリートで繰り広げられているまばゆいばかりのパフォーマンスに見入っていた。

「あの若い女性たちは、くるくると上手にまわるものだね」ドレイトンが感想を洩らした。

「まるで妖精みたい」セオドシアは言った。あんなに激しくまわったら、わたしなら目がまわって倒れてしまいそうだ。もちろん、見ているぶんにはとても楽しい。「この先のギブズ美術館でやってるパフォーマンスは見た？」

ドレイトンはうなずいた。「美術館の建物の壁に映す画像を見ていたら、六〇年代のアングラ映画を思い出したよ。しかし、自分たちで撮影したスライドを使ったのはとても賢明だ

ったと思うね。いわば……」

「大衆のための芸術という感じ？」

「まあ、そんなところだな、うん。もっとも、そういう言い方はいささか上から目線という感じがするが」

「ちょっとだけね」セオドシアは言った。「でも巨大な絵画や彫刻があると知れば、出かける人の数がいくらかなりとも増えるかもしれないでしょ。それはべつに悪いことじゃないわ」

「いいかね」ドレイトンは言った。「ヘリテッジ協会はそこがちがっているのだよ」

「どうちがうの？」

「われわれは、大勢の人がやたらと協会のなかに入ってくるのを好まない」

セオドシアはドレイトンの顔をじっと見つめた。相手はたっぷり五秒間、まじめくさった顔を崩さなかった。やがて彼女は彼の腕を軽く叩いた。「ほかの演《だ》し物も見にいきましょう」

目を奪われるようなパフォーマンスがたくさんあった。サーチライトが夜空に放たれ、古いりっぱな建物を使った光のショーがいくつもおこなわれ、ＬＥＤ電球を使ったインスタレーションが人々の人気を集めている。由緒あるリース・パーカー邸の正面の芝生では電球を使ったインタラクティブアートが展開されていた。

「光がこんなにもすぐれた芸術の手段になるとは、思ってもいなかったよ」ドレイトンが言った。「わたしも時代の変化についていかないといけないな」

「少なくとも、こうして出かけてきたじゃない。いいスタートを切ったことになるわ」

ふたりはキング・ストリートをぶらぶらと抜け、アーチデール・ストリートに入った。このあたりはその道の人たちに〝建築学的に重要〟と位置づけられたジョージ王朝様式、イタリア様式、ヴィクトリア朝様式の住宅がひしめいている。いずれも個人所有で、めったに一般公開されることのないこの家々は贅をきわめた豪華なもので、チャールストンの歴史や装飾様式のタイムカプセルという役割を果たしている。

「あそこの看板が見える？」セオドシアはまっすぐ前を指差した。

ドレイトンは街灯が点々とつづく闇に目をこらした。「ああ、『ファイアー・ガーデン』と書いてある。ファイアー・ガーデンとはいったいなんだろう？」

「ぜひともたしかめにいきましょう」

ふたりはそぞろ歩く人々をかきわけていき、赤煉瓦の大きな屋敷の前で足をとめた。白くて高い柱と大きなベランダがあり、フィリップ・シモンズの手による錬鉄のフェンスに囲まれていた。

「ここは〈ローズウォーク・イン〉ではないか」ドレイトンは横目でセオドシアをにらんだ。

「偵察するためにわたしを連れてきたのだな？」

「あなたがルミエール・フェスティバルに行ってみたいと言うから、そのとおりにしてあげているだけじゃない」

「正直に言うとだね、ここでおこなわれているファイアー・ガーデンというインスタレーシヨンに少々興味があるのだよ」

「わたしも。さあ、入りましょう」

支配人のタイロン・チャンドラーが広いベランダで出迎えてくれた。チャンドラーは五十代後半のアフリカ系アメリカ人。ごま塩頭と、見ているほうも釣られてほほえんでしまうような笑顔の持ち主で、かなり見映えのする人物だった。今夜はキャメルのジャケットに白いシャツとチャコールグレイのスラックスを合わせていた。

「ドレイトン、本当にきみかい？」チャンドラーは挨拶をするドレイトンに手を差し出した。「それにセオドシアも」とうれしそうに笑った。「ふたりとも、うちのファイアー・ガーデンを見にきたのかな？」

「ファイアー・ガーデンとはどんなものか知りたくてね」ドレイトンが言った。

「マーセラが考えたんだよ」チャンドラーはふたりに説明した。マーセラ・ソリエールは〈ローズウォーク・イン〉のオーナーだ。「今年の夏、イタリアを旅行していて、ペルージャで似たようなものを見たんだそうだ。それをこっちで再現したくてたまらなくなったというわけさ」

「早く見たいわ」セオドシアは宿のなかに案内されながら訴えた。

「このまま朝食室をまっすぐ突っ切って」チャンドラーは言った。「引き戸があるから、そこからパティオに出られる。ファイアー・ガーデンはバラ園のすぐ先だよ」

「ありがとう」セオドシアは言った。

〈ローズウォーク・イン〉という宿の名前は、たくさんのバラが裏庭に咲き誇っていることからついたものだ。もっとも、フロリバンダローズ、ポリアンサローズ、イングリッシュローズの大半はいまは花をつけておらず、中国原産のピンク色のコウシンバラが何本か、がんばって咲いている程度だった。

「チャンドラー氏はここのバラを温室で育てたのだろうな」ドレイトンが言った。「そのあと今夜のために特別に、こっちに移植したんだろう」彼はバラの木に目を向け、根元付近を観察した。「ああ、やっぱり思ったとおりだ」

「あなたは何ひとつ見逃さないのね、ドレイトン」セオドシアの目がファイアー・ガーデンとおぼしきものをとらえた。「うわあ、すてき。ほら、あれを見て」

セオドシアとドレイトンは広大なバラ園を通り抜け、裏のパティオに足を踏み入れた。岩をストーンヘンジのように並べてできた大きな円が真ん中を占めていた。円のなかには同心円状に石が並べられ、それが中央の大きな石のピラミッドへとつづいている。ひとつひとつの石の上に、火のついたキャンドルがのっていた。

「ダンテの『神曲』の地獄編そのものという感じだな」ドレイトンは言ったが、その表情は見るからに心を奪われている様子だった。

「きれいだわ」セオドシアは言った。「炎の庭の名にふさわしいわね」赤、黄色、オレンジ色のキャンドルの上で炎が揺らめき、溶けた蠟が石の表面を伝い落ちていく。けれども、展示そのものは少しもうそくさくなかった。なんと言うか……神々しささすら感じた。

「あそこにバーがあるようだ」ドレイトンは錬鉄のテーブルと椅子がいくつも並んでいる先に目をやった。「テーブルをひとつ確保して、カクテルでも飲まないか？」彼はそう言って、バーのほうをしめした。「それともワインのほうがいいかな？」

「もしあれば、シャルドネがいいわ。なければ、辛口のものならなんでも」

ドレイトンは急ぎ足でバーに向かった。「すぐ戻る」

セオドシアは誰もいないテーブルを見つけ、確保しようと急いだ。彼女が椅子を引くと同時に、隣の椅子を誰かがつかんだ。さっと目をあげると、驚いたことに、インディゴ・ティーショップに入り浸っていると言っても過言ではないＦＢＩ捜査官ふたりの姿があった。

「こんばんは」セオドシアは言った。「次におふたりに会えるのはいつかしらと思ってたのよ」

ジマー捜査官はかしこまって会釈し、一方ハーリーのほうはにっこりとほほえんだ。

「まだ捜査をつづけているの？」セオドシアは訊いたが、答えはもちろん、よくわかっていた。つづけているに決まっている。地道な捜査をこつこつと積み重ねているはずだ。

「ええ、もちろん」ジマー捜査官は言った。

「それをうかがって安心したわ」セオドシアはあたりを見まわした。ドレイトンはまだバーのところでワインの注文中で、誰も捜査官がいるのには気づいていない。ふたりとも、テレビドラマから抜け出たような、典型的なＧメンの恰好をしているというのに。「ここにいらしたのは、いまもシェプリー教授の事情聴取がつづいているからね。〈ハーツ・ディザイア〉のイベントにもぐりこんだ件で、教授から話を聞いているんでしょ？」

「彼がここに宿泊しているのをご存じなんですか？」ジマー捜査官が訊いた。「この宿に？」

セオドシアはすました顔でほほえんだ。

「教授がここに泊まっているのを知っているのなら、捜査に首を突っこんでいることになりますね」ハーリーが言った。

「この人は教授を容疑者と見なしているんだろう」ジマー捜査官が言った。

「彼が容疑者かそうでないかなんて、わたしにはわからないわ」セオドシアは言った。「それに関してはおふたりの判断にゆだねるしかないもの」

ジマー捜査官はハーリー捜査官に意味ありげに目配せしてから言った。

「シェプリー教授に関しては慎重に評価した結果、差し迫った脅威ではないという判断にいたりました」

「安心したわ」セオドシアがそう言ったとき、ドレイトンがワインの入ったグラスを二個持って戻ってきた。

「おふた方がいらっしゃると知っていれば……」ドレイトンは両手に持ったワイングラスをしめした。

ジマー捜査官は片手をあげ、ふたりはあとずさりしはじめた。「いえ、けっこう。せっかくですが、もう行かなくてはいけませんので」

「お会いできてよかったわ」セオドシアはふたりの背中に言い、ドレイトンとともに腰をおろした。

「ふたりはなにをしにきたのだね？」ドレイトンはセオドシアの前にワインのグラスをすっと置いて尋ねた。「そうそう、シャルドネではなくシャブリにしたよ。かまわなかったかな？」

「かまわないわ。どうやら、ＦＢＩのふたりはシェプリー教授はいかなる不法行為にも関与していないと判断したみたい。あの人たちの話からするとね」

ドレイトンは顔をしかめた。「シェプリー？　彼とはいましがたバーで鉢合わせしたよ。デュボネという甘口ワインを頼んでいたな」

「教授がいるの？」セオドシアは椅子にすわったまま体の向きを変えた。「どこ？」かなりの人でいっぱいになったパティオをきょろきょろ見まわした。「あ、いたわ」

「あの男のことはそっとしておくほうがいい」ドレイトンは言った。

そのときにはすでにセオドシアはいきおいよく立ちあがり、教授に向かって大きく手を振っていた。「シェプリー教授」と大声で呼んだ。「こっちです。こちらへどうぞ」

シェプリー教授はセオドシアが手を振っているのに気づくと、あからさまに身をすくめた。それからがっくりとうなだれ、重い足取りでセオドシアたちのテーブルにやってきた。三人で型どおりの挨拶を交わすと、シェプリー教授は前置きもなく切り出した。

「チャールストンを発つことにしました」彼は言った。「明日の朝いちばんにサヴァナに戻ります」

「それは残念」セオドシアは言った。「それでは、こちらでの調査は終わったんですね？」

「いえ」シェプリー教授は答えた。「しかし、居心地が悪くなってきましたので」

セオドシアはわずかに罪悪感をおぼえた。わたしも教授を追い出すのにひと役かったことになるのかしら？　かもしれない。ティドウェル刑事とＦＢＩ捜査官の目を教授に向けさせ、その結果、無駄にこの人を怖がらせてしまったのだから。うしろめたいのはたしかだが、同時に少しほっとする気持ちもある。容疑者リストがじょじょに短くなりつつあった。

「こちらでの調査にいくらかなりとも成果があったのならいいのですが」ドレイトンは如才なく言った。

「ええ……まあ……」シェプリー教授はじりじりとふたりのテーブルから遠ざかった。「現時点ではなんとも言えませんが」彼は片手をあげた。「それでは」

「追い出してしまったな」ドレイトンは小さな声で言った。やんわりと責めるような口ぶりだった。

「そんなつもりはなかったのよ」逃げていく教授のうしろ姿を見ながらセオドシアは言った。「ブルックの力になろうとしただけなのに」

「悪気がなかったのはわかる。だがね——」ドレイトンはシェプリーの背中をじっと見つめた。「きみがあの男を死ぬほど怯えさせたのはたしかだ」

ふたりはしばらくテーブル席から動かず、にぎやかな夜のひとときを楽しんだ。

「そろそろ、ほかの光のページェントを見にいくかね？」ドレイトンが訊いた。

「そのつもりはなかったけど」セオドシアは言った。「でもあなたが見たいのなら……」

ドレイトンは片手をあげた。「いや、もう充分、楽しんだ。このへんでやめておこう」彼はあたりを見まわした。「その前に、チャンドラー氏にコウシンバラのことでひとつ質問したいのだが」

「行ってきていいわ」セオドシアは言い、グラスを手にした。「質問してきなさいな」

すでに彼女はパティオをはさんだ反対側にグレイス・ドーソンの姿を認め、ちょっと行って挨拶しようと考えていた。今夜のグレイスは黒いレギンスにやわらかそうな黒革のジャケットを合わせ、とても軽快《スポーティ》に装っている。グレイスの個性的なファッションに名前をつけるとしたら、スポーティクチュールがぴったりだろう。

「差し支えなければそうさせてもらおうか」ドレイトンは腰をあげた。「きみをひとりここに残していくのは心苦しいのだが」

「気にしないで」セオドシアも椅子から腰を浮かせた。「わたしのほうも話を聞きたい人がいるから」彼女はシャブリをちびちび飲みながら（バターに似た風味があって軽く、とてもおいしいワインだった）バーの前をゆっくり通りすぎ、グレイスがいるほうに向かった。彼女のうしろに立って声をかけた。「今夜はすばらしい愛犬はどうしたの？」

グレイスはくるりと向きを変え、セオドシアの姿を認めると、大きく顔をほころばせた。

「できればあの子たちも連れてきたかったけど、光がちかちかしているとびっくりして腰を抜かしちゃうかもしれないと思って」

「大いにありうるわね」

「また会えてうれしいわ」グレイスは言った。「でも、あなたにひとつ言っておかなきゃいけないことがあるの」

セオドシアは一歩さがった。「あら、いったいなにかしら？」

「あなたのせいで、お茶とスコーンにすっかりはまっちゃったのよ」

「だって、それがねらいだったんだもの」セオドシアは笑った。「しょっちゅう顔が見られるよう、あなたをうちの店の常連にしたかったの」

「そうやって五ポンドも太らせるつもりなのね」グレイスはうれしそうに言った。「今週摂取した糖分を全部燃焼させるには、一時間よけいにピラティスをやらなきゃ。あるいは、低糖質ダイエットをするしかないわ」

「デレインのようにね」セオドシアは言った。

グレイスの目がぱっと輝いた。「そうそう、けさ、デレインとばったり会ったの」

「本人から聞いたわ」

グレイスは驚いた顔をした。「どうして……？　なるほど、あなたもスパにいたのね？」

「そうならいいんだけど」セオドシアは言った。「ううん。デレインが遅めのランチでひょっこり店にやってきて、スパであなたに会ったと話してくれたの」

「デレインって人は、そうとうフットワークが軽いわね。街じゅうを駆けずりまわって、いろんなことに手を出してるでしょ。わたしも、彼女が関わってる動物愛護団体のひとつの理事になってと、頼みこまれてるの。いくつかの団体では中心的な存在なんでしょ？」

「資金を集めるのがとても得意だからでしょうね」セオドシアは言った。「小型動物の保護施設を建設するのに、たったひとりで百万ドル近く集めちゃうような人だもの」

グレイスは小さく口笛を吹いた。「うわあ、すごい。デレインはそうとう犬が好きなのね？」

セオドシアは首を振った。「すべての生き物をいとおしく思っているのはたしかだけど、なによりも猫が好きなの。猫のほうが人間より賢くて、ずっとずっと難解だと思ってるくらい」

「猫はえらいわよね」グレイスは笑いながら言った。「うちのサルタンとサテンも猫が大好きよ」

「そうでしょうとも」セオドシアは〝そんなわけ、ないでしょ〟とほのめかす口調で言った。

セオドシアのささやかなジョークにふたりして笑った。

「ねえ」グレイスは言った。「そのうち一緒にスパに行きましょうよ。すっごくいいんだから。ネイル、ヘア、マッサージ、海塩を使ったボディスクラブ、いろんなメニューがあるの」

「楽しそうね」

「サブリナ・アンドロスを誘うのもいいわね」セオドシアが怪訝な表情で見つめているのに気づくと、グレイスは説明した。「けさ、マニキュアとペディキュアをやってもらってたら、サブリナに会ったの。彼女もあそこのスパの常連みたい」グレイスはそこで声を落とした。「わたしが言ったなんてばらさないでほしいんだけど、サブリナは髪の根元のリタッチをやってもらっていたらしいわ」

「サブリナだったら、きのうのお茶会に来てくれたわ」セオドシアは言った。「ご主人のルークと一緒に」

「ヨット乗りの人ね」グレイスは言った。「そうとう手広くやってるって話。サブリナが言ってたけど、リオ・デ・ジャネイロ在住の大物銀行幹部から電話があって、オーダーメードのヨットがほしいと言われたんですって。それでルークは明日の夜、自分のヨットでそっちに向かうみたい」

「サブリナもついていくのかしら」セオドシアは訊いた。

グレイスはパティオの奥にすわっている誰かに手を振った。「さあ、どうかしら。行くかもね」彼女はまた手を振った。「たぶん」そう言うと、その場から立ち去りはじめた。「ごめんなさい。助手が右往左往しちゃってるものだから。おそらく、六本の電話が保留中で、間際になってからの招待が二件ほどあるんだわ」それだけ言うといなくなった。魔法のように。

セオドシアはサブリナとルークに関するあらたな情報について考えた。どうやら明日の夜、ふたりはこの国をあとにするらしい。公海に向けて出発するのだ。

頭をあちこちに振り向け、急いでドレイトンを見つけた。急ごしらえのバーの近くで、テディ・ヴィッカーズと話している。この先にある〈フェザーベッド・ハウス〉というB&Bの支配人だ。申し訳ないが、ふたりの邪魔をするしかない。

「セオ」ドレイトンはセオドシアに気づいて声をかけた。「いまテディから聞いたのだが……」

「ごめんなさい」セオドシアはドレイトンに言った。「でも、もう行かなくちゃ。それも……いますぐ」


「テディを気の毒にもあんな形で置き去りにするほど大事な用とは、いったいなんだね？」セオドシアに急かされるようにしてパティオを突っ切り、〈ローズウォーク・イン〉のなかに入りながらドレイトンは訊いた。セオドシアはあたりを急いで見まわし、ふたりだけで話せるところはないかと探し、それから彼をわきの応接室に引っ張りこんだ。ロビンズ・エッグ・ブルーに塗った壁と、端切れ布を編みこんだラグを敷いたこの部屋には水彩画が飾られ、ニードルポイント刺繍《ししゅう》をほどこしたクッションがのった水色のラブシートが置かれていた。

「アンドロス夫妻が明日の夜、南アメリカに向かって出航するんですって」セオドシアは少し息をはずませながら言った。

「なんだって？」ドレイトンは二の句が継げず、茫然とした。クッションをひとつつかみ、押しつぶすようにぎゅっと抱きしめた。

セオドシアはグレイスから聞いた話をすべて、ゆっくりと説明した。

「出航はアンティーク展の前かね、それともあとかね？」ドレイトンは訊いた。

セオドシアは首を振った。「わからないけど、いいところに気がついたわね」

ドレイトンは考えこむような表情になった。「まあ、前かあとかは重要だからな」

「そのとおり。でも、どうすれば正確な出航時間がわかるかしら？　出港届にそこまで書いてあるとは思えないし」

「そうだな」ドレイトンはまだなにやら考えこんでいた。「なんだったら、本人に尋ねたらどうだ？　正面切ってではなく、さりげなく訊いてみたらいい」

「なるほど」セオドシアは言った。「なんで思いつかなかったのかしら？」

ドレイトンは両の眉根を寄せた。「わたしが思いついたからさ」

「おそらく、サブリナとルークはいま頃、ヨット・クラブのほうにいるはずね」セオドシアはドレイトンの提案にすっかり乗り気になって言った。「出発の準備やらなにやらで……」

そこまで言って言葉を切った。「ねえ、ドレイトン、単刀直入に訊いたりしたら相手を挑発すると同時に、警戒させることにもなるんじゃない？」

「そうだな。街を出るつもりなのは知っているぞ、とふたりに教えてやるのもいいかもしれん」

セオドシアはうなずいた。「やましいことがあるなら、わたしたちに目をつけられていると感じるはずよね」

セオドシアのジープは近くにとめてあったから、すぐさま乗りこんで、チャールストン・ヨット・クラブを目指すだけのことだった。

「とくに変わったことはなさそうだ」ドレイトンは走る車のなかから外を見ながら言った。

「それはどうかしら」セオドシアは言った。「どのヨットも明かりをつけているはずなんだけど」

「そうは言うが、明かりなどひとつも……」車が角をまわって前方に港が見えてくると、ドレイトンは思わず身を乗り出した。「おや、きみの言うとおりだ。どの船にも明かりがついている」彼はほほえんだ。いかにも幸せそうな本物の笑みからは、彼がすっかり心を奪われているのが伝わってくる。「見てごらん。チャールストン港をゆっくり行ったり来たりしている。これからネバーランドに旅立とうとする海賊船のようだ」

四十艘近くものヨットが、船首から船尾まで何本も張りめぐらせた電飾でライトアップされていた。しかも、ドレイトンが言うとおり、月の光で金色に輝く海の上を悠然と動いているように見える。

「あとは、サブリナとルークを見つけるだけね」セオドシアは言うと、チャールストン・ヨット・クラブの駐車場に車を入れた。

夫妻を見つけるのは簡単に思われた。というのも、二艘のヨットが係留されているいちばん奥の栈橋がクリスマスツリーかと思うほどライトアップされていたからだ。ほかのヨットも同様だった。

「ヨットが二艘ある」セオドシアは言った。「あらたに一艘、仕入れたのね」

「見たところ、なかでパーティがおこなわれているようだ」音楽と大勢の人の声でがやがやしているのが聞こえ、ドレイトンが言った。「それに、甲板にいる人の様子から判断するに、〈ゴールド・コースト・ヨット〉はそうとう盛大なパーティを開催しているようだ。お別れパーティだろうかね。いや、〝錨《いかり》をあげよ〟パーティと言うべきかな？」

「だとしたら、こっちには好都合だわ」セオドシアは言った。「だってすました顔で乗りこんだら、人混みにまぎれて、なにくわぬ顔で質問すればいいんだもの」

「いい考えだ」

しかし、よく練られた計画は往々にしてうまくいかないものだ。あるいは、深刻な障害に邪魔される。というのも、桟橋を半分ほど行ったところで、セオドシアとドレイトンはサイズの合わない紺のブレザーを着た屈強そうな男にとめられたからだ。

「悪いが」男は腕を組み、ふたりの行く手をはばんだ。「内輪のパーティの開催中なんでね」

セオドシアはとっておきの笑顔を見せた。「ええ、知ってる。わたしたち、サブリナさんとルークさんと親しいの」

警備員は桟橋に渡して道をふさいでいるビロードのロープに手をやった。「ということは、招待状をお持ちで？」

「そういうわけじゃないけど」セオドシアは言った。

「招待客リストに名前があるのかな？」

「ただ、ちょっと顔を出して、簡単に挨拶できればと思っただけなの」

「簡単な別れの挨拶をね」ドレイトンが期待のこもった声で言い添えた。「ご夫妻が明日、出航すると聞いたもので」

「南アメリカに行っちゃうんでしょ」セオドシアは言った。

屈強な男は頭を横に振るだけだった。「申し訳ない」と不機嫌な声を出す。「招待客リストに名前がないなら、通すわけにはいかないな」

「どうしても？」セオドシアは少し甘えるような声を出した。

「おれが決めたわけじゃないんでね」警備員は言った。

「残念」セオドシアは言った。ふたりはまわれ右をし、ゆっくりと桟橋を引き返した。「がっかりだわ。ビロードのロープなんか渡しちゃって、なんなのよ？」

「もったいをつけているだけさ」ドレイトンが言った。「昔あった伝説的なディスコの〈スタジオ54〉を気取っているんだろうよ」

セオドシアはいきおいよくドレイトンに向き直った。「あのディスコを知ってるの？」

ドレイトンは肩をすくめた。「わたしだって昔から堅物だったわけではないのだよ。それにいっときはニューヨークに住んでいたこともあるのだからね」

セオドシアはにやにやした。「ふうん……ドレイトンがねえ」

25

セオドシアは着ていくもののことで大騒ぎする気分ではなかった。けれども、この前、デレインからしっかり釘を刺されたことで、抵抗する気力がすっかり失われていた。そういうわけで、ひんやりとした曇りぎみの土曜の朝、〈コットン・ダック〉の前に立って、うるさく世話を焼いて服選びをいっそう苦痛に満ちたものにしてくれるデレインがいませんようにと、必死に祈っていた。

「こんにちは」ブティックに入りながら声をかけた。「誰かいないの？」

「すぐまいります」返事があった。

よかった、とセオドシアは誰の声かわかって胸をなでおろした。デレインの助手をつとめる、働きすぎでストレスをためこみすぎているジャニーンだった。でもデレインはいないようだ。ほっとしたわ。これでがみがみ言われることも、目を大げさにぐるりとまわされることも、やたらとヒステリーを起こされることもない。

きらめく宝石箱のような店内を見まわすうち、セオドシアはいつしか頬をゆるめ、その魅力にゆっくりと魅了されていった。ロングドレスばかりがかかったラックの隣に、シルクのトップスやスエードのスラックスでいっぱいの回転式ハンガーラックが置かれている。薄地のキャミソールとハーフカップブラが、アンティークのハイボーイ型チェストに置かれたサテン地の箱におさまっている。オペラパールとゴールドのネックレス、ターコイズとサンゴのペンダント、ゴールドと真珠貝を四つ葉のクローバーの形に並べたネックレスがごちゃごちゃと置いてある。ガラスの棚に並んでいるのは爬虫類のしなやかな革を使ったハンドバッグだ。セオドシアは根っからのファッショニスタというわけではないが、どれもほしくなるものばかりだった。

「ジャニーン？」セオドシアは革のボンバージャケットがかかったラックをざっと調べながら声をかけた。「わたし、セオドシアよ」ジャケットのひとつに手を触れる。バターみたいにやわらかい。「デレインが試着する服を何着か選んでくれたはずなんだけど」

三十秒後、ジャニーンが息を切らせながらやってきた。

「ええ、はい」真っ赤な顔をしたジャニーンは、四六時中しんどい思いをしているように見える。「デレインさんから朝いちばんに電話があって、フィッティングルームに服を用意しておくよう、細かい指示がありました」

「よかった」セオドシアは言ったものの、本心から出た言葉ではなかった。

「カクテルドレスが三着でよろしいんですよね？」

セオドシアは肩をすくめた。「そうね」

ジャニーンは明るくほほえんだ。「思いっきり盛装して、豪勢なパーティに行くのはさぞかしすてきでしょうね」ジャニーンは背が低く、いくらか猫背ぎみで、ウェーブのかかった茶色い髪と大きな茶色の目をしている。この日は、膝が隠れる丈のスカートにブラウスの裾を出して着ていた。

セオドシアは突然、自分がとんでもなく不愉快な態度を取っていることに気がついた。

「本当にすてきなイベントもたしかにあるわ」とジャニーンに言い、その肩に手をまわした。「よかったら、いつかあなたもいらっしゃいよ」

ジャニーンは太陽が雲のあいだから急に現われたみたいに、顔を輝かせた。「本当ですか？」

「ええ、本当。なんだったら、今夜、ヘリテッジ協会のオープニングイベントに来ればいいじゃない。招待客リストにあなたの名前を入れてあげてもいいわ」ドレイトンに言えば気軽に引き受けてくれるはずだ。

「今夜は無理なんです」ジャニーンは言った。「でも、いつかそのうちに」

「ええ、喜んで」気持ちが一分ごとに上向きはじめた。他人に親切にし、思いやりの気持ちを持つのは体にも心にもいいようだ。「さてと、用意してくれたドレスはどこにあるの？」

ジャニーンはプラム色のビロードのカーテンを引き、試着室に案内した。

「そこにかけてあります」手をのばし、一着をなでつける。「あらかじめ言っておきますが、スカート丈は短めで色は黒でなければだめだとデレインさんから強く言われているんです」

「カクテルドレスっぽいものってことね」セオドシアは言った。

「そうです」

「じゃあ、試着してみるわ」

ジャニーンは間仕切りのカーテンを引きながら言った。

「着替えたら、いったん出てきて、見せてくださいね」

けれども最初に試着したドレスはあまりにひどかった。伸縮性のあるジャージー素材のドレスは丈が短すぎるし、きつすぎるし、ひだを多く取ったスカート部分は風がちょっと吹いただけでもめくれあがって、下に着けているものが見えてしまいそうだ。

これは無理。

二着めはそれほどひどくなかったが、すてきというほどでもなかった。ワンショルダーのドレスにショールの組み合わせは、シチリアの未亡人が着ていそうな感じがした。

これでツーストライクと追いこまれた。

三着めはハンガーにかかっているときにはぴんとこなかったが、実際に着てみると、黒いシルクのドレスは驚くほど体のラインをきれいに見せてくれた。おなかのあたりと腰まわりがすっきり見えるし、ハートの形に切れこんだネックラインと肩のラインが白鳥を思わせる。

うん、これならいいわ。

ジャニーンが用意してくれた黒いハイヒールに足を滑りこませ、試着室の外に出た。判断をくだすのは三面鏡で確認してからだ。

「まあ、セオドシアさん」ジャニーンがセオドシアの姿を見るなり大声をあげた。「とってもお似合いです」

セオドシアは足音を忍ばせるようにして三面鏡の前まで行き、のぞきこんだ。そして、鏡のなかの自分にほほえんだ。このシースドレスはたしかによく似合っている。とても品よく見える。

「大きなお屋敷の暖炉の前でポーズを取ったら、《チャールストン・トレンズ》誌の社交ページにのせられそうですね」ジャニーンは言った。

「そんなことないわ」セオドシアはもごもごと言った。

「そんなことありますって」ジャニーンは前に進み出て、襟ぐりの具合を少し直した。「このドレスが第一候補だとは思いますが、こんなにすてきなセオドシアさんを見たら、デレインさんは焼きもちを焼くでしょうね」

「デレインが？　焼きもちを焼くですって？」まさか。

けれどもジャニーンは大まじめだった。「デレインさんが新しい恋人に首ったけなのをご存じないからですよ」ジャニーンは壁に耳があるとでも言うように、声をひそめた。「デレインさんたら、顔も服も完璧に見せたくて毎日必死なんですから。顔のマッサージやらマニキュアやらにものすごいお金を使ってるんですよ。若くてきれいに見せたいあまり、ボトックス注射までしたみたいです」

「そんなもの必要ないじゃない。デレインはいつ見ても、とてもすてきなのに」

「いいえ、今度ばかりはそうも行かないんです」ジャニーンは言った。「デレインさんは少しでもきれいになろうとひたすら努力してるんです。狂おしいほどの恋に落ちたら、そうしなきゃだめなんだそうですよ。常に相手の目を惹きつけておくためには」

「じゃあ、本当に彼女は狂おしいほどの恋に落ちたわけね」セオドシアは言った。いまつき合っている男性も、これまでつき合ってきた人と同じだと思っていた。だとしたら、もうちょっと腰をすえて、いまの彼氏のことを知ろうとするべきかもしれない。その人が本当に、彼女が心から愛する人ならば。

「その人と会ったことはあります？」ジャニーンが訊いた。

「ちょっとだけね。二秒も一緒にいなかったわ」

「わたしもジャイルズさんにお会いしたんです。とてもハンサムな方ですね」ジャニーンはそのときのことを思い出したのか、身震いした。「それに謎めいたところがあるし」

セオドシアはジャニーンに向き直った。「謎めいてるですって？　どんなところが？」

「ヨーロッパの方だから、アクセントがすてきで、礼儀作法も洗練されているじゃないですか」

「でも彼はあと一週間かそこらで帰っちゃうのよね」セオドシアは言った。「フランスに帰ることになってるんでしょ」

ジャニーンは残念そうにうなずいた。「そうなんです。でもデレインさんは、ずっとこっちにいてほしくて、なんとか説得してるみたいです」

「彼との結婚を望んでいるということ？」

「そうだと思います、ええ」

「そういうことなら、彼がデレインのために残ってくれるよう祈るわ」

ジャニーンは大きくうなずいた。「ところで……ドレスはお包みしましょうか？　それともそのまま着て帰られますか？　まだほかに試着するものがおありでしょうか」

セオドシアはくるりと向きを変え、鏡に映った自分と向き合った。

「いいかげん、決めなきゃね。そうねえ、きちんとした感じがしてすてきだし……ぴったり合う黒いハイヒールも持ってるし……」ネックラインに手をやった。「でも、このへんが少しさびしいと思わない？」

「ネックレスか、派手めのブローチでもつけたらいいんじゃないでしょうか」ジャニーンは言った。

「そう？」

「ブローチひとつでとっても華やかになりますよ。それもきらきらした素材のものなら絶対に」

セオドシアはもう一度、鏡に映った自分に目を向けた。美しいアクセサリーなら、心当たりがある。

セオドシアが〈ハーツ・ディザイア〉に駆けこんだとき、ブルックは店の真ん中に立って、大工やカーペット業者たちに指図をしているところだった。店の奥にかけたはしごの最上段では、職人がひとり、ぐらぐら揺れるのものともせずに、いくつものスポットライトを取りつけていた。

「セオドシア」ブルックはセオドシアに気づくなり声をかけた。「いい知らせを持ってきてくれたのかしら」

「シェプリー教授が容疑者リストからはずれたわ」セオドシアは言った。「昨夜、ＦＢＩ捜査官と話をしたんだけど、そのときに教授の容疑は完全に晴れたと聞かされたの」

ブルックは首を片側にかしげ、セオドシアの言葉をかみしめた。

「わたしも教授が事件の首謀者だとは思ってなかったわ。あなたの話からすると、たしかに変わり者だけど、宝石泥棒じゃなさそうだもの」彼女はため息をついた。「じゃあ、振り出しに戻ったわけ？」

「ううん、振り出しからは何日も前に脱出してる。いまは猫とネズミの追いかけっこの上級版をやってるようなもの」

それを聞いて、ブルックの顔にかすかな笑みが浮かんだ。「あなたが猫役なんでしょ？」

「だといいけど」

「ねえ、セオドシア。あなたは本当にいい人だわ。わたしのほうから力になってほしいと頼んだのはわかってる……頼んだというより、泣きついたと言ったほうが正解かもね。でも、国際的な宝石泥棒の話を聞けば聞くほど、あなたの身に危険がおよぶんじゃないかと気が気じゃなくなるの。あなたが冒険しすぎたらどうしようって」

「実はそのことで相談があるの」

ブルックは怪訝な顔をした。「どういうこと？」

「今夜のヘリテッジ協会のオープニングイベントに、とてもめずらしいアクセサリーを着けていきたいんだけど、どうかしら？」

「ええ、かまわないわ」ブルックは言った。「なにか借りたいなら、どうぞご自由に。金庫にいい品をいくつか隠してあるし」

セオドシアは要望の意図をはっきり言うべきだと心のなかで思った。「実はね、目をみはるような逸品をおとりとして着けたいの」

「おとり？」ここでようやくブルックははっとした顔になった。「そんな、だめよ、ハニー。そんなことをさせるわけにはいかないわ。高級なアクセサリーをこれ見よがしに着けたりしたら、あなたの身に危険がおよびかねないわ。だって、わたしの店を襲った男だか犯人グループだかが今夜のイベントに現われたらどうするの？　オペラの会場で女性からネックレスを奪った犯人が。あなたがひときわ美しいアクセサリーを着けてるのに気づいたら、あとをつけるに決まってるじゃない！」ブルックは首を左右に振った。「だめ、そんなの危険すぎる」

「でもね、わからない？　それこそわたしの作戦なの。男だか一味だかわからないけど、アクセサリーでおびき寄せておいて、それから……」

ブルックは片方の眉をあげた。「わざと奪わせるの？　わざと自分を襲わせるの？」

「そこへ警察がなだれこんで、逮捕するという筋書きなんだけど」

「正気の沙汰じゃないと思える行動にも理由があるのはわかるわ。それでもやっぱり……」

「よく聞いて。これが犯人を捕まえる唯一のチャンスかもしれないの」セオドシアは言った。

「犯人はそう遠くない将来、よそに行ってしまうかもしれない。べつの街にあるもっといいお宝を求めて。だから、お願い。やらせて」

「そう、話はわかったわ」ブルックは言った。「あなたのその目が本気だと訴えてるもの」

「じゃあ、やらせて。お願い」セオドシアは大きく息を吸った。「ケイトリンのためにも」

「セオドシア……」

「ティモシー・ネヴィルが警備員を大勢配置すると約束してくれたことだし」

「ええ、それはわかってる」ブルックは言った。「でもね、政府が保有している金の大半を保管しているとかいうフォート・ノックスから武器を持った警備員でも雇ったわけ？　それとも、海軍特殊部隊が番をしてくれるの？」

セオドシアがその質問には答えず、訴えるような目で見つめつづけていると、ブルックは友人の手を取って強く握った。

「わかったわ、セオ。あなたの勝ちよ。積極的に賛成はできないけど、今夜、見せびらかすのにうってつけのすてきなアクセサリーを選んであげる。でも、慎重のうえにも慎重を期するって、聖書にかけて誓ってちょうだい。不要な危険は絶対におかさないと約束して」

「約束する」セオドシアは言ったが、自分が大きな危険をおかそうとしているのはわかっていた。けれども、もう無駄骨ばかり折るのに疲れ、事態を少し進展させたくてしかたがなかった。ただ、どう進展するかは、そのときが来るまでわからない。

セオドシアがようやくインディゴ・ティーショップに飛びこんだのは、まもなく十一時になる頃だった。

「やっと来たか」カウンターにいたドレイトンが顔をあげた。彼はテイクアウト用に、二十個以上ものチョコチップ・スコーンを藍色の箱に詰めているところだった。「午前中はとんでもなく忙しいということにはならなかったよ……見てわかるとおり、お客は半分ほどだ。しかし、テイクアウトの注文の電話が鳴りっぱなしでね。半径十ブロック以内にあるコーヒーショップ、B&B、それに心配性のパーティ主催者が揃って当店のスコーンを大量に買おうとしているとしか思えんよ。それも大至急ときている。おかげでヘイリーはあらたに五十個近く焼かなくてはならなかった」

「それが問題なの？」セオドシアは訊いた。

「いや。ヘイリーは嬉々としてやってのけた。彼女がどれだけ頼りになるか、きみもよくわかっているだろう？しかも厨房はぽかぽかとして、なんとも言えずいいにおいがしていてね。砂糖とチョコレートとシナモンを混ぜ合わせ、おいしい食べ物の香りがする香水でも作ったみたいな状態になっている」

「それだってなんの問題もないじゃない」セオドシアは言った。「でも、ちょっとヘイリーの様子を見てくる」

「そこのアルミのミキシングボウルを取ってくれる？」セオドシアが厨房に足を踏み入れるなり、ヘイリーから唐突に頼まれた。ドレイトンが言っていたように、厨房はぽかぽか暖かく、幸せなくらいおいしそうなにおいがしていた。チョコレートに幸せを感じる人にしか理解できない表現かもしれないけれど。

セオドシアは横に目を向けた。「いちばん上の段にある大きいボウルのこと？」

「うん。それ」

セオドシアはボウルをつかんだが、ちょっとお手玉してからヘイリーに渡した。「ドレイトンが言ってたけど、スコーンを追加で焼くことになったんですって？」

ヘイリーはすばやくうなずいた。「うん。テイクアウトの注文がひっきりなしにきたんだもの。だから、チョコチップ・スコーンを五十個ほどよぶんに焼いて、このあとマラスキーノチェリーのスコーンを四十個ほどつくる予定。それが終わったら、へなへなとくずおれて、きょうの仕事はおしまい」ヘイリーは砂糖が入った缶を持ってふたをはずした。「きょうは予定どおり、早めに閉店するんだよね？」

「一時半頃にね。お客さま全員を誰ひとり怒らせることなく、さりげなく帰したらすぐに」

「よかった」ヘイリーは計量スプーンを出して、砂糖を量りはじめた。「今夜のアンティーク展のことをしばらく前から考えてたんだけど、やっぱりあたし、楽しみにしてた気がする」

「それはうれしいわ。行くことにしてくれてよかった」ヘイリーはふだん、フォーマルなイベントには関心をしめさない。とくにヘリテッジ協会で開催されるものは、ボヘミアン気質の彼女にはちょっぴり息が詰まるらしい。「なにを着ていくか決めたの？」

ヘイリーは顔をあげた。「このあいだセオに借りた濃紺のドレスにしようかなと思うんだ。かまわない？」

「ええ、もちろん。だいいち、いまもあなたのところのクローゼットにかかったままでしょ」

「うん……まあね。でも、まずいようなら……」

「まずいわけないわ」セオドシアは言った。「だいたいにして、わたしのほうはもう、〈コットン・ダック〉までひとっ走りして、新しい黒いドレスを買ってきたんだし。もっとも、強制されたも同然で、厳密に言うとデレインがかわりに選んでおいてくれたものなんだけど」

「デレインはいたの？　店でだらだらしてた？」

「ううん、ありがたいことにね」

ヘイリーはおかしそうに笑った。「デレインって足首に嚙みつく犬よね、そう思わない？」

「え？」

「だから、ちっちゃなトイプードルみたいに、足首のまわりで跳ねたり、きゃんきゃん吠えたりするって意味」

「デレイン本人はそうは思っていないはずよ」

「それで」とヘイリーは言った。「デレインはセオのためにどんなドレスを選んでくれたの？かっこいいやつ？　それともうんざりするようなデザインのドレス？」

「上品な感じよ。あなたも気に入ると思うわ」

「でも、肝腎なのは、あたしにも着られるかってことなのよね」ヘイリーは言った。「いつかってことだけど」

「きっと大丈夫。自分で焼いたスコーンを次から次へと食べたりしなければね」

「わかってるってば。そこはちゃんと気をつけないとね。自分の成功の証しにはなりたくないもん」

「そう言えば、きょうのランチのラインアップはなんなの？」

「めちゃくちゃ簡単なのにしたわよ」ヘイリーは言った。「トマトのビスクスープ、エッグサラダをはさんだティーサンドイッチ、小さめに作ったチキン・ウェリントン」

「チキンのウェリントン？　いままで出したことがないメニューね」セオドシアは言った。

「というより、はじめて聞いた名前だわ」

　ヘイリーはにんまりと笑った。「そりゃそうよ。あたしがついさっき考えついたんだもん」

　自宅でゆっくり午後を過ごしたのち、セオドシアはアール・グレイをたっぷり散歩させ、帰宅後は泡風呂にした浴槽に浸かった。熱くてすべすべした湯のなかで体をほぐし、のんびりくつろいでいると、思ったとおり、いつの間にか今夜のことを考えていた。ヘリテッジ協会が展示会のために本物のファベルジェの卵の調達に成功したことや、出席すると思われる裕福なパトロンたちについて、思いをめぐらした。

それに、もちろん、卑劣な窃盗集団がもぐりこむ可能性についても。飢えた目をし、なにか盗むものはないかと考えている、招かれざる客が忍びこむかもしれないのだ。

きちんとした招待状を持った人たちのなかにも、ファベルジェの卵をかすめとる機会をうかがっている者はいる。まずライオネル・リニカーが、つづいて、サブリナとルークのアンドロス夫妻が頭に浮かんだ。残りのふたりの容疑者——ビリー・グレインジャーとマーカス・クレメント——は来ないだろう。でも、断言はできない。ひょっとしたらひょっとするかもしれないのだから。

浴室のタイルを爪が叩く音が聞こえ、顔をあげるとアール・グレイがのぞいていた。

「わかってる。全身がふやけてるし、遅刻しちゃうよって言いたいんでしょ。いまからフルスピードでやるわ」

アール・グレイは二階の小塔の部屋に置かれたすべすべのクッションの上で丸くなり、セオドシアはスリップ姿であわただしく準備に駆けまわった。デレインから以前、もっとアイメイクを濃くしなさいと指導されたことがあるので、今夜はその言葉に従い、鏡の前に立って、ベージュのアイシャドウを少々塗り、茶色のマスカラをつけ、さらに二度塗りした。

このくらいで充分。タランチュラみたいな目にはしたくないもの。唇にはシャネルのリップグロスを少しつけるだけにした。髪をまとめているプラスチックのクリップをはずす。鳶色の髪が肩のまわりに落ち、ラファエロが描いたロマンチックな絵のなかの天使のような風貌になる。大きなブラシを手に取り、癖毛をおとなしくさせようとした。けれどもブラッシングすればするほど、髪はますます跳ねて収拾がつかなくなった。

湿度が高いときみたいに、ボリュームが倍にならないだけましだわ。つやつやしたボブカットやしゃれたピクシーカットのセレブたちに交じったら、なにも手をかけていないように見えるわね。

「ウー」

セオドシアは浴室を出た。「どうかした？」アール・グレイが窓のところに立って、鼻を窓ガラスに強く押しつけ、裏庭をじっと見つめていた。「なにか見える？」

「ガルルル」毛が逆立ち、尻尾が垂れている。

「誰か裏庭にいるの？」セオドシアも窓のところへ行って、下を見おろした。「また、アライグマが来たの？」

しかし、動いているものはなにも見えない。きらきらした目が見あげていることはなく、ふさふさの尻尾も見えなかった。

「なんでもなさそうよ」セオドシアは言った。「もう警戒を解いてもいいわ」

けれどもいい番犬の例に洩れず、ひたむきで冷静なアール・グレイは持ち場を離れようとしなかった。

セオドシアは買ったばかりの黒いカクテルドレスに着替え、黒いビロードのハイヒールに足を入れた。ウェーブのかかった髪をうしろにとかしつけ、おばのリビーからもらったダイヤのスタッドイヤリングを着けた。最後に、ブルックに借りたブローチをとめた。準備が終わって鏡に全身を映してみると、ブローチ以外はまるでバックグラウンドノイズも同然だった。ルビーとダイヤをあしらった光輝くブローチが完全に主役の座を奪っていた。ドレスの胸もとでいくつもの宝石が無数の光の点となってきらめいた。

鏡に背を向けて出かけようとした瞬間、豪華なブローチが誘うように光った。まるでこうささやきかけてくるようだった——盗めるものなら盗んでごらん。

26

「セオドシア」ドレイトンが驚いた声を出した。「今夜はまた、輝くばかりにきれいじゃないか」その言葉にたがわず、ほれぼれとした表情を浮かべている。

「ありがとう」

セオドシアはついさきほどヘリテッジ協会の大広間に足を踏み入れたばかりだが、すでに上品なドレスをまとった女性とタキシードを着こんだ男性にまわりをびっしり囲まれていた。シルバーのトレイを手にしたウェイターたちがフルートグラスに入ったフランス産のシャンパンを人々に勧め、奥のほうでは弦楽四重奏団がヴィヴァルディの明るいメロディを奏でている。ドレイトンはと見れば、ブルックスブラザーズのフィッツジェラルドというひとつボタンのタキシードに赤いカマーバンドで決めていた。

「見てのとおり」ドレイトンは満足そうな顔で、仰々しい仕種で腕を人混みに向けてひと振りした。「ヘリテッジ協会史上、記録的な人出になったよ」

セオドシアは裕福そうな人々を見わたした。上流階級の女性たちが音だけのキスを交わし、男性たちは握手をしながらお互いの事業やゴルフのスコアを讃え合い、ひとりで来ている人たちがぶらぶらと歩いている。「すごいじゃない。いったい、どのくらいの人が来ているの？」

「最後に見積もったときには、三百人を若干超えていた」

「いいことなのか悪いことなのか、なんとも言えないわね」

ドレイトンの顔がたちまちくもった。「きみと同じで、わたしもファベルジェの卵によくないことが起こるのではないかと、心配でたまらんのだよ」

「マザーグースにもあるものね。〝ハンプティ・ダンプティが落っこちた〟って」セオドシアはひとりごとのようにもごもご言った。「そう言えば……警備員の数は多くなってるの？　警備を強化したんでしょ？」

「ティモシーが増やしたと言っている以上、それを信じるしかあるまい。警備員のほとんどは私服で、招待客にまぎれこんでいるらしい」

「ところで主賓はどこ？　見事なファベルジェの卵はどこにあるの？」セオドシアはあたりを見まわした。油彩画、大理石の彫像、本物のポール・リヴィアのものと思われるスターリングシルバーの水差し。でも卵はどこにもない。

「最後の最後で、ティモシーが指示し、展示ケースを大広間の奥に移動させたのだよ」ドレイトンが説明した。「ファベルジェの卵をど真ん中に置いておくよりは、壁際のほうが安全だと判断したらしい」ドレイトンは当然だという顔をすると、セオドシアの肩に手を置き、押し返してくる人混みをかきわけるようにして案内した。

ファベルジェの卵まであと十五フィートというところまで来ると、感嘆にも似たつぶやきが聞こえてきた。〝見事だ〟〝すごい〟〝いったいいくらするのかしら〟という言葉が次々に耳に届いてくる。

「実際のところ、いくらするの？」セオドシアは押し合いへし合いして先頭に向かいながらドレイトンに尋ねた。

「まずは自分の目で見てからだ」ドレイトンは言った。

さらに二歩進んだところ、突然、目の前に現われた。赤いルビーが埋めこまれた、みごとなまでに美しい皇帝のファベルジェの卵が。二十四金でできた繊細な渦巻きの台座に置かれた卵は、セオドシアがこれまで見たなかでも一、二を争うほどすばらしいものだった。

「なんてすてきなの」セオドシアは驚きのあまり、声が大きくなった。「とってもきれい」

過去に本物のファベルジェの卵を見たことは一度もない。サザビーズのカタログの写真で見たくらいだ。はっきり言って、光沢仕上げの写真ではファベルジェの卵の美しさを正確には伝えられるはずがない。目の前にあるこの卵は息をのむほど美しかった。

「すばらしいだろう？」ドレイトンは臆面もなくにやけていた。「卵の真ん中にルビーが飾られているのがわかるかね？」

「ええ、わかる」

「上のほうにも下のほうにもダイヤが十列ほど飾ってあるのもわかるかね？」ドレイトンは手をさっと動かした。

には充分だろう。

「すてき」使われているダイヤをひとつプレゼントされるだけでも、女性をうっとりさせる

「それに、ゴールドで描いた模様を見てごらん。ロシア帝国の紋章の鷲《わし》と美しい渦巻き模様とが途切れなくつながっているだろう?」ドレイトンは指をくねくね動かした。「アールデコの流行を予感させるようなデザインだとは思わんか?」

セオドシアはまたうなずいた。「たしかにそうね」

「思わず惹きつけられてしまうだろう?」

「ええ」ほかの人たちも同じように惹きつけられているらしく、誰もが一心不乱に卵を見つめている。

しばらくして、ドレイトンはセオドシアに目を向けた。「おや」彼は目を細くし、一歩うしろにさがった。「ドレスにとまっているのはいったいなんだね?」

セオドシアは手をルビーのブローチのところに持っていった。「これのこと?」

「もちろん、そこに着けているブローチのことを言っているのだよ。王冠にはめこまれた宝石よりもたくさんのダイヤとルビーがついているやつだ。そうとう値の張るものと見える。まるで……なんと言うか……」彼は横目で卵をちらりと見やった。「まるで、このファベルジェの卵の片割れみたいではないか!」

セオドシアはドレイトンの袖をつかむと、うっとりした顔の集団から連れ出した。「実際にとても高価なものなの」と説明した。「ブルックから借りたのよ」

「おかしいな」ドレイトンは少しそわそわしはじめた。「彼女のところのアクセサリーは日曜の事件ですべて盗まれたものとばかり思っていたが」

「このブルガリのブローチはオフィスの金庫にしまってあったんですって。とても貴重で高価なものだからでしょうね」

「そうか」ドレイトンはいかめしい顔になってセオドシアをにらんだ。「では、なぜそんなものをきみが着けているのだね？　しかも、どうしてわざとらしく見せびらかしている？」

セオドシアが答えるより先に、ドレイトンは片手を額に当てた。「ああ、そういうことか。わざとそのブローチを着けているのだろう、ちがうかね？　追跡用の発信器よろしく、そんなぴかぴかしたものを見せびらかして歩いているのは、宝石泥棒の目を惹こうという魂胆にちがいない」

セオドシアは唇を尖らせた。「べつに見せびらかしてなんかいないわ」

ドレイトンはセオドシアの目をじっと見つめた。「いいや、見せびらかしているとも」

「わかったわよ」セオドシアは言った。「たしかにこのブローチは人目を惹いてる。それがなにか？」

「ぞっとするよ」ドレイトンは言った。「恐ろしい宝石泥棒が今夜も現われたら、きみ自身が標的になるんだぞ」

「そんなことにはならないわ」セオドシアは言った。それでもドレイトンがにらみつづけているのを見て、洗いざらい話したほうがいいと判断した。「そうね、このブローチがもしかしたら宝石泥棒の目を惹くかもしれないとは思ってる。でも、そうすれば彼らをあぶり出せるわけだからいいと思わない？」

「いいわけがないだろう」ドレイトンは言った。いまにも頭に血がのぼりそうな顔をしている。「とんでもない計画だ。だから、いますぐきみをここから連れ出す。いますぐにだ。さあ」

セオドシアはドレイトンから遠ざかった。「ドレイトン……」この計画がうまくいくか、とりあえずためしてみたい。

「ブルックがそんなものを貸したなんて、とても信じられんよ」ドレイトンは怒ったように言った。「まったく彼女もどういうつもりなんだか」そう言うと困惑したように首を振った。

「いや、彼女がなにも考えていないのはあきらかだ。わたしが冷静でよかった」

「連れ出そうとしたって、そうはいかないわ」セオドシアは少し唖然としていた。こんなにも頑固なドレイトンは見たことがない。

「だったら、そいつをティモシーのオフィスでしばらく預かってもらおう。さあ、おいで」

セオドシアはがっくりと肩を落とした。「いやよ、そんな……本気で言ってるの？」

しかし、ドレイトンが彼女を人混みから連れ出そうとしたそのとき、ライオネル・リニカーがふたりの目の前に現われた。着慣れない黒いタキシードに身を包んだ彼は、グロテスクなかかしを思わせた。

「ドレイトン！」リニカーは昂奮した声で呼びかけた。「このすごい人出を信じられるかい？」リニカーはセオドシアを見ると口もとをゆるめてほほえんだ。「やあ、ミス・ブラウニング、またお会いできましたね」

「こんばんは、リニカーさん」セオドシアは言った。リニカーに会えてことのほかうれしかった。理由その一、彼をしっかり見張っておけるから。理由その二、これでジャガイモ袋よろしくティモシーのオフィスまで引っ張っていかれることがなくなったから。

「ライオネル」甘ったるい女性の声がした。「シャンパンを持ってきてあげたわよ」いつの間にかグレイス・ドーソンが近くに来ていた。裾に黒いふわふわのオストリッチの毛皮がついた、黒いストラップドレスを着た彼女は、小柄ながらとてもエレガントだ。左右の手にひとつずつ、シャンパンのグラスを持っていた。「べつにひとりでがぶ飲みしようっていうんじゃないのよ」彼女は笑いながら言った。

セオドシアとドレイトンは笑顔で彼女に挨拶をし、それからセオドシアが言った。

「ファベルジェの卵はもうご覧になった？」

グレイスは片方のグラスをリニカーに渡してから言った。

「ええ、見たわ。わたしたち、早く着いたから」

「見事だったろう？」ドレイトンが言った。彼はそわそわした様子で何度もセオドシアに目をやっている。まだ、ここから連れ出すつもりでいるのだろう。

「以前、マイアミでひらかれた高級品のオークションで青いファベルジェの卵を見たわ」グレイスは言った。「パームビーチにある古いお屋敷にあったものらしいんだけどね。青く塗った上からゴールドの網目模様がほどこされていて、とにかく豪華だった。でも今夜の卵のすばらしさにはおよびもつかないわ。あれはまさしく――」グレイスは適確な言葉を探すような表情をした。「――まさしくお宝よ」

「通りまーす！　ちょっと通してくださーい！」大きな声が響いた。セオドシア、ドレイトン、リニカー、それにグレイスの四人はいそいで道をあけ、チャンネル8の技術者ふたり――ひとりはビデオカメラを持ち、もうひとりは大きな照明をあぶなっかしく抱え、腰にバッテリーパックを装着していた――が無愛想に人混みをかき分けていった。

「テレビ局の連中が到着したようだ」リニカーが言った。

「なんだって？」ドレイトンはリニカーに顔を振り向けた。

「あれ、知らなかったのかい？」リニカーは言った。「チャンネル8が展示会の取材をすることになってるんだよ。何人かをインタビューするし、場合によっては十時のニュース番組のなかで生中継することになるかもしれないそうだ」

そのとき、『きょうのチャールストン』の司会をつとめるウェストン・キーズがどこからともなく現われた。

「すみません、通りますよ」キーズは言いながら、人混みを肩で押しのけるようにしてやってきた。ファンデーションをぶ厚く塗り、いかにも高そうなタキシードを着ている。

「まあ」グレイスは感心したように言った。「あのタキシードはブリオーニだわ」

「高いのかい？」少しいらいらした様子でせかせか前を通りすぎていくキーズを見ながらリ

ニカーが訊いた。

「ええ、もちろん」グレイスは言った。

見ると、人々の頭より高いところに長い棒につけたライトが突き出し、それがファベルジエの卵がおさまっているガラスケースの近くであぶなっかしく揺れはじめた。しかし、あわやというところで引っこんだ。とりあえず、災難はひとつ回避できた。

「連中はティモシー・ネヴィルにインタビューするつもりなんじゃないかな」リニカーはそう言うと、グレイスにほほえんだ。「さあ、見にいこう。きっとおもしろいよ」

しかし、セオドシアとドレイトンはあとに残った。

「テレビ局が取材に来るなんて知ってた?」セオドシアはドレイトンに訊いた。

ドレイトンは首を横に振った。「いや、まったく。それどころか、報道合戦みたいなものは不愉快きわまりないと思っているよ」

「でも、いい宣伝になるかもしれないわ。アンティーク展は日曜には一般公開されるんだもの、そうじゃない?」

「まあな」

「でしょう?」テレビカメラというある種の神の目が、不審な動きをとらえるべく待機していれば、ファベルジェの卵を失敬しようというもくろみをふせぐ役割を果たしてくれそうだ。

ドレイトンがセオドシアを軽く押した。「ヘイリーがいる」彼は手を振った。「ヘイリー、こっちだ」

借り物の濃紺のドレスで若々しくあでやかに装ったヘイリーが、急ぎ足でやってきた。

「セオにドレイトン、どうかした?」ブロンドのロングヘアをお団子に結いあげ、頬に明るい色を足した彼女は、どこから見ても純情な少女のようだ。

「チャンネル8の人たちがファベルジェの卵を撮影するために、いましがたやってきたの」セオドシアは言った。

ヘイリーは顔をほころばせた。「本当? テレビが来てるの? うわあ、かっこいい」

「子どもだな」ドレイトンがつぶやいた。

「いまのはどういう意味、ドレイトン?」ヘイリーは訊いた。

ドレイトンは肩をすくめた。「べつに。つまらんことを言っただけだ」

「ねえ」ヘイリーはセオドシアに言った。「そのドレス、とってもすてき。胸もとのきらきら光るブローチもきれいだわ」

「ありがとう」セオドシアはヘイリーの手をつかんだ。「今夜、一緒に来てくれてとてもうれしいわ」

ヘイリーはにやりとした。「えっと、べつにセオたちと一緒に来たわけじゃないよね」

「わかってるくせに。そういうことにしておけば、ドレイトンの理事としての株があがるのよ。あなたの名前をほかのパトロンたちと同じリストにくわえるだけでね」

「わかった」ヘイリーは言った。彼女はきょろきょろあたりを見まわしていたが、ふいにその口もとに笑みが浮かんだ。「なにか飲みたいな」

「わたしにまかせなさい」ドレイトンがウェイターに手を振ると、相手はそれに気づいてうなずき、三人に向かって歩きはじめた。「さあ、来たぞ。あの若者が手にしているトレイには飲み物が……」

「最高」セオドシアが言うと、ウェイターは彼女の前でうやうやしく足をとめた。背が高く、目は温かみのある茶色、長い髪を後頭部の低い位置でひとつにきちんとまとめている。セオドシアはトレイからシャンパンの入ったフルートグラスを取り、若いウェイターにお礼の意味をこめてほほえんだ。次の瞬間、彼女の顔から笑みが消えた。

「ちょっと待って……前に会ったことはある？」若者の顔がはっきりとした像を結びはじめ、セオドシアは口ごもった。「も、もしかして、あなた……？」

「ビリー・グレインジャーよ」ヘイリーが言った。

セオドシアは自分の口があんぐりあくのがわかった。「あなた……ここのウェイターをしてるの？」尖ったかすれ声しか出なかった。

グレインジャーは片手を背中にまわし、手慣れた様子で会釈した。

「なんなりとお申しつけください」

27

セオドシアが落ち着きを取り戻したときには、グレインジャーは飲み物ののったトレイを持っていなくなっていた。

「いったいどういうこと?」セオドシアはヘイリーに訊いた。ヘイリーに一杯食わされたような気がしてしょうがなかった。

「バイクに乗っていないから、すぐにはわからなかったよ」ドレイトンが言った。

しかしヘイリーは目を大きくひらいて、すっとぼけている。

「ふたりともなんでそうおかしなことを言うの? あれがビリーの仕事。彼はウェイターなの。知ってるとばかり思ってた。マーケット・ストリートにある〈エリントンズ・チャー・ハウス〉っていうステーキ専門店で働いてるの」

「それはいいのよ、べつに」とセオドシアは言った。「でも、ここでなにをしてるの?」

「べつに秘密でもなんでもないわ」ヘイリーは言った。「〈エリントンズ〉が今夜の展示会のケータリングを請け負ってるんだもん。だから、今夜、ビリーはここで働いてるってわけ。ちょっとおもしろいでしょ。だから、あたしもこうして来てみたの」

「彼がいるのを知ってたの？」セオドシアは訊いた。

「もちろん」ヘイリーは言った。「それにメリットもあるんだ。彼と一緒だと、ひと晩じゅう、ただでドリンクが飲めるもの」

「このイベントのドリンクはそもそも無料よ」セオドシアは言った。

「そう……だったら、うんとサービスしてもらえるとか」

「まだまだ若いな」ドレイトンが言った。このときは、声を低めようともしなかった。


「やれやれだわ」セオドシアはドレイトンに言った。「ヘイリーってあんなに脳天気な子だったかしら？」

「いまの質問に答えるなら、イエスだ。屈託というものとは無縁の子だよ」

「わたしたちをかつごうとしたとは思わないのね」

「あの子の動機がなにかなど、わたしにわかるわけがなかろう」

「ふう」

「なにが、ふう、なんだね？」ドレイトンは訊いた。

「まだシャンパンをひとくちしか飲んでないのに、頭がくらくらしてきちゃった」セオドシアは言った。「ねえ、カナッペでも食べない？」リニカー、ヘイリー、グレインジャーの登場でドレイトンの気がそれて助かった。セオドシアを人目につかないところに追いやろうとしていたことなど、すっかり忘れたようだ。

「そろそろ料理が出はじめる頃だろう」ドレイトンはセオドシアの腕をつかみ、ビュッフェテーブルに案内した。「こっちだ。いらだたしいほどの人混みとは反対側の、テレビカメラのまぶしい光が届かないあたりだ」

〈エリントンズ〉のカナッペは見るからにおいしそうだった。シルバーのチェーフィングディッシュにはカニの爪、チーズパフ、牡蠣《かき》のグリルが山盛りになっている。シルバーのトレイには、クラッカー、フランスの田舎風パテ、チーズ、スモークフィッシュが見映えよく並べてあった。

「このおいしそうなチーズはなんというのだね？」ドレイトンがビュッフェテーブルの奥にいたケータリング業者に訊いた。

「カムデン近くのウェッジウッド農場で製造している、手作りブルーチーズです」

「いや、すばらしい」ドレイトンは言った。

業者はほほえんだ。「ええ、おっしゃるとおりです。お気に召していただけることと思います」

「わたしのほかにも牡蠣が好きな人がいるようですね」セオドシアのそばで声がした。

顔をあげると、ジマー捜査官がほほえんでいた。あまりに悠然としていて、見違えるようだった。「こんばんは」セオドシアは戸惑いながら応じた。「こんなところでお会いするとは奇遇ね。今夜はおひとりなの？　それとも頼りになる相棒も一緒かしら」

「ハーリーはそのへんにいるはずです。おそらく、飲みものを取りにいっているんでしょう」

「お仕事中に飲んでもいいとは知らなかったわ」セオドシアは言った。

ジマー捜査官は首を少し傾けた。「仕事中と言いましたっけ？」

「あら……そう」ふうん、とセオドシアは心のなかでつぶやいた。堅物の法執行官のわりにはチャーミングだわ。

「失礼」ドレイトンがふたりのあいだから手をのばし、クラッカーを一枚取った。「いい夕キシードをお召しですな」

「ありがとうございます」ジマー捜査官は言った。「借り物ですがね」

「そうではないかと思っていました」ドレイトンは言った。「では、またのちほど」彼はセオドシアに〝ついてきたまえ〟と目顔で伝えると、円形のハイテーブルとスツールがひとかたまりになっているほうへと連れていった。

ヘリテッジ協会はその場所を和気藹々《あいあい》としたワインバーにしたかったようだが、実際には借り物のテーブルとわずかばかりの鉢植えの植物が点々とあるだけだった。

「気詰まりだったな」ドレイトンは皿とグラスを落とさないよう気をつけながら、人混みをかきわけていった。

「ジマー捜査官は愛想よくしようとしてただけだと思うわ」セオドシアは言った。まさか、さっきの会話にそれ以上の意味があったの？　わたしをデートに誘うつもりだったとか？

「捜査官はあくまで仕事としてやっているのだよ。そしておそらく、きみからなにか聞き出すつもりだったにちがいない」

「かもね」セオドシアはドレスの裾がずりあがらないよう注意しながらハイスツールにすわった。「そう言えば、シェプリー教授を見かけないわね」

「本人が言っていたように、サヴァナに戻ることにしたんだろう」ドレイトンは言った。

「もうあの男は無関係だよ」

「そう願うわ。ひょっこりやってきて驚かさないでくれるといいけど。ビリー・グレインジャーみたいなのはごめんだわ」

「グレインジャーは正確に言えば客ではないぞ。仕事で来ているのだからな」

セオドシアは天を仰いだ。「揚げ足を取らなくたっていいじゃない」

それからふたりは十分ほど、食べ物をつまみながらおしゃべりを楽しんだ。その間ずっと、セオドシアは人混みに目をこらし、ちょっとでも不審な様子の人はいないか、もぐりこんできたような人はいないかと見張っていた。そう、たとえば……東欧から来た人とか？

「不届き者の外国人は見つかったかね？」ドレイトンが訊いた。

「なぜ、わたしがしてることがわかったの？　そんなに露骨だった？」

ドレイトンはカニの爪をひとつ、品良くつまんだ。「そうとも。それからいちおう言っておくが、胃がきりきりと締めつけられる感じがしているよ。ジマー捜査官と鉢合わせしてからずっと」

「捜査官はきっと不安なのよ」セオドシアは言った。「それはわたしたちも同じ。だってできているのだからね」
「それはありえんだろう」ドレイトンは言った。「なにしろここの壁は百年も昔の花崗岩で
……いつ強盗一味がハンヴィーで突っこんでくるか、さっきからずっと待ってるんだもの」
「あら、誰かと思ったら」聞き覚えのある声がした。
手にしたシャンパングラスごしに目をやると、サブリナ・アンドロスがほほえんでいた。
まるで宝くじに当たったのかと思うほど、喜びいっぱいの笑顔だ。彼女のうしろにはこざっ
ぱりしたタキシード姿のルーク・アンドロスが立っていた。
「ふたりとも、南アメリカに向けて旅立ったとばかり思ってた」セオドシアは思わず口走っ
た。本当に言いたかったのは〝なんてことなの。あなたたちふたりにも目を光らせなければ
いけないわけ?〟だったけれど。
「あら」サブリナは笑みを引っこめた。「なぜわたしたちの予定をご存じなの?」
「えっと……グレイス・ドーソンがそう言ってたから」セオドシアは言った。「きのうスパ
であなたと顔を合わせたとかで」
「あの人ったら、なんでもかんでも吹聴してまわるんだから」サブリナは言った。「たしか
に、ルークはお客さんに会いに行くことになってるわ。でも、出かけるのは明日の朝いちば
んよ」彼女はあたりを見まわした。「このイベントはなにがあっても見逃すわけにはいかな
いもの。こんなに大きなイベントがヘリテッジ協会でおこなわれるのははじめてだし」サブ
リナはしのび笑いを洩らした。「チャールストンの名家がこんなにたくさん集まってるのを

見るだけでもわくわくしてきちゃう」

「楽しんでいるようでよかったよ」ドレイトンが言った。

「ファベルジェの卵をこの目で見るチャンスを逃す手はないですからね」ルークは言った。

「ぼくたちふたりとも、ファベルジェの卵がものすごく好きなんです。サンクトペテルブルクを訪れたときなど、ファベルジェ博物館をのぞくためにわざわざ寄り道したくらいですから」

「あれで味をしめたから、これも見にくることにしたのよね」サブリナが言った。

「ふたりともファベルジェの卵と聞くと、いてもたってもいられない性分で」ルークが言った。

「それはみんな同じよ」セオドシアは言った。喉が渇きはじめ、危険が差し迫っているという妙な感覚をおぼえた。このふたりは宝石泥棒なの？〈ハーツ・ディザイア〉の商品を根こそぎ奪い、今度はファベルジェの卵を奪って逃げるつもり？　それともあくまで、上流階級の仲間入りをしようと躍起になっているだけ？

「とは言え、当然のことながら、ファベルジェの卵はばか高いですからね」ルークが言った。

「残念よねえ」そう洩らしたサブリナの目がきらりと光った。彼女はセオドシアに歩み寄ると、遠慮がちに言った。「あなたが着けてるお花のブローチも、めちゃくちゃゴージャスだわ。思わず見入っちゃった」

「たしかに、とても美しい」ルークも言った。

「訊いてもいいかしら」サブリナは言った。「あなたのものなの？　おうちに代々伝わるジュエリーだとか？　それともきょうのためにお店で借りたもの？　だって、ものすごい値打ちものみたいだから」

セオドシアはどう答えたものかわからず、こう言った。

「ありがとう。このブローチはわたしのものじゃないの。借り物よ」それからドレイトンに目を向けた。「実は、そろそろ下の金庫に戻したほうがいいと、いまさっきドレイトンに言われたところ。そうよね、ドレイトン」

「そうとも」ドレイトンはセオドシアの意図をきちんと理解して言った。「用心するにこしたことはないからね。きちんとした人しかいない場所でもだ」

セオドシアが不安な気分になるほど、ルーク・アンドロスが近づいてきて、ルビーのブローチをじろじろながめた。「このルビーとダイヤを見てごらん。典型的なブルガリのデザインだ」

「これだけのレベルの職人技にはめったにお目にかかれないわね」サブリナが言った。「ええ、たしかにそうとうな値打ちものだわ」

セオドシアはサブリナとルークが人混みのなかを歩きまわり、握手をしたり、臆面もなく自己紹介してまわる様子をじっと見つめた。「あのふたり、薄気味悪いわ」

「わかるよ」ドレイトンは言った。「たしかにあの夫婦はちょっとあやしいな」

「このブローチのこと、あなたの言うとおりだった」

「というと？」

「もう……もう着けていたくない」

「ようやく理性的になってくれたか。怖くなったのだね？」

「サブリナとルークが現われて、ブローチのことを大げさにあれこれ言いはじめたせいよ」

セオドシアは留め具を探りあて、ルビーとダイヤのブローチをドレスから慎重にはずした。

「あなたが持っていて」

ドレイトンは受け取れないというように両手をあげた。「いや、だめだ」

「盗まれないようにしておかなきゃ」

ちょうどそのとき、ヘイリーがふたりのテーブルのそばを通りかかった。

「ヘイリー」ドレイトンはちょいちょいと招くように人差し指を曲げのばしした。「ちょっと頼まれてくれないか」

「いいわよ。ドレイトンの頼みならなんでも聞くわ。どうかした？」

「ここに来てからティモシーを見かけたかね？」

「えっと……うん、見かけた。十分くらい前だったかな。小麦色のファンデを塗ったテレビ局の人を相手に、お決まりの話をしてるところだった」

「ティモシーのところに行って、彼のオフィスの鍵を借りてきてもらえないかね？　わたしに言われて来たと言えばいい。ちょっと保管したいものがあるんだと言いなさい」

「うん、わかった」ヘイリーは言った。

ドレイトンは立ちあがった。「ドアの近くで待っているよ。エトルリアの硬貨が展示してあるすぐ横だ」

ヘイリーは敬礼した。「すぐ戻るね」

「ありがとう」セオドシアはドレイトンにお礼を言い、ふたりは正面ドアに向かってのんびり歩き出した。「このブローチが安全な場所に保管されれば、わたしもあなたも安心できるわね。あなたの言うとおりだった。今夜これを着けてくるなんて軽はずみもいいところだったわ」

「本当になにか起こりそうな感じがするな」

ドレイトンがそう言うが早いか、か細くて甲高い悲鳴が響きわたった。

「いったい何事だ？」ドレイトンはさっと首をめぐらした。「傷を負った動物のような声だったぞ」

「でも、聞こえたのは廊下からよ」セオドシアは言った。

ふたり揃ってドアを出ると、デレインにまともにぶつかった。赤らんだ顔がむくみ、涙の筋がいくつもつき、感情が高ぶっているのか肩を激しく上下させている。

「デレイン」セオドシアは叫んだ。「ねえ、どうしたの？　なにがあったの？」

「レ、レナルドが！　ものすごくいじわるなことを言うの！」

デレインの最新の恋人、レナルド・ジャイルズが、どこか決まり悪そうな顔で数フィート離れたところにたたずんでいた。

セオドシアはジャイルズに歩み寄った。「いったいデレインになにをしたの?」

ジャイルズはうろたえた顔になった。「べつに。急にヒステリーを起こしたんです」

「彼女が動揺してるのは見ればわかるわ。どうしてそうなったかと訊いてるの」

ジャイルズは両腕を大きく広げ、ヨーロッパ人らしく肩をすくめた。

「いつまでもこっちにいるわけにはいかないと彼女に伝えたんです。フランスに戻らなきゃいけない、戻らないと会社をクビになるとはっきり言ったんです」

デレインは手で顔をせわしなくあおぎながら、震える声で言い返した。

「もっと長くいるって言ったじゃない」

「だから長くいたじゃないか。二週間近くもよけいに。でも……しょうがないんだよ」彼は両手を大きく振った。「ああ、もう《モン・デュー》」

ドレイトンはセオドシアをちらりと見やり、低い声で言った。

「ただの痴話喧嘩だった」

セオドシアはうなずいた。デレインが男性のことでわれを失うのは、これがはじめてというわけじゃない。たしかにいまは傷ついているが、いずれ立ち直るはずだ。これまでもずっとそうだった。

けれどもいまは、被害者意識にひたって大騒ぎする自分に酔っている。

「あたし、どうすればいいの?」そう言ってセオドシアの胸に飛びこんだ。

セオドシアはしばらくはいたわるように抱きしめていたが、やがて、肩からデレインの指をどけた。爪が食いこんだところにくっきり跡がついているにちがいない。

「さあ、いいかげん涙を拭いて、パーティを楽しまなきゃ。ジャイルズと一緒でも、一緒でなくても好きにすればいいわ。友だちとおしゃべりするのでもいいし、その気があるならべつの男の人を見つけたっていい。でも、くだらない恋愛ごっこなんかに振りまわされちゃだめ。あなたはその程度の人じゃないんだから」

デレインは驚いたような顔でセオドシアを見ると、洟をすすった。

「あなたの言うとおりだわ」目にいつもの力強い輝きがいくらか戻ってきた。「あたしはこんなにきれいなんだもの。まだまだ捨てたものじゃないわ」

「ええ、とってもきれいよ」

「さてと……もしかして、セオ……ティッシュはある?」デレインはまた洟をすすった。

「あ〜あ。いまのあたし、きっとひどい顔をしてるわね」

セオドシアはビーズのクラッチバッグをあさり、ティッシュを一枚差し出した。デレインは目もとをぬぐい、無理にほほえんだ。「マスカラが全部にじんじゃってるでしょ?」

「そんなでもないわ」目のまわりがパンダみたいになっているとは、とても言い出せなかった。

「やってもらってもいい?」デレインは力なく言った。

セオドシアはデレインの目の下についたマスカラをできるだけぬぐってやった。

「はい、全部取れた。少しは気分がよくなった？」

「そうでもない」デレインは言った。「でも、少なくとも、人前に出られるくらいの気分にはなった」

「そうそう、そのいきだ」ドレイトンは気づかうような声をつくろった。「もうほぼ元どおりだな」

ジャイルズは足で床をこつこつ叩いていた。「決まったかい？　なかに入るの、入らないの？」

デレインは顎をつんと上向けた。「あたしをエスコートしてくれてもよくってよ。でも、いまだけですからね」

デレインがジャイルズの先に立ってパーティの輪に入っていくと、セオドシアはほっとしたように息をついた。

ドレイトンは遠ざかるふたりのうしろ姿を見つめていた。

「あわれなフランス男は、すっかりしゅんとなってしまったな。デレインが相手ではどうにもなるまい」

「彼女みたいな人はなかなかいないもの」セオドシアはすぐさま笑顔になると、ドレイトンと並んで大広間に入っていき、パーティに戻った。「ちょうどよかった。ヘイリーが来る」

ヘイリーは駆け足でやってくると、小さな真鍮の鍵をドレイトンの鼻先でぶらぶらさせた。

「借りてきたわよ。でも、すぐに返すよう、ティモシーに約束させられちゃった。しまっておきたいものがなにかは知らないけど、それをしまいこんだらすぐに返せって」

「全然かまわんよ」ドレイトンは鍵に手をのばした。「ところで、そんなに大切なものってなんなの？」彼女はいたずらっぽく笑い、目を好奇心でくりくりさせた。

ヘイリーは渡すまいとして鍵を引っこめた。

セオドシアはルビーとダイヤのブローチをヘイリーに渡した。

「それを安全なところにしまっておきたいの」

ヘイリーはブローチをじっと見つめた。「めちゃくちゃ豪華なアクセサリーね」その声にはほれぼれするような響きがこもっていた。「どこで手に入れたの？」ヘイリーはブローチをてのひらにのせた。

「ブルックに借りたの」セオドシアは言った。「強盗が入ったときに盗まれなかった品のひとつなんですって」

「われらがセオドシアは、その高価なブローチを着けて宝石泥棒をおびき寄せようなどと、とんでもないことを考えたのだよ」ドレイトンが説明した。

「成功したの？」ヘイリーは訊いた。

「いまのところは全然」セオドシアは答えた。

「それで、あたしに……なにをさせようっていうの？　ブローチをしまって鍵をかけてこいってこと？」

「そうしてもらえると助かるわ」セオドシアは言った。

「ティモシーのデスクにしまってくれたまえ」ドレイトンが言った。

ヘイリーはブローチを自分のドレスに当てた。「すごくきれい。あたしが着けようかな」

「それはいかん」ドレイトンが言った。

「そんな人目につくようなまねはやめて」セオドシアはあたりをうかがった。見ている人はいないが、それでもびくびくした気持ちに変わりはなかった。「ポケットにでも隠してちょうだい」ヘイリーが着ているドレスには、ボリュームたっぷりのスカートのひだ部分に深さのあるポケットがふたつついている。

しかしヘイリーの目はまだ釘づけになっていた。美しいブローチを光にかざし、じっくりながめている。「うわあ、いかにも高そう」ブローチが天井からの光を受けてきらめく様子に、思わず頰をゆるめた。

「ヘイリー……」ドレイトンの声が警告するように響いた。

「わかった、わかったわよ」ヘイリーは言うと、手のなかのブローチを握りしめた。「ちゃんと聞こえてるってば。いますぐティモシーのオフィスに行って、ちゃんとしまってくるから。好奇心旺盛の目にさらされることも、極悪非道な宝石泥棒にねらわれることもないようにする」

「ありがとう」セオドシアが言うのと同時に、ヘイリーはそそくさとその場をあとにした。

28

ルビーとダイヤのブローチがティモシーのオフィスという安全地帯に向かうと、セオドシアの心は一瞬にして百万倍も軽くなった。これで今夜はなにも起こらない、と自分に言い聞かせる。ファベルジェの卵が盗まれることはないし、月曜の朝になったらブルックのためにこれまで以上にがんばろう。でも、今夜はもう肩の力を抜いて、パーティを心ゆくまで楽しもう。気分が乗ったら、ジマー捜査官の気を惹いてもいい。そうそう、この部屋のあちこちに展示された数々の逸品をじっくり見なくては。

「ここにあるエトルリアの硬貨だけど」セオドシアは黒いビロードの上に点々と置かれた真鍮の硬貨を指差した。「どのくらい古いものなの?」

「よくぞ訊いてくれたね」ドレイトンは言った。「ここにある硬貨は紀元前三世紀にまでさかのぼる。金色で表面にライオンの……」

うわずった小さな叫び声が、悲鳴のなりそこないのような声が廊下のほうであがった。

ドレイトンの耳には届かなかったようだが、セオドシアはすぐに気づいた。心臓がすばやく宙返りをし、喉もとまで迫りあがった。「いまの声、聞こえた?」

「なにか……言ったかね？」ドレイトンは熱弁をふるっている真っ最中だった。

「いま声がしたでしょ」

ドレイトンは横目でセオドシアを見た。「デレインがまた騒いでいるんじゃないのか？素っ頓狂な悲鳴でみんなを驚かせているんだろう」

また小さな悲鳴のような声がしたが、今度はさっきよりもいくらかはっきりと聞こえた。

「大変」セオドシアは言った。「あの声はヘイリーだわ！」

「わたしたちのヘイリーだって……いったいどこだ？」

「たぶん……廊下だと思う」セオドシアは言った。心の奥底では、なにか変だとわかってい
た。確信していた。だから、ドレイトンにはそれ以上なにも言わず、ドアに向かって走り出
した。

ドレイトンも向きを変え、あとにつづいた。「こういうことは、われわれではなく……」

しかし、セオドシアはすでにドアから出ていて、ドレイトンの五歩先を行っていた。

「いたわ！」腕をさっとあげ、廊下の突きあたりをしめした。三つの人影が激しく揉み合っ
ている。「ヘイリー？」

「セオ！」ヘイリーの哀れっぽい叫び声が返ってきた。「助けて！」ふたりの男に羽交い締
めにされながらも、必死に身をよじって逃れようとしている。

「警備員に知らせてくる」ドレイトンが言った。「FBIの連中を連れて……」

セオドシアは彼の袖をつかみ、自分のほうに引っ張った。「そんな余裕はないわ。います

ぐヘイリーを助けないと」

「しかし……」

セオドシアはスタートを告げる銃声が鳴り響いたかのように走り出し、ドレイトンはあとに残された。ヘイリーに向かって廊下を急いだ。「がんばるのよ、ヘイリー！」

滑りやすい靴で分厚いカーペットの上を走るコツをつかみかけたとたん、ドアがいきおいよくあき、セオドシアは虫けらのようにはじき飛ばされた。右肩に鋭い痛みが走って思わず悲鳴をあげ、足もとがよろけ、そのまま膝から倒れてしまった。

ドアがぴしゃりと閉まり、ビリー・グレインジャーがケータリング用の小さな厨房からものすごいいきおいで飛び出した。彼はセオドシアの前を突っ切り、トレイにのったシャンパングラスが揺れるのをとめようと果敢にこころみた。数秒ほど、体を前後左右にくねらせ、トレイを水平にキープしながらバランスを取り戻そうとした。だが、うまくはいかなかった。彼は派手によろけ、そのせいでグラスが倒れ、次々にぶつかった。あたり一面にシャンパンが飛び散った。

「そこのあなた！」セオドシアははねたシャンパンを浴びながら大声で言った。床になかば倒れた恰好のまま、グレインジャーを叩いた。「助けて！」

「どこ見て歩いてるんだ！」グレインジャーは怒りにまかせて怒鳴ると、自分だけ立ちあがろうとした。

「行かないで！」セオドシアは大声で訴え、身振り手振りを交えてわかってもらおうとした。

「ヘイリーが男たちに捕まっちゃったの。お願いだから力を貸して！」

グレインジャーの顔から血の気が引いた。「なんだって？」

「ほら、あっち」セオドシアは腕を振り向けた。「男ふたりがヘイリーをとらえて、引っ張っていこうと……」

セオドシアとグレインジャーがどうにかこうにか、それぞれ立ちあがったとき、電気がふっと消え、廊下全体が闇に沈んだ。

「そいつらはどこに行った？」グレインジャーはあわてて左右に目をやった。ヘイリーの悲鳴ともがく音は聞こえるものの、姿はまったく見えなかった。

セオドシアは手探りで壁の位置をたしかめると、それを頼りに前に進んだ。廊下の突端まで行くと、暗がりから人影が現われ、仕事人らしい冷ややかで感情のない声で言った。

「娘を連れていけ」

「早く！」セオドシアはドレイトンとグレインジャーに声をかけ、暗いなかでふたりを呼び寄せた。「ヘイリーを助けなくちゃ」

しかし、廊下の突端にある両開きのドアが、がしゃんと大きな音とともに閉まると、暗い廊下を手探りで進んでいるのは自分たちしかいなくなった。

「どこに消えた？」グレインジャーが言った。

「ヘイリーを引きずって外に出たんだわ」セオドシアは息をはずませて言った。

「相手は何人だった？」ドレイトンが訊いた。

「わからない」セオドシアは言った。「たぶん……三人くらい？」

「つまり、複数犯か」ドレイトンは息をあえがせ、前を行くふたりに必死についていった。

ようやく突きあたりまでくると、受付カウンターに小さな明かりが灯っていた。セオドシアはヒールの音を響かせながら大理石のロビーを突っ切り、ドレイトンとグレインジャーがあとにつづいた。両開きドアを大きくあけたときには、そのいきおいでニコライ二世とアレクサンドラ皇后をかたどったトピアリーをあやうく壊してしまうところだった。

「誰もいない」グレインジャーが言った。彼はブリタニー・スパニエル犬のように鼻をひくつかせ、あせったように周囲に目をやった。

セオドシア、ドレイトン、グレインジャーの三人はしばらくその場に棒立ちになり、ヘイリーを連れ去った男たちはどこかと目を皿のようにして探した。街灯がおぼろに光り、ひと筋の月明かりが歩道にまだらな影を落としているだけで、不審なものはなにもなかった。

「どこへ行ってしまったんだ？」ドレイトンが言った。

そのとき、駐車車両の列のずっと先でなにか動くものがあった。セオドシアは目の隅でその動きをとらえるなり言った。「あそこだわ！」

真っ暗だったが、ヘイリーがまだいさましく抵抗をつづけているのが見える。頭を激しく振り、体をくねらせ、両腕をむやみやたらと振り動かしているその人物――おそらくヘイリーだろう――は、色の濃い大きな車の後部座席に乱暴に押しこまれた。

「行くわよ！」セオドシアは大きな声で言った。

三人は横一列になって、すさまじいいきおいで歩道を駆けていったが、半分も行かないうちに目的の車のヘッドライトがついた。エンジンが大きな音とともにかかり、次の瞬間にはタイヤを甲高く鳴らしながら発進した。

「やだ、行っちゃった」セオドシアは絶望のあまり、がっくりと膝をつきたくなった。けれどもグレイジャーに向き直り、怖い顔で問いただした。「あなたは関わってないんでしょうね」

「関わってるはずがないだろ」彼は怒鳴り返した。

「じゃあ、ヘイリーを連れ去ったのは誰なの？」

グレインジャーは苛立ったように両手を振りあげた。「知るかよ」

「宝石泥棒にちがいない」ドレイトンが言った。「われわれがもっとも恐れていたことが現実になったのだよ。あのブローチを目にした犯人が……」

「あとを追うわ」セオドシアは即断し、通りを突っ切った。「早く。ふたりともわたしのジープに乗って」

全員が車に乗りこむと、セオドシアはインディ500レースのスタートよろしく、エンジンを思いきり噴かして発進させた。

「連中はどこに行った？　どこに行ったんだ？」通りを猛然と走る車内で、ドレイトンが震える声で言った。

「キング・ストリートを逆の方向だ」グレインジャーが言った。「おそらくトラッド・ストリートで左折したと思う」

「それはあなたの推測？　それともちゃんとわかって言ってるの？」セオドシアはひたすらアクセルを踏みつづけた。ほかの車をこすったり、うっかり歩行者を撥ねたりしませんようにと祈りながら、運を天にまかせてキング・ストリートを縫うように走った。

「ここで左折だ」グレインジャーが叫んだ。

セオドシアはタイヤを鳴らしながら曲がった。遠心力で愛車の後部が小さく振れ、そのままスピンしそうになった。しかしタイヤはぎりぎりのところで踏みとどまり、路面をしっかりグリップした。車はそのあと百ヤードほどは後部を左右に振っていたが、ふたたびまっすぐに走りはじめた。

グレインジャーが前に身を乗り出し、目をこらした。「あの車だよ、絶対。テールランプの湾曲の具合が同じだ」

セオドシアは愛車のスピードをさらにあげた。

「気をつけたまえ」ドレイトンが注意する。

「大丈夫」セオドシアは自分のビーズのバッグをつかむと、後部座席にいるドレイトンに投げた。「わたしの携帯電話を出して、ティドウェル刑事にかけて。大至急」

ドレイトンはあわてふためいた。「刑事さんにかけるだと？　どうやればいいのだね？」

「短縮ダイヤルに入ってる」セオドシアは歯を食いしばりながら言った。グレインジャーは助手席で必死につかまりながらも、道案内役に徹している。「また曲がりそうだ。うん、やっぱり連中の車だ。港に向かっている」

「アンドロス夫妻！」セオドシアは荒々しく言った。「ヘイリーを拉致《らち》したのはルーク・アンドロスだわ。あの人でなしは、彼女を自分のヨットに乗せて出航する気よ」

大西洋の波が打ち寄せるなか、ヨットが猛スピードで霧のなかに消え、ヘイリーが冷たい海に突き落とされる光景が目に浮かび、セオドシアはぞっとした。ヘイリーは泳げたかしら？　犬かきくらいはできる？　すぐに救命ボートを出したとして、波立つ海のなかでちゃんと見つけられるだろうか。

「セオ！」ドレイトンが大声で呼んだ。「ティドウェル刑事と電話がつながった。なんと言えばいいのだね？」

セオドシアはハンドルをしっかりと握り、すさまじいスピードを維持しつづけた。

「わたしの口もとまで電話を持ってきて。わたしが説明する」

「ミス・ブラウニング？」ティドウェル刑事の冷静な声が聞こえた。「いったい、なんです？」

「助けて」セオドシアは声を張りあげた。「ヘイリーがルーク・アンドロスと仲間ふたりに拉致されたの」それから、これまでのいきさつを息つく暇もなく早口で説明した。「チャールストン港に向かってるとみてまちがいないわ」

「目的地はおそらくチャールストン・ヨット・クラブ！」グレインジャーがわめいた。

「チャールストン・ヨット・クラブよ」セオドシアはティドウェル刑事に伝えた。「沿岸警備隊に連絡するとか、できるかぎりのことをやってもらえない？　ルーク・アンドロスは自分のヨットで逃亡をはかるつもりだと思うの」つづく三十秒間、刑事の話に耳を傾け、相手には見えないのはわかっていながらうなずいた。「そこに向かうわ」それからドレイトンに言った。「いいわよ、ドレイトン、電話を切っても」

「どういうことだね？」ドレイトンは訊いた。「いったいどうなっているんだ？」

「ティドウェル刑事とチャールストン・ヨット・クラブで落ち合うことになったの」セオドシアは言った。「必要ならば沿岸警備隊の船を無理やり使わせてもらうって」

「なんということだ」ドレイトンはセオドシアのシートをつかみながら言った。「国際的な事件になってきたぞ、これは」

セオドシアは愛車のスピードをさらにあげた。大きくふくらむようにしてミーティング・ストリートに入る際、角の鋳鉄の街灯にあやうくこすりそうになった。アクセルを強く踏みこみ、二ブロックほどひたすら飛ばし、今度は左に折れてアトランティック・ストリートに入り、色の濃い車を追った。

〈フェザーベッド・ハウス〉と由緒あるラムジー＝ヘイ・ハウスの前を猛スピードで通りすぎるときも、前方の車から一瞬たりとも目を離さなかったが、それでも追いつけなかった。

「今度はイースト・ベイ・ストリートに入った」グレインジャーが言った。「やっぱり、ヨット・クラブに向かってるな」

セオドシアも同じように曲がり、ホワイト・ポイント庭園の前を通りすぎた。居並ぶ砲台、バラの花壇、野外音楽堂、さらには、海賊たちが死刑に処された絞首台があった場所。霧が広がりはじめ、フロントガラスに水滴がつくようになると、セオドシアはスピードを落とさざるをえなくなった。ワイパーを作動させても、前がよく見通せない。

「その先に駐車場がある」グレインジャーが指差した。「気をつけて。道路標識をこすらないように」

セオドシアは急ハンドルを切り、がらがらの駐車場に飛びこんだ。隅っこに青いトヨタ車が一台と、その反対の隅に黒くて長い車がとまっていた。

「あれがそうか？　わたしたちが追ってきた車かね？」ドレイトンが訊いた。

「だと思う」セオドシアは言った。

「あの、すぐうしろにとめて、出られないようにブロックしよう」グレインジャーが指示した。

セオドシアは愛車のジープを黒い車の後部にぴったりとつけ、しばし、心を落ち着かせようとした。それから、イグニッションからキーを抜き、車のドアを蹴りあけた。「行くわよ！」

いちばん遠い桟橋まではゆうに二百ヤードあった。フットボールのフィールド二面分の長さだ。ようやくたどり着いたときには三人とも疲れ果て、すっかり息があがっていた。

「なにか見えるかね？」三人で木の桟橋におそるおそる足を踏み出しながら、ドレイトンが訊いた。冷たいこぬか雨が降りはじめ、前がよく見えなかった。

「ルークはまだいるみたい」セオドシアは小声で言った。漂うように揺れるマストと金属的な音をさせるハリヤードのあいだから、栈橋の突端に二艘の大型ヨットがとまっているのが見えた。ゆうべはあそこから音楽と光と笑い声が絶え間なく流れていたけれど、今夜はしんと静まり返っている。「間に合ったようね。ここから先はとにかく……わかってると思うけど……慎重にいかないと。それに、絶対に音をたてないこと」

三人は足音を忍ばせ、栈橋を歩いていった。足もとで板がきしみ、雨が降りしきり、係留されているボートのまわりで渦を巻く海水がざぶんざぶんと音をたてる。一行は、どうにかしてアンドロスのヨットにこっそり乗りこみ、ヘイリーを救出するというはかない望みを抱いていた。

しかし栈橋の突端まで来てみると、そこには……なにもなかった。ヘイリーを拉致した連中がうろついているでもなく、出航に向けて準備を整えたクルーがいるわけでもなく、揉み合いの痕跡もなかった。海水でゆらゆら揺れる二艘のヨットがあるだけだ。どう見ても人けはない。

「ここにはいないようだ」ドレイトンが信じられない思いで大きく息を吐き出した。

「追跡中に見失ったのかしら?」セオドシアは腑に落ちないという顔で、手で口を押さえた。

「そんなことありうる?」

「駐車場にあったのは連中の車だ、まちがいない」グレインジャーが言った。

そのとき突然、ふたつ先の桟橋にとまっているボートから低く響く音が聞こえ、三人はそちらに目を向けた。つづいて明かりが灯り、聞きとりにくい大声が飛び交うなか、綱が解き放たれた。

「そんな、まさか」セオドシアはゆらゆら浮いている大量のボートの向こうにある、べつの桟橋に目をこらした。目の前で起こっていることが信じられなかった。「べつの船だわ。ヘイリーはべつの船に乗せられたんだわ！」

「出航するようだ」ドレイトンは大きなヨットの舳先《へさき》が突然、波を切り裂くように現われたのを見て言った。

「行こう」グレインジャーが言った。「追いつけるかもしれない」

長い桟橋を駆け足で戻り、小さなピクニックエリアを走り抜け、チャールストン・ヨット・クラブのクラブハウスの前を通りすぎた。目当ての桟橋に着いたときには、ヨットはすでに出航したあとだった。

本当に行ってしまった。少なくとも全長五十フィートはあるヨットが、白く泡だった航跡を引き、夜間航海灯の光が闇にゆっくりと消えていく。

「間に合わなかった」セオドシアは言った。雨が激しさを増してきた。「ヘイリーが行っちゃった」

「ヘイリーがあのヨットに本当に乗っているとしての話だ」ドレイトンは言った。

「乗ってるわよ。わかるの。感じるの」セオドシアは歯ぎしりし、それから大声で呼んだ。

「ヘイリー！」苦悶に満ちた長々とした叫びだったが、霧にのみこまれ、遠くまでは届かなかった。

「さて、どうする？」ドレイトンが訊いた。

セオドシアは肩を力なく落とした。「もう一度、ティドウェル刑事に電話してみる」彼女は手を差し出した。「電話をちょうだい」

ドレイトンは青ざめた。「たしか……車に置きっぱなしだ」

「走って取ってくるよ」グレインジャーが言った。

しかし、彼が動き出すより先に、けたたましい警笛の音が静寂を切り裂いた。警笛がふたたび鳴り響き、つづいてまぶしい光がぱっとついた。

「なんだね、いったい？」ドレイトンがつぶやくと、光は横に向きを変え、三人をまともに照らした。真っ白な光を浴びたせいで、三人ともまぶしくてほとんど目が見えなくなった。

濃霧のなかから幽霊船が現われるように、沿岸警備隊の船が突然、ゆっくりと魔法のように視界に入ってきた。捜索と救助に使われる四十五フィート型の哨戒艇《しょうかい》で、新しくつやつやしていた。

甲板から拡声器で増幅されたとわかる男性の声が、三人に指示した。

「そこから動いてはいけない。船に乗りこむようなまねはしないように。こちらから接岸し、乗れるようにする」

セオドシアは胸が詰まった。小躍りすべきか、泣き出すべきかわからなかった。

「感激だわ。ティドウェル刑事がやってくれるなんて！　本当に沿岸警備隊の船に乗ってきてくれた！」

セオドシアが言うが早いか、ティドウェル刑事が手すりから身を乗り出して彼女を呼んだ。

「おーい」風で髪をうしろになびかせ、黄色い雨合羽をはためかせながら、刑事はまじめくさった顔で三人を見おろした。「何人ですかな？」と大声で尋ねた。

「三人よ」セオドシアも大声で答えた。「お願いだから急いで！」

29

がしゃんというけたたましい音をさせて、金属のはしごが船の側面にかけられ、セオドシア、ドレイトン、ビリー・グレインジャーは大急ぎで船に乗りこんだ。

「本当に船を調達したなんて、うそみたい」セオドシアはティドウェル刑事に言った。声が喉につかえ、うれし涙があふれる。

しかし、ティドウェル刑事は目前の仕事に集中していた。「つかまっていてくださいよ」彼はセオドシアたちに言った。「揺れますから」

グレインジャーがティドウェル刑事の前に進み出た。「ヘイリーが乗せられたヨットはまだ見えてますか？」

ティドウェル刑事は困惑顔でグレインジャーを見つめた。「どちらさまですかな？」

「ボーイフレンドだよ」ドレイトンがそれですべて説明がつくとばかりに言った。実際、説明はついた。

「わたしの邪魔をしないでいただきたい」ティドウェル刑事は言った。

沿岸警備隊員がふたり、あわててやってくるとセオドシア、ドレイトン、そしてグレインジャーに救命胴衣を着せた。まもなく、船のモーターの回転数があがって耳をつんざくような音に変わり、チャールストン港沖に向けて出発した。

広々とした海に出ると、風と雨がナイフのように切りつけてきた。三人は小さな操舵室の隣で肩を寄せ合っていた。がたがた震え、ひたすらじっとしていた。

セオドシアが雨と風に目を細めながら横から身を乗り出すと、目的のヨットが目に入った。真正面だが距離はかなり離れている。セオドシアは気持ちを落ち着けると、ふらつく足もとで手すりに歩み寄った。沿岸警備隊員がひとり、配置についていた。

沿岸警備隊員はセオドシアの不安と焦燥感を察して言った。「この船は速いですから」名札によれば〝ビーティ〟という隊員はけわしい表情をしていた。

「追いつけると思う？」セオドシアは訊いた。

「できるだけのことはしています」ビーティは答えた。

「でも、こっちの船のほうが速いのね？」

相手はすばやくうなずいた。「そう思います。四十五ノットにまでスピードをあげれば」

背中を丸め、息を殺して待つうち、ゆっくりとではあるけれど、前方のヨットとの距離は確実に詰まってきた。

ティドウェル刑事がアヒルのような外また歩きでやってきた。「犯人は誰なんです？ 誰があの娘さんを拉致したんです？」刑事は昔の船長みたいに脚を広げて踏ん張っていた。オレンジ色の救命胴衣がヨットの三角帆みたいに風をはらんでふくらんでいる。

「まずまちがいなくルーク・アンドロスよ」セオドシアは答えた。「ファベルジェの卵をねらっているものとばかり思ってたのに、そっちはあきらめてヘイリーを拉致し、ルビーとダイヤのブローチを手に入れたの」

「ルビーのブローチですと？」

セオドシアは手をひらひらさせた。「話せば長くなるわ。それでもとにかく、ファベルジェの卵は無事ってこと」

「別部隊が卵を奪ったかもしれないではないですか」ティドウェル刑事は言った。

刑事のその指摘にセオドシアは唖然となった。そんなシナリオは想像すらしていなかった。ヘイリーを拉致したのは、単にヘリテッジ協会からわたしたちをおびき出すためだったの？べつの組がどこかで待機していたとか？押し入ってファベルジェの卵を奪うためのメンバーが？ヘイリーの拉致が本来の目的であるショーウィンドウ破りから目をそらすための作戦だったのなら、わたしたちはまんまとそれにはまってしまったことになる。

セオドシアはティドウェル刑事のシャツの前をつかんだ。「ヘリテッジ協会に連絡を入れて！あっちの無事をたしかめてちょうだい」

ティドウェル刑事は渋い顔をした。「十分前に部下と話をしましたよ」

「もう一度電話して」

「それで気がすむのでしたら……」

「ええ、気がすむわ」セオドシアは言った。

ティドウェル刑事が操舵室に入っていくと、セオドシアは甲板で見張りをつづけた。前方右側にサムター要塞の明かりが見える。そこを過ぎると、あとは広大な大西洋が暗闇のなかに広がっているだけになった。

追跡はまだつづいていた。巨大な波が船の横腹を叩き、その音が心臓の鼓動と同期するように耳もとで大きく響く。

このままアゾレス諸島まで追跡するんじゃないかと思えてくる。あるいはアフリカの西海岸まで。でも、ううん、そんなことはありえない。だったら、ルーク・アンドロスはいったいどこに向かっているんだろう？ ずっと南にくだって、何千という小さな島にまぎれこむことができるフロリダ・キーズかカリブ海まで行くとか？ それはない。沿岸警備隊が防ぐに決まっている。あの人たちのことは信頼している。

ティドウェル刑事が甲板に戻ってきた。

「ヘリテッジ協会の様子はどうだった？」セオドシアは訊いた。

「何事も起こっていないそうです」

「ああ、よかった」

距離は少しずつ縮まっていた。ドレイトンも手すりにつかまって様子を見ていた。

「いやはや、本当だ」彼は言った。「だいぶ追いついてきたな」

「かなり近づいたわね」セオドシアは言った。

あと五十ヤードちょっとまで迫ったところで、バーリー少佐が手信号を出し、舳先に立つ沿岸警備隊員が前方のヨットをまぶしいスポットライトで照らした。つづいてバーリー少佐は拡声器で〝ただちに停船せよ。アメリカ合衆国沿岸警備隊の命令だ〟と告げた。

ヘイリーを乗せたヨットはとまる様子を見せなかった。

「連中の船の右舷側に寄せろ」ティドウェル刑事がエンジンの轟音《ごうおん》と叩きつける雨の音に負けじと怒鳴った。「岸のほうに追いつめるんだ」

「慎重にいかないといけません」沿岸警備隊員のひとりが注意した。「あのあたりには危険な浅瀬がありますので」

「とにかくやってくれ」ティドウェル刑事は怒鳴りつけた。

沿岸警備隊の船はヨットのすぐ右をかすめ、それから横付けするように左に急旋回した。

「もっと照明をあてろ」バーリー少佐が命じた。

さらに二個のスポットライトが大気を切り裂き、ヨットの後部を照らした。

芝居中にメインライトがいきなりついたように、ヘイリーの姿がヨットの後部にシルエットとなって現われた。彼女は一味に向かって両腕を振りまわしていた。

「いた！」セオドシアは大声を出した。「助けなきゃ」

突然、ヘイリーはうしろからつかまれ、倒されそうになった。

「大変！」セオドシアは黒い人影に抵抗するヘイリーを見ながら言った。

沿岸警備隊の船が左に舵を切り、ヨットに船体をぶつけた。

「できればもう少し近くに寄って」セオドシアは叫んだ。逃げるヨットにロープを投げ、強情な雄牛を引っ張るみたいに引き寄せられたらいいのに。

沿岸警備隊の船の高いところにあるスポットライトが闇を一掃し、ふたたびふたりを照らし出した。

「ヘイリーを見たまえ！」ドレイトンが怒鳴った。「激しく抵抗しているぞ」

「すごいわ」セオドシアは誇らしい気持ちで胸をいっぱいにしながら見守った。「必死で逃げようとしてる」

すると突然、ヘイリーはくるりと向きを変え、いまさっき揉み合っていた相手に向かって突進した。ふたつの人影がひとつになり、ヨットの最後部で取っ組み合った。次の瞬間、両者は恐ろしいことに、ゆっくりと手すりを乗り越え、海に転落した！

「人が落ちた！」沿岸警備隊員のひとりが叫んだ。

「落ちたのはふたりよ！」セオドシアは大声で言った。「拉致した犯人なんかどうでもいいけど、ヘイリーは大至急、助けてあげて」

すでに照明は泡立つ海に向けられ、ふたつの頭が波間に揺れているのが見えた。

「いたわ」セオドシアが言うと、沿岸警備隊員がもがいているふたりに向かって救命用の浮き輪を二個投げた。

ヘイリーがすかさず一個をつかんで、片腕を巻きつけた。沿岸警備隊員はきびきびとロープのたるみを取り、ヘイリーを引き寄せはじめた。

「助かりそうね」セオドシアは言った。

「あたりまえです」ティドウェル刑事が言った。その顔は満足そうににやけていた。

「本当に助かるのだね？」ドレイトンが訊いた。

「ほら、もう大丈夫」セオドシアは言った。船のすぐそばで手をのばしたヘイリーを沿岸警備隊員が身を乗り出して引っ張りあげようとしている。

「次はアンドロスですな」べつの沿岸警備隊員がふたりめを引きあげようとするのを見ながら、ティドウェル刑事が言った。

「アンドロス」セオドシアはその名前を吐き捨てるように言った。「あんな人、そのまま海のなかでじたばたさせておけばいいんだわ。溺れたネズミみたいになって岸に泳ぎ着くのを待って、手錠をかけてやればいいのよ」

ドレイトンは船首に急ぎ、ロープを引っ張っている沿岸警備隊員のすぐうしろに控えた。

彼は波立つ海をのぞきこむと、驚いて目をこすり、それからセオドシアを呼び寄せようとがむしゃらに手を振り動かした。

ヘイリーは舷側から船に引きあげられていた。

「彼女は無事？」セオドシアは大声で訊いた。

「あたしなら大丈夫」ヘイリーはセオドシアたちの姿を認めるなり言った。ずぶ濡れで、歯をカスタネットのようにかちかちいわせている。「びしょびしょだし、寒くて死にそうだけど、ちゃんと生きてるから」傷を負ったウミガメのように海に投げ出されたわりには、かなり落ち着いて見える。

「誰かヘイリーをタオルでくるんであげてくれませんか？」セオドシアは頼んだ。「お願い、低体温症になったら大変だわ」

沿岸警備隊員のひとりがマイラーフィルムを使った保温シートを手早く出し、ヘイリーの肩をしっかり包みこんだ。「これならいいでしょう」隊員は言った。「断熱性が高いので、体温が奪われないんです」

「見てごらん」ドレイトンが叫んだ。手荒く引きあげられているもうひとりを指差している。

「いったい、なにが引きあげられたと思うかね？」

セオドシアは手すりから身を乗り出し、もがいている人影を見ようと目をこらした。霧が濃くて、誰かまではわからない。でも、誰にしても、烈火のごとく怒っているのはたしかだ。脚をじたばたさせ、両腕を振りまわしているのがわかる。ルーク・アンドロスだろうか？やっぱり彼がヘイリーを連れ去り、なんのためらいもなくヨットから突き落としたの？たぶん、そうだろう。だったら、言ってやりたいことがいくつかある。それを聞くに堪えないと思う人がいたら、お気の毒としか言いようがない。

「あがってくるぞ！」ドレイトンが叫んだ。

そばまで行ってみると、隊員たちが犯人を手すりごしに引きあげようとしていた。

「よし、いいぞ」ひとりが大声で言った。「そいつのわきの下に手を入れろ」

セオドシアは待った。歯を剝き出し、ルーク・アンドロスにありったけの怒りをぶちまけようと身がまえた。逃亡に使われたヨットを包囲したあかつきには、サブリナにもがつんと言ってやるつもりだ。

「さあ、あげるぞ！」べつの沿岸警備隊員が大声を出した。

「大物がかかったぞ！」ドレイトンはタッチダウンのシグナルを出すレフェリーみたいに両腕を大きく振りあげた。

救出された人物は舷側を転がるように乗り越え、沿岸警備隊の船の濡れた甲板にどさりと落ちた。

セオドシアは怒りもあらわに、よろめくように前に進み出た。ここにいるのが、ルビーとダイヤのブローチを盗むためにヘイリーを拉致した卑劣な犯人だ。そしてたぶん、〈ハーツ・ディザイア〉の強盗事件を首謀し、ケイトリンが死にかけているのにイタチのように夜の闇に消えたのと同一人物だ。

「通して！」セオドシアは声を張りあげた。三人の沿岸警備隊員がうしろにさがり、セオドシアは甲板で荒い息をして横たわる人物をハイヒールの尖ったつま先で蹴った。

「ううっ」苦しそうな声が洩れた。片腕があがった拍子に、手首にうっすらとしたタトゥーが見えた。

「よくも……よくも……」セオドシアの口からつづきが出るより先に、甲板にみじめに横たわった人物が海水を吐き出し、疲れ果てた様子で頭の向きを変え、セオドシアを見あげた。

セオドシアは愕然とし、思いもよらない事態に頭がくらくらした。こう言うのが精一杯だった。

「グレイス？　あなただったの？」

30

沿岸警備隊の船の甲板に全員が集まっていた。セオドシアはヘイリーに腕をまわし、ドレイトンは隣に寄り添い、ビリー・グレインジャーはすぐうしろに立って、肩をやさしく揉んでやっていた。

グレイス・ドーソンは縛られたうえ、いまは船室に監禁されている。配下の者ふたりも捕らえられ、グレイスのヨットは沿岸警備隊員が操縦して、港へと航行中だ。

「すべてグレイスの仕業だったのね」セオドシアは言った。「窃盗団を率いていたのは彼女だったんだわ。ヨットを停船させてもふたりしか捕まえられなくて残念」

「ほかの連中は逃げてしまったようだな」ドレイトンが言った。

ティドウェル刑事が操舵室から出てきた。「ご心配にはおよびません。すでにグレイス・ドーソンの自宅にSWAT隊を派遣しております。喜ばしいことに、さらに三人を逮捕したとのことです」

「なんと」ドレイトンはすっかり頭が混乱したようだった。「本当にグレイスが窃盗集団を率いていたのかね？」

「窃盗犯のひとりは女性かもしれないって、話したじゃない」セオドシアは言った。「どうやら、グレイスがボスだったみたいね」

「たしかに、彼女がボスでした」ティドウェル刑事が言った。

「では、ほかの男たちというのは？」ドレイトンが訊いた。

「金で雇われた連中ですよ」ティドウェル刑事は言った。「〈ハーツ・ディザイア〉襲撃の実行犯として集められたのでしょう」

「一味はファベルジェの卵も奪うつもりだった」セオドシアは言った。「でも、恐れをなした」

「警備員の数が多すぎてびびったのでしょうな。かわりに、あなたが身に着けていたルビーとダイヤのブローチを盗むことにしたんです」ティドウェル刑事が手をひらくと、なんら変わらず上品に輝くものがあった。

「ありがとう」セオドシアはブローチを受け取った。「早くブルックに返さなきゃ」

「そのときに、謎が解けたって報告もするんでしょ」ヘイリーが言った。

「ケイトリンが亡くなった事件が解決したと伝えるわ」セオドシアは小声で言った。

ドレイトンはまだわけがわからないという顔をしていた。「グレイス・ドーソンはたいへんな金持ちだという印象だったのだがな。亡くなったご主人がメルセデスベンツの代理店を経営していたのだと」

「それはどうでしょうな」ティドウェル刑事が言った。「彼女の人生は完全な虚構と言ってまちがいないと思いますよ。いま、部下に自宅を捜索させているところです」刑事の携帯電話が鳴り、彼は離れたところに移動して電話に出た。「なんだ？　くわしく聞かせてくれ」

「部下の人から？」セオドシアは相手の話に聞き入っている刑事に尋ねた。

ティドウェル刑事はセオドシアに向かって眉をひそめたが、そうだというようにうなずいた。

「なにか見つかったという連絡？」

ティドウェル刑事は指を一本立てた。「ちょっと待て……よく聞こえないぞ。もっと大きな声で話してくれ」接続がよくなったのだろう、刑事の表情が生き生きしはじめた。「本当か？　そうか。よし、ただちに鑑識の連中を現場に呼べ。そうだ、すべて写真に撮るんだ。いや、それよりビデオのほうがいい。すべて証拠として法廷に提出することになるからな」

そのあと十秒ほど、刑事は相手の話に耳を傾けた。「そう、殺人の容疑だ」

「なんの話？」セオドシアは刑事が電話を切るなり詰め寄った。

ティドウェル刑事の目が妙な具合に光った。勝利の光だろう。「あの女性の寝室が、アリババが見つけた財宝の洞窟のようだと言ったら信じますかな？」

「まさか！」ドレイトンが思わず叫んだ。

「グレイスは現代の海賊だったというわけね」セオドシアは言った。「ヒルトン・ヘッドまで行ってちゃちゃっと強盗したかと思えば、お次はマイアミに急行してひと稼ぎ」

「ライオネル・リニカーは無関係だったわけですか？」ドレイトンが訊いた。

ティドウェル刑事はうなずいた。「そのようですな」

「グレイスは彼を隠れ蓑《みの》として使っていたのね」セオドシアは言った。「しかるべき人に紹介してもらい、オペラや室内楽の夕べ、あらゆるチャリティ・イベントに出かける口実にしていたのよ」

「リニカーさんは恋人が国際的な宝石泥棒だって知ったら、がっくりするわね」ヘイリーが言った。

「元恋人だ」ドレイトンは言った。

セオドシアはもう一度、ヘイリーに触れ、彼女が無事なのをあらためて確認した。

「とんでもない夜だったわ。FBIの人たちも、これを見逃すなんてねえ」

「いずれきみは、ジマー特別捜査官と再会するような気がするがね」ドレイトンがにやにやしながら言った。「そうなったら、デートで最初になにを話すか、楽しみだ」

ヘイリーがぱっと目を輝かせた。「あの人とデートするの？　いいな」

「もしかしたらね」セオドシアは言った。

「みなさん」バーリー少佐が操舵室から顔を出した。「こっちに来て暖まりませんか？　よかったら温かい飲み物でもどうです？」

全員、吹きつける風とどしゃ降りの雨から逃れられるとほっとしながら、こわばった体で移動した。

「そこの保温ポットにはなにが入ってる？」少佐は沿岸警備隊員のひとりに尋ねた。

ヘイリーを引きあげてくれた若い少尉は肩をすくめた。「わかりません。たぶん、お茶じゃないですかね」

ドレイトンはセオドシアと目を合わせ、ゆっくりとウィンクした。

「それでかまいませんか？」若い少尉が訊いた。

セオドシアはほほえんだ。「文句なしよ」

✳作り方✳

1 玉ネギはみじん切り、マッシュルームは薄切りにする。牛肉は塩、コショウして小麦粉をまぶす。

2 大きなフライパンに油を大さじ2を入れ、**1**の玉ネギをしんなりするまで炒め、皿に出しておく。

3 **2**のフライパンに大さじ2の油を足し、**1**の牛肉を強めの中火で4分ほど炒め、皿に出しておく。

4 **3**のフライパンに**1**のマッシュルームを入れて炒め、**2**の玉ネギと**3**の牛肉を戻し、軽く混ぜ合わせる。そこへサワークリームを入れ軽く温める(分離するほど加熱しないこと!)。

5 バターで炒めたパスタ、またはライスを添えて盛りつける。

※米国の1カップは約240ml

ヘイリーのビーフ・ストロガノフ

＊用意するもの（2〜3人分）＊

油……大さじ4

玉ネギ……中くらいのもの1個

牛肉の薄切り……170g

小麦粉……大さじ2

塩、コショウ……適宜

マッシュルーム……450g

サワークリーム……¼カップ

とろーりチーズのコーンチャウダー

＊用意するもの（4人分）＊

水……½カップ

さいの目切りにしたジャガイモ……2カップ

薄切りにしたニンジン……1カップ

さいの目切りにしたセロリ……1カップ

塩……小さじ1

コショウ……小さじ¼

クリームコーン……2カップ

牛乳……1½カップ

すりおろしたチェダーチーズ……⅔カップ

＊作り方＊

1　鍋に水、ジャガイモ、ニンジン、セロリ、塩、コショウを入れ、ふたをして沸騰させ、その後10分間、とろ火で煮こむ。

2　**1**にクリームコーンをくわえ、さらに5分間煮こむ。

3　**2**に牛乳とすりおろしたチェダーチーズをくわえ、沸騰しない程度に温める。

ズッキーニのキッシュ

＊用意するもの（4人分）＊

みじん切りの玉ネギ……1カップ

パンケーキミックス……1カップ

卵……4個

食用油……½カップ

すりおろしたパルメザンチーズ……½カップ

塩……小さじ¼

すりおろしたズッキーニ……3〜3½カップ

＊作り方＊

1　オーブンを175℃に温めておく。

2　ズッキーニ以外の材料をボウルに入れて混ぜ、最後にすりおろしたズッキーニをくわえて軽く混ぜる。

3　直径22センチのパイ皿にバターをしいて**2**を流し入れ、30〜40分、表面がキツネ色になるまで焼く。

＊作り方＊

1　オーブンを220℃に温めておく。

2　中力粉、砂糖、ベーキングパウダー、塩をボウルに入れ、そこにバターをスケッパーなどで切るようにして混ぜ、さらさらのそぼろ状にする。

3　別のボウルでオレンジの皮のすりおろしと卵と生クリームを混ぜ合わせ、それを**2**にくわえ、さらにクランベリーもくわえて軽く混ぜる。

4　**3**の生地を粉をふった台にのせ、全体を円形にまとめる。

5　**4**を12個に切り分けるか、丸い型で抜き、油をしいた天板に並べオーブンで14～16分、表面がキツネ色になるまで焼く。

クランベリーのクリーム・スコーン

＊用意するもの(12個分)＊

中力粉……2¼カップ

砂糖……½カップ

ベーキングパウダー……大さじ1

塩……小さじ½

バター……¼カップ

卵……2個

生クリーム(乳脂肪分36%以上のもの)……¾カップ

オレンジの皮のすりおろし……小さじ1

クランベリー(生または冷凍)……¾カップ

＊作り方＊

1　オーブンを190℃に温めておく。バターはやわらかくしておく。

2　中力粉、砂糖、ベーキングパウダー、塩を混ぜたところに、バターをスケッパーなどで刻むようにして混ぜこみ、全体をさらさらのそぼろ状にする。

3　べつのボウルでサワークリームと卵とバニラエッセンスを混ぜ合わせ、それを**2**にくわえてしっとりするまで混ぜる。

4　**3**にチョコチップをくわえる。生地が硬い場合はサワークリームを少し足すとよい。

5　**4**の生地を小麦粉をふるった台にのせ、8〜10回ほど軽くこねる。生地を半分に分け、それぞれを直径18センチにまとめる。

6　**5**の生地を油をしいた天板にのせ、それぞれ、切り分けない程度に6等分する位置に包丁を入れる。

7　**6**をオーブンで25〜30分、全体がうっすらキツネ色になるまで焼き、10分間冷ましたのちに切りわける。

チョコチップ・スコーン

＊用意するもの（12個分）＊

中力粉……2½カップ

砂糖……½カップ

ベーキングパウダー……小さじ2

塩……小さじ½

バター……½カップ

サワークリーム……¾カップ

卵……1個

バニラエッセンス……小さじ½

チョコチップ……1カップ

ドレイトン特製
クロテッド・クリーム

＊用意するもの（約1½カップ分）＊

マスカルポーネチーズ……113g

生クリーム（乳脂肪分36％以上のもの）……1カップ

バニラ・エッセンス……小さじ1

砂糖……大さじ2

＊作り方＊

1　材料を大きなボウルに入れ、全体がもったりして軽く泡立てた生クリームのようになるまで泡立てる。

2　ラップで覆い、使うときまで冷蔵庫に入れておく。

イチゴ入りクリームチーズのティーサンドイッチ

＊用意するもの（15個分）＊

クリームチーズ……170g

イチゴのプリザーブ……大さじ2

サンドイッチ用食パン……10枚

＊作り方＊

1 クリームチーズをやわらかくし、イチゴのプリザーブと混ぜる。

2 小さな丸い型抜きで1枚の食パンにつき3つずつくりぬき、そのうちの半分に**1**のイチゴ入りクリームチーズを塗り、残りの半分をのせてサンドする。

＊作り方＊

1　オーブンを230℃に温めておく。小麦粉はふるっておく。

2　小麦粉、砂糖、ベーキングパウダー、塩を混ぜたところに、バターをスケッパーなどで刻みながら混ぜこみ、全体をさらさらのそぼろ状にする。

3　卵を割りほぐして牛乳を合わせ、それを**2**にくわえてしっとりする程度に混ぜる。

4　**3**の生地を20センチ四方の焼き型に入れてたいらにならし、オーブンで16〜18分焼く。

5　5分間冷ましたのち四角く切り分け、焼き型から出す。

6　温かいうちに、イチゴやブルーベリーを上に飾って食べる。

ドレイトン特製
スクエアショートブレッド

＊用意するもの（9個分）＊

小麦粉……2カップ

砂糖……大さじ2

ベーキングパウダー……小さじ3

塩……小さじ½

バター……½カップ

卵……1個

牛乳……⅔カップ

イチゴまたはブルーベリー……適宜

生ハムとイチジクのティーサンドイッチ

＊用意するもの（9〜10個分）＊

フランスパン……1本

バター……適宜

イチジクのジャム……1瓶

生ハム……30g

洋梨……1個

ビブレタス……適宜

塩、コショウ……適宜

＊作り方＊

1 洋梨は皮を剥き、ごく薄くスライスする。

2 フランスパンは横に包丁を入れて半分に切り、下になるほうにバターを、上になるほうにイチジクのジャムを塗る。

3 バターを塗ったほうに生ハム、洋梨の薄切り、ビブレタスをのせ、塩とコショウで味をととのえ、イチジクのジャムを塗ったほうをかぶせ、適当な大きさに切る。

ウォルドーフサンドイッチ

＊用意するもの（12個分）＊

リンゴのすりおろし……1カップ

セロリのみじん切り……¼カップ

細かく刻んだクルミ……½カップ

マヨネーズ……¼カップ

シナモンレーズンパン……12枚

＊作り方＊

1 リンゴのすりおろし、セロリのみじん切り、刻んだクルミ、マヨネーズを混ぜ合わせる。

2 シナモンレーズンパンの耳を切り落としてバター（材料外）を塗り、そのうちの半分に**1**を塗る。

3 残りの6枚を**2**にのせてはさみ、それぞれを対角線で半分に切る。

＊作り方＊

1 オーブンを160℃に温めておく。

2 卵白、バニラエッセンス、塩少々を混ぜ、もったりするまで泡立てる。そこに砂糖をくわえ、角が立つまで泡立てる。

3 **2**にチョコレートウェハースとクルミをくわえて混ぜる。

4 直径22センチのパイ皿にバターをしき、**3**を流し入れてオーブンで35分焼く。

5 焼きあがったら充分に冷まし、上にホイップクリームを塗り、冷蔵庫で3時間以上冷やしてから食べる。

チャールストン風
チョコレートブラウニーのトルテ

＊用意するもの(6人分)＊

卵白……3個分

バニラエッセンス……小さじ½

塩……少々

砂糖……¾カップ

砕いたチョコレートウェハース……¾カップ

刻んだクルミ……½カップ

トッピング用のホイップクリーム

column and recipe illustration by GOTO Takashi
artwork by KAMIMURA Tatsuya (**l'autonomie!**)

訳者あとがき

〈お茶と探偵〉シリーズ第十七作、『ロシアン・ティーと皇帝の至宝』をお届けします。毎回、趣向をこらしたテーマで楽しませてくれるシリーズですが、今回はタイトルにもあるように、ロシアの皇帝の至宝、ファベルジェの卵を始め、豪華なジュエリーがたくさん登場するお話です。

前作『アジアン・ティーは上海の館で』から季節がちょっとだけ先に進み、暖かい日と寒い日が同居する晩秋の頃、セオドシア・ブラウニングはハーツ・ディザイア宝石店で開催中の、豪華な宝石とジュエリーを集めた展示会を楽しんでいました。宝石店の店主にして親友のブルック・カーター・クロケットが八方手を尽くして開催に漕ぎ着けたこのイベントには、チャールストンの上流階級の人々が多数詰めかけ、店内は華やかな雰囲気に包まれていました。

そこへ、突然、ガシャーンという大きな音とともに黒いSUV車が店に突っこんできます。ガラスが散乱し、店内にいる人々が恐怖で身を縮めるなか、SUV車から全身黒ずくめで悪魔のお面をかぶった三人組が降りてきて、ショーケースを叩き割り、展示されていた品をひとつ残らず奪って逃走します。その間わずか数分。あっという間の出来事でした。そしてこの騒動のさなか、ブルックの姪のケイトリンの喉にガラスの破片が刺さり、それがもとで彼女は命を落とします。

店が強盗のターゲットになっただけでも充分に悲劇ですが、それに追い討ちをかけるように、かわいがっていた姪が亡くなり、ブルックは失意のどん底に突き落とされます。そして、藁《わら》にもすがる思いで、セオドシアに警察の捜査と平行して、独自の調査をしてほしいと依頼するのでした。

聞けば、ショーウィンドウ破りと呼ばれる荒っぽい強盗事件は増加の傾向にあり、しかもピンク・パンサーと呼ばれる集団のように世界規模で暗躍している組織もあるとか。さすがのセオドシアも、いつもの個人的な動機による事件とは勝手が違い、犯罪組織相手の調査は思うようにはかどりません。しかも、ヘリテッジ協会で開催されるアンティーク展に本物のファベルジェの卵が展示されるとあって、そちらの警備も気になります。チャールストン警察とFBIも総力をあげて捜査を展開するなか、はたしてセオドシアは真相にたどり着けるのでしょうか。

前作のあとがきでも書きましたが、まさに映画のワンシーンのような冒頭でしたね。作中でFBI捜査官が説明するピンク・パンサーという強盗集団は実在していて、世界各地で宝石の強奪をおこなっています。日本でも二〇〇四年と二〇〇七年に銀座の宝石店が襲われ、億単位の宝石が奪われていますから、ご記憶の方も多いでしょう。もっとも、ピンク・パンサーという名前は本人たちが名乗っているわけではなく、インターポールの捜査官がつけたものだとか。これまでに一度も殺人をおかしたことがないそうですが、盗まれた宝石がべつの犯罪組織の資金源になるかもしれないと思うと、わたしたちも無関心ではいられません。

プロの強盗集団による次なる犯行が懸念されるなかでも、セオドシアが経営するインディゴ・ティーショップではすてきなお茶会が次々と開催されます。なんと一週間で三回も！　さすがにセオドシアたちも最後はぐったりきているようでしたが、読者としてはとても楽しめるものでした。デヴォンシャー公爵夫人のお茶会では夫人の人となりを紹介し、そこからスコーンにはかかせないクロテッド・クリームへと話をつなげ、ロマノフ朝のお茶会では帝政ロシア時代の豪華絢爛な雰囲気を再現して参加者を喜ばせ、フル・モンティのお茶会では、イギリスのスラングで〝徹底的に〟とか〝全裸〟の意味を持つ〝フル・モンティ〟という言葉の由来となった英国陸軍のバーナード・モントゴメリーに敬意を表すなど、どのお茶会もテーマをしっかり掘りさげていましたね。わたしも訳しながら、いますぐチャールストンに飛んでいきたくなりました。

それから、今回はドレイトンの意外な面が見られて楽しかったのではないでしょうか。とくにハニー・ビー（これから読む方のために詳細は伏せます）のエピソードには本当にびっくり。セオドシアとのつき合いのなかで、ドレイトンもちょっとずつ変わってきたのかもしれません。

さて、最後に次作を簡単にご紹介いたしますね。本国での最新作となる*Pekoe Most Poison*は、セオドシアとドレイトンがリッチなお宅にお呼ばれするシーンから始まります。二十世紀初頭におこなわれていた〝ネズミのお茶会〟なるものを再現したお茶会のさなかに悲劇が起こります。主催者ドリーンの夫が発作を起こして急死してしまうのです。飲んでいたダージリン・ティーに毒が入っていたのか、それとも原因はべつのところにあるのか。セオドシアはドリーンの依頼で渋々調査を引き受けるのですが……。

第一作の『ダージリンは死を招く』を彷彿《ほうふつ》とさせる事件ですが、どんなお話なのかいまから気になりますね。楽しみにお待ちください。そうそう、ハニー・ビーも登場しますよ！

二〇一七年十二月

コージーブックス

お茶《ちゃ》と探偵《たんてい》⑰

ロシアン・ティーと皇帝《こうてい》の至宝《しほう》

著者　ローラ・チャイルズ
訳者　東野《ひがしの》さやか

2017年　12月20日　初版第1刷発行

発行人　成瀬雅人
発行所　株式会社　原書房
〒160-0022 東京都新宿区新宿1-25-13
電話・代表　03-3354-0685
振替・00150-6-151594
http://www.harashobo.co.jp
ブックデザイン　atmosphere ltd.
印刷所　中央精版印刷株式会社

落丁・乱丁本はお取り替えいたします。
定価は、カバーに表示してあります。
 ISBN978-4-562-06074-0 Printed in Japan